## *Sur l'auteur*

Né en 1969 dans la province de Limbourg, Stefan Brijs s'est imposé comme l'un des géants de la scène littéraire flamande. Il vit aujourd'hui en Espagne. Son roman *Le Faiseur d'anges* a été couronné par le prix des lecteurs des Littératures européennes de Cognac, 2010, et le prix des lycéens de l'Euregio, 2011. *Courrier des tranchées*, salué par la critique, a figuré sur la liste du Femina étranger.

# STEFAN BRIJS

# TAXI CURAÇAO

Traduit du néerlandais (Belgique)
par Daniel Cunin

10/18

ÉDITIONS HÉLOÏSE D'ORMESSON

Cet ouvrage est publié
avec le concours de Flanders Literature

FLANDERS LITERATURE

Titre original :
*Maan en zon*

Éditeur original :
Atlas Contact, Amsterdam

Originally published by Uitgeverij Atlas Contact, Amsterdam


ISBN 978-2-264-07557-4
Dépôt légal : juillet 2020

*Pa mi dushi Melanie*

*Les femmes, ici, ont toujours été plus fortes*
*que les hommes. Les femmes tiennent le coup.*
*Quant aux hommes, tout ce qu'ils savent faire,*
*c'est répandre leur sperme et faire de temps à autre*
*un tour à bord de leurs voitures rutilantes.*
– Tip Marugg

# 18 JUILLET 2001 – 19 H 25

Par quoi commencer ? Par qui ? Par Max, dont l'avion décolle en ce moment même de Hato, et qui ne va pas tarder à voir sous lui, sur la terre ferme, les barreaux rouges et bleus des néons derrière lesquels sont détenues les filles de Campo Alegre ?

Ou par son père Roy qui, à l'heure présente, a déjà été reconduit dans son lit et fixe le portrait de sa femme Myrna sous l'éclairage de la rue qui filtre par les stores à moitié baissés de sa petite chambre ?

« C'était une femme bonne, vous savez, frère, *and ooooh so pretty.* »

Ou par Sonny, le fils de Max, qui est certainement en train de lever les yeux de sa montre pour les diriger vers le ciel, à la recherche d'une lumière clignotante qui ne va pas tarder à progresser, entre les étoiles, vers le nord ?

Non. Plutôt commencer par une chanson d'enfants, un vieil air antillais qu'un groupe de personnes âgées a chanté, bafouillé, baragouiné ce matin dans la grande salle de Huize Welgelegen où Max était venu dire au revoir à son père.

« En Hollande, *pai.* Pour y chercher des pièces pour la Dodge.

— Quelles pièces ? » demanda Roy.

Dans la salle, sa voix forte attira bien plus l'attention que celle de l'infirmière qui venait d'entonner la chanson. Cependant, Max ne tendait l'oreille qu'aux sonorités papiamento :

« *Luna ku solo laga mi pasá kon todo mi yu ku Dios a duna mi.* »

Je le vis se pétrifier en entendant ces mots : Lune et soleil, laissez-moi passer avec tous les enfants que Dieu m'a donnés.

« Quelles pièces, Max ? » insista Roy.

Max dirigea de nouveau son attention sur son père : « Des poignées pour les portières arrière, un pare-chocs et un rétroviseur.

— En bon état ?

— En parfait état, *pai* ! J'ai vu les photos. Pas un poil de rouille. On peut se recoiffer en se regardant dans le chrome.

— Ta cravate bien droite, hein, Max. *Never forget you' tie.* »

Des cravates, cela faisait une éternité que Max n'en portait plus.

« Compte sur moi, *pai.* »

Roy trouvait que c'était une bonne idée. Personne ne comprenait mieux son fils que lui. Tout pour la Dodge. Faire le long voyage des Pays-Bas rien que pour cela ne soulevait en lui aucune interrogation. Dans sa vieille cervelle, le royaume n'était probablement guère plus éloigné qu'Aruba, l'île où il avait passé une partie de sa vie et appris, pendant la Seconde Guerre mondiale, l'anglais qu'on parle aux États-Unis et dont il pimentait ses phrases.

En revanche, quand Max avait mis Lucia, sa femme, au parfum de son projet, elle s'était emportée :

« En Hollande ? Pour de la ferraille ? T'as pété un câble ou quoi ? Fais venir ton bordel par la poste !

— Les douaniers fauchent tout, Lucia. Ce sont des gangsters.

— Et qui va payer tout ça ?

— J'ai mis de l'argent de côté.

— T'as mis de l'argent de côté pour Sonny ! Pour ses études ! Pas pour ton épave !

— C'est mon épave qui nous fournit de quoi manger. Si je ne la retape pas, on aura bientôt plus rien à se mettre sous la dent. Plus rien !

— C'est pas une raison pour aller en Hollande ! *Mi morto akibou !* Faudra que tu passes sur mon cadavre ! »

« En entendant ça, j'ai tourné les talons. Le cœur lourd. »

C'est ce que Max m'a raconté. Il a plaqué sa grosse paluche sur sa poitrine :

« Je l'aime. Elle est tout pour moi. Elle et Sonny. *Luna ku solo*. Tu le lui diras, hein, dès que je serai parti ? Qu'elle est la lune qui éclaire mes nuits noires. »

La corde sensible de Max. Pour ce qui est du for intérieur, on ne peut imaginer homme plus différent de son père. Alors qu'il a pourtant hérité de son physique imposant. Cela dit, Roy était encore jeune quand les rhumatismes ont commencé à lui laminer le corps. Doigts, orteils, mains et pieds, dos et nuque, tout en lui s'est peu à peu déformé, les câbles d'acier de ses muscles ont lâché, fibre après fibre, ses articulations se sont nouées, étirant sa peau au point de la rendre livide.

« Quand tu seras rentré de Hollande, tu m'emmèneras *for a ride* », dit Roy à Max juste avant qu'ils ne se quittent.

Ça leur arrive de temps à autre. Ils parcourent alors la

moitié de l'île. Je les ai parfois accompagnés, assis sur la banquette arrière au cuir durci et craquelé, dont les ressorts ont renoncé à gémir. Voir le vieux Roy dans la vieille Dodge Matador, vitre baissée, coude droit anguleux pointé vers l'extérieur – aileron latéral, rien que de la peau sur les os –, serre d'oiseau collée à la carrosserie, regard rivé sur l'horizon pendant que le vent caresse ses boucles argentées dès que le paquebot accélère en suivant pour la énième fois les zigzags de sa mémoire –, c'est une véritable aventure.

« Prends à gauche, Max.

— C'est interdit depuis un moment, *pai*.

— Vas-y quand même, vas-y ! »

Roy, poussant des cris de gamin, et Max, qui s'engage alors dans une rue à sens unique, klaxonnant comme un malade pour avertir les véhicules qui viendraient en sens inverse.

« Maintenant, on va jusqu'au port, Max ! »

Le port : l'une des stations de taxis où il avait officié. Quand les navires-citernes transportant du pétrole vénézuélien destiné à la raffinerie Shell s'amarraient à quai, Roy attendait l'équipage pour conduire les gars à Campo Alegre, le quartier des putes, près de l'aéroport.

« Le pantalon déjà sur les genoux avant d'être descendus de voiture ! se plaisait-il à raconter. Et avec certaines prostituées, j'avais un deal, *you know*. Demandez Henna ou Chica, que je leur disais, et dites-leur que c'est Roy qui vous envoie. *They do all?* qu'ils me demandaient. Tout ce que tu peux pas faire chez toi, *my brother*. Ils se montraient alors généreux, plus encore lorsque je les reconduisais et qu'il s'avérait que je n'avais pas menti. *Thanks, man*, tiens, garde la monnaie. À l'époque, on pouvait encore s'en sortir. Des dollars américains en bonne et due forme. *The real stuff.* »

De tout cet argent, Roy avait gardé deux pièces d'un dollar, dont les effigies étaient en grande partie effacées de chaque côté à cause du tour de magie qu'il avait exécuté des centaines, voire un millier de fois.

« Regardez. Combien de pièces voyez-vous ? Deux, n'est-ce pas ? Attention ! Ouvrez bien les yeux ! »

Sur ce, il plaquait les pièces l'une contre l'autre entre la partie charnue de ses pouces, les frottait en effectuant des mouvements courts et rapides, ce qui donnait l'impression qu'il y avait trois pièces.

« *Brua !* » s'écria-t-il. Magique !

Il a aujourd'hui quatre-vingt-huit ans. Aucun médecin n'aurait pu imaginer qu'il ferait d'aussi vieux os. Il était dans la cinquantaine quand les premiers symptômes de sa maladie se sont manifestés ; un jour, son diaphragme serait à son tour touché et il ne tarderait pas à mourir à petit feu de suffocation. Seuls Myrna et moi étions au courant de ce diagnostic. Le corps médical ne lui en avait jamais rien dit. Or, ce que nous redoutions ne s'était pas passé. Son souffle ne l'avait pas abandonné une seule seconde. Et voilà qu'il approchait de ses quatre-vingt-dix ans.

« On dansera la rumba, *you and me, honey* », disait-il à chaque infirmière qui évoquait la perspective de cet anniversaire. Il avait le dos et les jambes aussi torves qu'un dividivi, mais sa fierté de mâle n'en était aucunement affectée. Ainsi, il avait essayé, l'après-midi même, de se dégager de l'étreinte de Max qui lui faisait ses adieux ; n'y parvenant pas, il s'était écrié de façon que la salle entière l'entende : « N'en rajoute pas, fils, t'es quand même pas un *mariku*. » Pas un homo.

Max n'avait pas insisté. Il avait lâché son père puis m'avait fait signe. On peut y aller ?

La première fois que j'ai rencontré Roy et Max, voici quarante ans, j'avais assisté à une scène plus ou moins similaire. Roy avait quarante-huit ans à l'époque, Max était un gamin de douze ans, moi j'en avais vingt-cinq. C'était en 1961, ma première année comme instituteur à Barber. On m'avait assigné les deux classes des plus grands, trente et un garçons âgés de douze à quatorze ans, voire quinze pour certains, dans toutes les gradations du brun au noir – un Blanc à Barber était tout aussi exotique qu'un Noir à Emmastad ou à Julianadorp, les quartiers où les employés hollandais de Shell vivaient dans leurs maisons confortables. Plus excentrique qu'un Blanc dans notre quartier : la Dodge Matador flambant neuve qui s'arrêta devant la porte de l'école un matin de septembre de cette année-là. Frère Tinus, notre directeur, s'apprêtait à sonner la cloche qui annonçait le début des leçons quand Aurelio Rodrigues, un échalas de ma classe, repéra la voiture en haut de la butte, sur le chemin sablonneux.

« Regardez ! Regardez ! »

En poussant ce cri, il attira les yeux remplis de curiosité des cent soixante écoliers sur la voiture dont l'impressionnante nageoire caudale, que l'on remarquait de loin, saillait de chaque côté du coffre.

« Un requin qui glisse vers nous », commenta maître Frank, l'instituteur des CE2, pour décrire la façon dont le rutilant paquebot descendait la butte à faible allure. De fait, nous ne perçûmes le grognement du moteur qu'un bon moment après avoir vu la Dodge.

Quand le chauffeur s'arrêta devant l'école en s'amusant à appuyer à fond sur l'accélérateur, un rugissement s'éleva avec une telle force qu'il fit reculer de peur tous les garçons qui s'étaient précipités.

*The Super Red Ram*, raconta Max peu après en

classe, une 8 cylindres indestructible d'une puissance de 295 chevaux. Je ne connaissais rien aux cylindres, mais cela ne m'empêcha pas de me faire une idée d'un pareil nombre de chevaux, plus facilement que certains de mes élèves qui, avec le plus grand sérieux, questionnèrent Max pour savoir où se cachaient tous ces quadrupèdes.

Le conducteur descendit du véhicule. Un homme de haute taille, musclé, noir. Il portait une casquette d'uniforme, des gants blancs, une étroite cravate noire sur une chemise immaculée, un pantalon, noir lui aussi, au pli parfaitement repassé et des chaussures laquées que rien, pas même le sable, n'empoussiérait. De même que mon habit montrait que j'étais un frère, de même ses vêtements nous disaient qu'il était chauffeur de taxi, ce que confirma la plaque d'immatriculation de la Dodge, sur laquelle ne figurait que le chiffre 7. L'homme fit le tour de la voiture, tapant au passage, sans en avoir l'air, sur les doigts d'Aurelio qui s'apprêtait à caresser la laque vert de mer brillante du capot, pour ouvrir avec distinction la portière afin de laisser descendre le passager. Moi, mais aussi mes collègues, nous crûmes pendant une seconde ou deux que la reine Juliana allait apparaître, ou du moins M. Speekenbrink, le gouverneur des Antilles néerlandaises, mais c'est un garçon d'une douzaine d'années qui sortit du véhicule, tout aussi noir que le conducteur et de même stature ; cependant, il n'avait pas encore une musculature prononcée et il portait des vêtements fatigués, ce qui le faisait paraître dégingandé. Les épaules tombantes, intimidé, il posa les yeux sur le sol ; sans aucun doute aurait-il souhaité entrer tout seul sans se faire remarquer, pieds nus, qui sait, comme les garçons les plus pauvres de notre école. Son père – nous avions saisi le lien de parenté entre eux deux – le poussa devant lui, tapa une nouvelle fois sur les doigts d'Aurelio, plus fort que quelques instants plus tôt, et cria à la ronde, s'adressant tant à moi qu'aux autres instituteurs, qu'il viendrait chercher le gosse plus tard dans la journée. Et l'index pointé sur le haut du crâne de son fils, il conclut : « *Su nòmber ta Max.* Max Tromp. » Le garçon s'appelait Max. Max Tromp.

Nous vîmes Max se retourner et essayer, dans un geste maladroit, d'enlacer son père. Celui-ci le repoussa sans ménagement en lui disant, dans son anglais états-unien : « *Grow up, Max, you' no child anymore.* »

Pour les nombreux garçons de ma classe qui avaient grandi sans père, un geste d'affection de Roy aurait revêtu une grande signification ; de fait, ils reportèrent toute leur attention sur la Dodge Matador au volant de laquelle l'homme imposant venait de se rasseoir. Il s'éloigna tout aussi lentement qu'il était arrivé, gagnant le sommet de la butte dans un vrombissement qui s'estompa en même temps que des cris d'un enthousiasme frénétique le couvraient, ceux des gamins regroupés en nombre autour de Max.

Quand Roy revint récupérer son fils, la cour d'école était déserte. Max attendait depuis plus de deux heures sur un banc, à l'ombre d'un manguier ; au-dessus de sa tête s'élevait le bourdonnement de myriades de mouches attirées par les fruits mûrs. Ce jour-là, sa mère était censée déménager de Saliña à Barber, mais le garçon ne savait rien du lieu où ils allaient vivre dorénavant. Son père ne l'avait averti que le matin même.

« Le propriétaire veut mettre ta mère à la rue, lui avait-il dit. Et toi par la même occasion. Mais ça va pas se passer comme ça, fiston, j'ai ma fierté. Mes enfants ne dorment pas dans la rue. *No way.* Quand Roy doit prendre ses responsabilités, il les prend ! Tu m'as déjà vu t'abandonner, Max ? Jamais, hein. *Never ever.* »

Voilà pourquoi Max était resté, cet après-midi-là, sous le manguier.

« Mon père va pas tarder », me disait-il toutes les quinze minutes, chaque fois que j'allais lui demander s'il ne préférait pas attendre dans la classe.

Ce premier jour, Max, resté discret sur lui-même, avait d'autant plus parlé de la Dodge.

« *Automatic transmission. Two-speed Powerflite. Torsion-Aire suspension. Astrophonic radio with three transistors and push-button controls. Eight point zero zero fourteen inch tires.* » Il débagoula cela avec le même accent américain que son père. Les élèves n'y comprirent goutte, mais aucun d'entre eux ne tint à le montrer. À leurs oreilles, les mots de Max résonnaient comme des adages magiques. Tout le monde voulait savoir :

« Mais à quelle vitesse elle roule ?

— Oui, Max, à quelle vitesse elle roule ?

— Deux cents kilomètres à l'heure ? »

Max avait répondu sans l'ombre d'une hésitation, avec beaucoup de conviction. Les garçons poussèrent des cris admiratifs ; je profitai de ce moment pour leur soumettre un problème sur lequel ils se penchèrent pour la première fois avec une grande motivation : combien de temps faut-il à une Dodge Matador pour aller d'Oostpunt à Westpunt, soit une distance de soixante kilomètres, à sa vitesse maximale ?

Si Max avait été en mesure de trouver la réponse, beaucoup dans la classe en auraient fait un demi-dieu. Comme presque tous, cependant, il faillit.

« Calculer, c'est pas important, Max, assurait parfois son père. Tant que tu sais compter. »

Comme la plupart des chauffeurs de taxi, il adaptait ses tarifs aux vêtements ou à l'apparence générale de ses passagers.

« Les pauvres ont de l'or dans la bouche, les riches à leurs doigts. » Du Roy proverbial. Une vision simple mais claire des choses, nourrie par une certaine soif d'apprendre, dans laquelle il est toujours parvenu à marier curiosité pure et réel intérêt.

Ce fut le cas la première fois que je lui ai adressé la parole, lorsqu'il est venu chercher Max à l'école. Il s'est arrêté devant la porte, a fait le tour de la voiture à grandes enjambées, a ouvert la portière droite, à croire que Max était l'un de ses clients. Max se glissa dans le véhicule à la vitesse d'un lézard et Roy referma la portière. Dès qu'il me vit, il me salua en portant sa main gantée contre la visière de sa casquette puis me demanda si Max s'était bien comporté. Point d'excuse pour justifier son retard.

« Un comportement exemplaire, répondis-je, sincère, et d'une voix suffisamment forte pour que Max m'entende malgré le grommellement du moteur en marche.

— Son père tout craché », fit Roy avec un large sourire.

Il s'apprêtait à regagner sa place de l'autre côté de la voiture.

« Il reste quelques formalités à régler. Peut-être que vous pourriez… »

Roy secoua la tête de gauche à droite : « C'est sa mère qui s'occupe de tout ça. Moi, je suis au courant de rien. Sa mère. Myrna Cortés. Je lui dirai de passer vous voir. Et qu'elle demande frère…

— Frère Daniel. J'ai Max dans ma classe. Les deux classes des plus grands.

— Roy Tromp. »

Avant de me tendre la main, il ôta son gant droit avec l'habileté de l'homme exercé, tirant un petit coup sec sur chaque doigt.

« Sa mère, répéta-t-il. Elle vient tout juste de déménager. Là-bas, précisa-t-il en montrant la direction d'où il était arrivé. Myrna. C'est une bonne mère. T'as une bonne mère, hein Max ? »

Max hocha brièvement la tête. Il était figé à la place du mort, mains croisées sur les genoux.

Roy se remit en mouvement, mais après seulement deux pas, il s'immobilisa et se tourna de nouveau vers moi, avec cette fois tout autant de curiosité que de surprise dans la voix :

« Excusez-moi, frère Daniel, mais est-ce que vous êtes un *yu di Kòrsou* ? »

Un enfant de l'île ? Ce n'était pas la première fois qu'on me posait la question.

« Incontestablement. Né à Bándabou, j'ai grandi à Boka Sami.

— Alors, vous êtes un des premiers frères noirs vraiment de Curaçao. J'en ai jamais rencontré avant.

— Je crains d'être plus rarissime encore qu'une Dodge Matador, monsieur Tromp. »

Ma réponse lui plut. Il rit de toutes ses dents, posa une main sur le toit de sa voiture : « Appelez-moi par mon prénom. Roy. Si jamais vous avez besoin d'aller quelque part, je suis votre homme. »

Sa main disparut dans la poche de sa chemise où il pêcha un bout de papier. Gribouillé dessus, un numéro de téléphone.

« Il vous suffit de m'appeler. Douze heures à l'avance. C'est le numéro d'un ami. Pas d'une société. Les sociétés, ça vous escroque. Et vous demandez Roy Tromp. Taxi numéro 7. Un chiffre sacré, pas vrai ?

— Le chiffre de la perfection dans les voies et gestes de Dieu.

— La perfection dans les voies et gestes de Dieu, dit-il à son tour en écarquillant les yeux. Celle-là, faut que je la retienne. La perfection dans les voies et gestes de Dieu, répéta-t-il à quelques reprises en gagnant sa place, avant de s'adresser à son fils en montant à bord : T'entends ça, Max ? Numéro 7. Le chiffre de la perfection dans les voies et gestes de Dieu. »

Il s'assit au volant, baissa sa vitre et m'invita à approcher.

« Une dernière question, frère. Daniel, c'est votre vrai nom ?

— Mon nom en religion, fis-je en secouant la tête. Ça renvoie au prophète Daniel.

— L'homme dans la fosse aux lions ?

— Celui-là même.

— Quand vous l'avez choisi, vous pensiez à coup sûr à notre île, dit-il en m'adressant un clin d'œil.

— Daniel était un modèle de vertu et de sagesse, expliquai-je. Je m'efforce de prendre exemple sur lui.

— Vertu et sagesse ! siffla Roy entre ses dents. Ben, je pense pas avoir un jour l'occasion de devenir un frère.

— Il n'est jamais trop tard pour se repentir, monsieur Tromp. D'ailleurs, vous vous connaissez suffisamment bien. C'est un bon début. Sans compter que je vois que vous faites confiance à Notre-Seigneur Jésus-Christ, ajoutai-je en montrant du doigt le chapelet en plastique suspendu au rétroviseur.

— Oh ! le Seigneur garde ma voiture sur le droit chemin, frère. J'ai jamais eu un seul accident. Pourtant, j'en fais des kilomètres.

— Notre-Seigneur est un bon guide, monsieur Tromp.

— J'en doute pas. Ça m'arrive de prier, vous savez. Et quand je peux, je vais à la messe. »

Je ne savais pas s'il était sérieux ou s'il essayait de gagner mes faveurs.

« Je suis heureux de l'entendre. Peut-être vous verrai-je un de ces quatre à l'église de Barber ?

— Peut-être. Ça dépendra du temps que le gamin et sa mère vont rester ici, dit-il en faisant un mouvement de la tête en direction de son fils. Je leur cherche un meilleur logement, hein, Max ? »

Max demeura figé ; mal à l'aise, il continuait de fixer le vide.

« Il s'impatiente, s'excusa Roy. Je vais le ramener. Ce fut un plaisir de vous rencontrer, frère Daniel.

— Le plaisir est partagé, monsieur Tromp. »

Il passa une vitesse en appuyant sur un bouton du tableau de bord et se pencha une dernière fois par la vitre : « Comme je vous l'ai dit, si jamais vous devez aller quelque part, demandez le taxi Tromp. Numéro 7. C'est comment déjà ? Le chiffre de… ?

— La perfection dans les voies et gestes de Dieu.

— La perfection dans les voies et gestes de Dieu. Je ne l'oublierai plus jamais, frère. »

Et il partit à vitesse réduite pour soulever le moins possible de poussière de sable.

Roy avait logé Max et sa mère dans une petite maison du *kunuku*, la nature sauvage en périphérie de Barber : pas d'électricité, une éolienne en fer-blanc déglinguée qui remontait cahin-caha de l'eau, tout autour de grands chandeliers – des cactus et des *wabis*, arbustes épineux que même les faméliques chèvres errantes évitent –, et partout de la poussière de sable jaune-gris que le vent faisait entrer par les vitres cassées des deux pièces, l'une, pièce à vivre, l'autre, pièce à dormir, sous un toit de tôles ondulées qui fuyait. En soi, Myrna aurait accepté cette situation, bien qu'elle se fût imaginé tout autre chose quand Roy était passé à Saliña à bord de sa nouvelle voiture pour conduire Max à l'école puis l'emmener, elle, dans cette maison. Plus que jamais, dans sa bicoque du *kunuku*, elle caressait l'espoir de voir Roy s'installer avec elle – puisque après bien des années de négligence, il s'occupait enfin d'elle et de leur fils –, d'autant plus qu'il lui avait assuré qu'il ne s'agissait que d'un logement temporaire, il allait bientôt se mettre en quête d'un autre endroit plus confortable. Bien entendu, il n'en avait rien fait. Les promesses de Roy étaient aussi nombreuses que fugaces ; il possédait le talent de convaincre si bien que presque personne ne doutait de ses propos, surtout pas les femmes dont il partageait le lit.

Il avait onze enfants avec sept femmes différentes. C'est du moins ce qu'il colportait dans toute l'île. Personne ne mettait en doute cette assertion, car un chauffeur de taxi noir propriétaire de sa voiture jouissait d'un réel prestige et de l'admiration de beaucoup ; pour lui, c'était un jeu d'enfant que de planifier son itinéraire de sorte à bénéficier d'une heure, voire d'une nuit entière de liberté dès lors qu'il ramenait une femme chez elle.

« Je trouve, les yeux fermés, le chemin du cœur des femmes », me disait-il dès qu'il évoquait ses conquêtes.

Le fait que j'aie pris en toute conscience mes distances par rapport aux charmes féminins lui inspirait, d'une part, de l'incompréhension, d'autre part une admiration sans bornes.

« Vous ne vous laissez pas guider par le feu qui brûle dans nos reins, et c'est très bien, frère Daniel. Entre les cuisses des femmes, les hommes perdent la tête. »

N'avais-je jamais été tenté ? Bien entendu, il ne manqua pas de me le demander.

« Vous passez régulièrement chez les mères de vos élèves, non ? Elles sont souvent seules, hein, et enfin, vous comprenez sûrement ce que je veux dire. Je peux m'imaginer…

— J'ai passé un deal avec Dieu, l'interrompis-je, lui qui était l'homme le plus à même de saisir le sens de ce mot "deal".

— Ah, d'accord, de cette façon-là… Mais vous serez alors sûrement récompensé au ciel, ajouta-t-il après un moment de réflexion.

— Une raison de plus pour mener une vie sobre ici-bas, ce qui vaut aussi pour vous. Et pour prendre soin de vos enfants, par exemple. Des onze. »

J'avais parlé sur un ton rude empreint d'un léger reproche. Cela l'impressionna, semble-t-il, puisque lors de notre rencontre suivante, il revint lui-même sur le sujet : « Vous vous souvenez, vous m'avez dit que je devais m'occuper de tous mes enfants ?

— Des onze », martelai-je.

Je me penchai un peu en avant. Par l'intermédiaire du rétroviseur, je perçus une légère morosité dans ses yeux sombres ; le chapelet se balançait d'un côté et de l'autre.

« Eh bien, frère… Comment dire ? poursuivit-il après avoir dégluti dans un grand bruit. *There… there are only four.* »

J'eus l'impression qu'il évitait de recourir à sa langue maternelle de façon que sa confession lui pesât moins. Je fis un geste pour lui indiquer que je n'avais pas compris son propos.

« Quatre, je n'ai que quatre enfants, avoua-t-il. Avec trois femmes différentes. »

Je ressentis un certain soulagement ; lui m'avait tout l'air d'un chien battu.

« Ça reste entre nous, hein ? »

Il me jeta un coup d'œil furtif. Je le rassurai, après quoi il me raconta que les mères lui collaient sept autres enfants sur le dos, en d'autres mots que ce n'était pas lui qui répandait des mensonges.

« Elles croient que je vais me charger de les nourrir. Mais quand je donne de l'argent pour les gosses, elles s'achètent des pompes neuves, des colliers et des boucles d'oreilles très chers, ou bien elles vont chez le coiffeur. Faut pas pousser, Roy est bon mais pas fou. Elles peuvent nous seriner cent mille fois de plus que je suis le père de ces gosses, faut pas m'en raconter : un Tromp, ça se reconnaît de loin. »

De ses enfants, je ne connaissais que Max. Entre eux, la ressemblance était en effet frappante, de même qu'elle crevait les yeux dans la génération suivante avec Sonny.

« Et mes quatre gosses, frère Daniel, je m'en occupe, croyez-moi. Myrna et Max, quand ils se sont retrouvés à la rue, je les ai pas abandonnés à leur sort, non. *No way*. Les hommes que je connais, dès qu'ils font un lardon, ils sont *gone* pour de bon. Et si malgré tout ils réapparaissent, c'est pour en faire un autre.

— *Une* femme, *une* famille, Roy, c'est ce que Dieu nous a prescrit.

— Je sais, mais on est à Curaçao, vous comprenez ? Le soleil, la mer, les alizés, ça met notre sang en ébullition. Et les femmes, aïe, aïe, elles jouent avec nous. »

Il n'avait pas tort. Beaucoup de femmes le faisaient pour tomber enceintes. J'ai rendu visite à bien des mères célibataires, muni de pain, de vêtements ou de savon ; chaque fois, je les ai exhortées à ne plus avoir de bébés, pour les retrouver en cloque lors de ma visite suivante

– cette fois, elles avaient trouvé le bon, celui qui resterait avec elles, tous les cadeaux qu'il leur faisait, il était tellement doux, tellement gentil avec elles, après quoi, plusieurs mois plus tard, elles se retrouvaient seules avec un énième chiard en pleurs dans les bras. Toujours et encore la même histoire.

« Plus jamais, frère Daniel, plus jamais ça, se lamentaient-elles. Je le jure sur la tombe de mes grands-parents. »

Tout bien considéré, toutes ces mères qui revendiquaient la paternité de Roy, ça l'arrangeait. On était encore à l'époque où le statut d'un homme se mesurait au nombre de femmes et d'enfants qu'il avait.

« Un homme, ça doit être fort ; une femme, douce et belle. »

Un adage qu'on entendait souvent.

Par conséquent, Roy jouissait d'un réel prestige dans l'ensemble de l'île, bien qu'il se montrât rarement en public en compagnie de l'une de ses femmes ou de l'un de ses enfants. Il ne s'intéressait aucunement à eux. Seul Max pouvait parfois compter sur lui, mais le mérite en revenait surtout à Myrna ; à renfort de charme et de ténacité, elle obtenait parfois de Roy ce qu'elle voulait. La seule chose qu'elle n'obtint pas au cours de toutes ces années, c'est qu'il vienne vivre sous le même toit qu'elle. Finalement, ce sont les rhumatismes qui firent changer Roy d'avis, plus implacables pour lui que Myrna n'aurait jamais pu l'être.

## 18 JUILLET 2001 – 20 H 16

Max est maintenant parti depuis trois quarts d'heure. Encore un peu plus de huit heures et demie de vol.

Peu avant le décollage, je suis passé à Hato pour voir si sa voiture était dans le parking. Peut-être s'était-il ravisé au dernier moment. La Dodge est bien garée là. De loin, elle attire toujours l'attention, non plus à cause de sa forme allongée ni de sa laque naguère rutilante, mais en raison de son esbroufeuse nageoire, ultime souvenir de ses années de gloire au siècle passé.

*Poignées pour les portes arrière, pare-chocs avant et rétroviseur extérieur.*

Même avec le double de pièces neuves, on ne pourrait pas la sauver. Quand Max m'a reconduit, après avoir pris congé de son père, le cliquètement continu de tous les éléments disloqués et le raffut du pot d'échappement qu'il convient de souder de toute urgence pour la énième fois, remplissaient la caisse.

J'étais assis à l'avant, comme d'habitude. Voici longtemps que je ne suis plus un client. Quand Max rend visite à son père, il arrive qu'il m'appelle pour que je l'accompagne à bord ; bien que j'aie moi-même une camionnette depuis des années, je suis heureux d'accepter quand j'en ai la possibilité. Nous passons alors en revue l'actualité de l'île. Max est un journal ambulant. Un tamtam sur pneumatiques. Au volant, il ramasse plus de nouvelles que de clients. Untel est mort, unetelle vient d'accoucher, celui-ci a été agressé, celui-là a vu sa maison partir en fumée.

« Vous vous souvenez d'Aurelio ? Il était avec moi dans votre classe. L'échalas.

— Aurelio Rodrigues ?

— Oui, lui. Il a gagné à la Robbie's Lottery. Une grosse somme, qu'il dit. Mais son chien a bouffé le ticket. C'est à pas en croire ses oreilles ! Il a fait vomir à son cabot tout ce qu'il avait dans l'estomac, mais c'était déjà trop tard. Ce Robbie et toute sa loterie, rien que du blanchiment d'argent, un jour il est arrêté, le lendemain il est libéré, le ministre-président vous arrange ça, tous corrompus, frère Daniel, l'île entière flotte sur des dollars ! Ah, oui, j'oubliais, le jeune qui a été arrêté à cause de la rixe d'avant-hier, dans la Penstraat, il a déjà été remis en liberté. Ils ne peuvent rien prouver contre lui. Il y avait vingt témoins, frère ! Vingt ! Et personne n'a rien vu ! »

Lors de notre dernier trajet, Max n'a dit que le strict nécessaire. Alors qu'il me déposait, il a porté mon attention sur la boîte à gants.

« Le double de la clé est là-dedans. Vous voulez bien la garder ? Je laisse la voiture à Hato. »

Quand j'ai ouvert le volet de la boîte à gants, celui-ci s'est détaché et est tombé sur mes pieds. Max a poussé un profond soupir, s'est penché devant moi et l'a ramassé. Il lui a fallu un certain temps pour le remettre en place.

« Si je ne reviens pas…

— Tu vas revenir.

— Si je ne reviens pas, il a repris en ignorant ma remarque, pourrez-vous récupérer la Dodge et la conduire à Barber ? Elle sera pour Sonny. Plus tard. Le moteur tourne toujours au quart de tour… »

La première fois que j'ai rendu visite à Max et sa mère à Barber, j'ai éprouvé les pires difficultés à trouver, dans le *kunuku*, la maison où Roy les avait remisés. Aucune des personnes auxquelles je m'adressais ne les connaissait. Jusqu'à ce que je décrive la voiture qui avait effectué le déménagement de Myrna. Tout le monde fut alors en mesure de m'indiquer la bicoque devant laquelle son conducteur s'était arrêté.

À genoux devant ce gourbi, Max était en train d'attirer un iguane avec des morceaux de figues de Barbarie, qu'il projetait d'une pichenette en direction du reptile. Dès qu'il me vit, il bondit sur ses jambes et se précipita à l'intérieur.

« *Mai*, le frère est là ! »

Quelques minutes s'écoulèrent avant que Max ne réapparût. De la masure retentit d'abord un certain remue-ménage, puis le choc de casseroles et de poêles ; enfin, du sable voltigea par les fenêtres dont le vent soulevait les rideaux qui consistaient en une simple chute de drap.

« *Mai* arrive », fit Max.

Il restait planté devant la porte, mains sur les hanches, comme si on lui avait commandé de m'empêcher à tout prix d'entrer.

Cela faisait une semaine qu'il était dans ma classe. Depuis le premier jour, on le voyait avec les mêmes vêtements ; une seule fois, il avait apporté de quoi manger, rien de plus qu'une tartine et une banane. À une ou deux reprises, j'avais écrit à sa mère que je souhaitais lui parler, mais elle ne s'était jamais manifestée.

« *Mai* est occupée », s'excusait Max.

Finalement, j'avais décidé de me déplacer. J'apportais

un paquet contenant deux pains, du poisson fumé et quelques vêtements de garçon. Mais quand Myrna sortit et que je voulus le lui remettre, elle me dit sur un ton ferme : « Je m'débrouille très bien toute seule. J'ai pas besoin de compassion.

— Qui parle de compassion, madame Cortés ? Je tiens juste à vous souhaiter la bienvenue à Barber. Vous ne refuserez pas un cadeau, n'est-ce pas ? »

Tout en parlant, je cherchais à cerner les particularités physiques que Max partageait avec sa mère. Bien peu, voire aucune. Les gènes de Roy se révélaient de toute évidence dominants. Tout ce qui était filiforme chez Max – visage, torse, jambes – s'avérait ramassé chez Myrna, ramassé et rond – tête, épaules, poitrine, ventre, y compris les mains qu'elle tendit pour accepter mon présent.

« *Masha danki*, frère. Et appelez-moi par mon prénom : Myrna. J'suis pas une madame. »

Sa voix était tout sauf ramassée et ronde. Elle s'exprimait avec une fougue et une détermination que j'avais relevées chez plus d'une mère célibataire, à cette différence qu'aucune frustration, aucune colère ne transparaissait dans ses propos à elle ; il s'agissait bien plutôt de fierté et d'une volonté à toute épreuve. Aussi étais-je d'autant plus surpris qu'elle se fût laissée véhiculer aussi docilement par Roy de Saliña au village isolé de Barber, transfert qui tenait plus du bannissement que du déménagement.

« C'est temporaire, m'assura-t-elle alors que je l'interrogeais. Le père de Max a déjà autre chose en vue. À la baie de Caracas. »

Je remarquai que ses paroles surprenaient désagréablement Max. Au cours de cette première semaine, il s'était déjà fait quelques copains. Or, il les voyait même après l'école.

« On va pas encore déménager, *mai.* »

Même si j'allais regretter le départ de Max, je fis de mon mieux pour ne pas convaincre Myrna de rester à Barber. Un autre endroit de l'île réserverait, sans guère de doute, un meilleur avenir au garçon que ce coin perdu où la vie se montrait souvent plus clémente pour les chèvres que pour les humains.

Toutefois, le mois se transforma bientôt en une année et l'année en près de dix ans. Pendant tout ce temps, Myrna a vécu dans sa bicoque de Barber. Une chose me frappa lors de cette première visite : elle partait plus ou moins de l'idée qu'elle resterait là, non pas une dizaine d'années, certes, mais bien plus d'un mois. Pour preuve : elle avait, sur le côté de la maison, délimité un petit lopin avec des cailloux et engraissé la terre avec des crottes de chèvre et du crottin d'âne, que Max ramassait dans le *kunuku.* Dans ce carré de jardin, elle avait semé des citrouilles, des fèves et du maïs, dont elle ne pouvait espérer la première récolte avant quatre mois.

« Mes grands-parents travaillaient dans une plantation, m'expliqua-t-elle. Semer et planter en septembre, juste avant la saison des pluies, ça, j'ai jamais oublié. »

Je lui demandai de quoi elle vivait. Une entrée en la matière, en quelque sorte, avant de l'interroger avec circonspection sur le peu de nourriture que Max apportait à l'école.

Max fournit la réponse avant que sa mère n'eût pu ouvrir la bouche.

« De *funchi*, frère, du *funchi* tous les jours, ça me sort par les trous de nez.

— Max ! le rabroua Myrna.

— C'est pourtant la vérité, *mai*. Du *funchi*, encore et toujours du *funchi*. »

De la farine de maïs bouillie. Du remplissage d'estomac, il n'y avait guère autre chose.

L'aveu de Max provoqua un plissement dans la fierté de Myrna.

« Ce n'est que temporaire. Je dois encore m'habituer ici, vous comprenez. Tout s'est passé si vite. Roy s'est pointé sans prévenir et il m'a dit de prendre mes affaires.

— Parce que le propriétaire voulait vous mettre à la porte.

— Me mettre à la porte ? Non. D'où tenez-vous ça ?

— C'est *pai* qui l'a dit, répondit Max à ma place.

— Ton père raconte des balivernes. Ce *makamba* de propriétaire n'arrêtait pas de me tripoter avec ses sales pattes. C'est pour ça que j'ai voulu partir ! »

Max fixa sa mère avec des yeux ronds. Myrna s'empressa de s'excuser :

« Désolée, frère Daniel, désolée. Mais ce type, y a qu'une chose qui l'intéresse. Il me disait : Si t'es gentille avec moi, t'auras pas besoin de me payer ce mois-ci. Quand j'en ai parlé à Roy, il a failli prendre sa bagnole pour aller lui donner une leçon, mais j'ai réussi à l'en empêcher. Je me serais retrouvée à la rue, vous voyez. Si tu veux m'aider, Roy Tromp, que j'lui ai dit, commence par chercher une autre maison pour moi et pour ton fils. Je m'en charge, Myrna, promis, qu'il m'a dit. Mais Roy, ce qu'il dit… Il te promet le ciel, mais tout ce que t'obtiens du ciel, c'est de la pluie sur la caboche. Le lendemain matin, il s'est tout de même pointé. Il m'a donné une heure pour préparer toutes mes affaires et celles de Max. En attendant, il allait conduire le gamin à l'école. J'étais tellement heureuse, frère, tellement heureuse… jusqu'au moment où j'ai compris qu'il me conduisait presque à Westpunt. “C’est juste pour le temps de se retourner.” Je l’entends encore me l’dire. Un de ses amis avait entendu parler d’une maison qui allait se libérer, près de la baie de Caracas. Eh bien, nous voilà une bonne semaine plus tard, et Roy, je l’ai plus vu, je l’ai plus entendu. Vous savez ce qui l’ronge ? Il supporte pas qu’un autre veuille de moi, voilà, c’est pour ça qu’il m’a remisée ici. Sont tous pareils, ces bonshommes, y s’retournent jamais sur vous jusqu’au jour où y en a un qui vous r’luque. »

Pendant longtemps, j’ai cru que la seule jalousie expliquait la promptitude à agir de Roy. Mais à mesure que j’apprenais à le connaître et qu’il m’était possible de comparer la version des faits que Myrna me servait et la sienne, je compris qu’il craignait par ailleurs de perdre sa réputation bâtie sur de la vantardise. Par conséquent, il a dû juger préférable de caser Myrna loin du monde habité. Son blason ne pouvait en aucun cas moins briller que la Dodge.

« Pour sa bagnole, il paie plein pot à la banque, mais personne ne doit être au courant. Pendant c’temps, son fils crève la faim. »

Cette confidence, Myrna me la fit après que je lui avais demandé si Roy contribuait à l’éducation de Max.

« Pourquoi ne pas vous tourner vers le conseil de tutelle ?

— C’est ce que j’ai fait. Plus d’une fois. Il paie pendant un certain temps, puis il s’arrête. Après deux ou trois fois, vous savez, on renonce ; moi aussi, j’ai ma fierté. »

Comment pensait-elle se débrouiller ici, à Barber ?

« Oh, vous inquiétez pas pour nous, je trouverai bien quelque chose. Peux peut-être vendre des billets de loterie. Ou, comme une de mes cousines, des bijoux faits maison. Et dès que les citrouilles seront mûres, j'irai au marché. Mais si vous pensez à quelque chose pour moi, du ménage ou de la cuisine – j'ai travaillé pour une famille hollandaise pendant des années –, n'hésitez pas à me le dire. Je sais pas rester assise, hein, Maxou ?

— *Mai* est toujours très occupée, fit Max.

— Je vais voir ce que je peux faire pour vous », lui promis-je.

Avant de me laisser partir, elle voulut savoir si je rendais souvent visite aux familles. Elle était surprise, car à Saliña, aucun membre de l'école ne s'était jamais déplacé. Je reconnus que c'était la première fois. Ma démarche me semblait naturelle, même si je n'y avais pas plus réfléchi que cela. Le lendemain, alors que j'évoquais ma visite avec mes collègues, des Blancs pour la plupart, je découvris que ce n'était en effet pas habituel. Si aucun d'eux ne désapprouva mon initiative, je ne perçus pas non plus la moindre compréhension à mon égard.

« Quand les gens ont besoin de nous, ils savent où nous trouver », affirma l'un d'eux. Et personne ne le contredit.

Myrna privilégiait le concret à l'abstrait. Elle voulait offrir à Max un avenir dans lequel le hasard ne jouerait aucun rôle ; pour cela, elle était prête à gratter à mains nues, jour après jour, la terre rouge de la plaine de San Pedro. Elle n'eut toutefois pas besoin d'en venir à une telle extrémité. Quelques semaines après notre première rencontre, je pus lui procurer un emploi au sein même de l'école. L'une des femmes de ménage étant en congé maladie pour une durée indéterminée, je pensai tout de suite à Myrna pour la remplacer. Comme je ne doutais nullement de sa capacité à bien travailler, je la recommandai au directeur. Frère Tinus souscrivit à ma demande. Il ne s'agissait, certes, que de quelques heures par semaine, mais Myrna ne laissa pas passer l'occasion. Elle en conçut une grande gratitude à mon égard ; pendant plus de dix ans, elle a fait le ménage dans les salles de classe et les couloirs de notre école, Max lui donnant parfois un coup de main en mettant les chaises sur les bancs ou en vidant les corbeilles à papier, même alors qu'il fréquentait un établissement secondaire.

Avant ou après son travail, Myrna venait régulièrement bavarder avec moi, histoire de dissiper la solitude du *kunuku*. Elle ne se départait jamais de son franc-parler – sa faiblesse en même temps que sa force.

« Je veux pas qu'on me prenne pour une hypocrite, reconnaissait-elle. On me l'a souvent reproché, surtout Roy. Il s'attend à ce qu'on l'admire en permanence. Mais moi, je suis pas comme ça. J'ai bien essayé, vous savez, après la naissance de Max. Je voulais qu'il ait un père, voyez-vous, et tant que j'la fermais et que je hochais la tête, Roy rev'nait à la maison. *Honey* par-ci, *sweetie* par-là, le charme à tous les étages, vous savez comme il est. Jusqu'au jour où je l'ai pris encore une fois sur le fait, un mensonge ou un subterfuge de plus, et là je l'ai pas fermée. Mon Dieu ! la femme ingrate que j'étais ! la mauvaise femme ! Et hop ! il s'est volatilisé. »

Pourtant, bien qu'il lui arrivât de détester Roy, survenait sans manquer un moment où elle disait : « La porte lui est toujours ouverte. »

Au début, je me demandais bien pourquoi.

« Il ne sera jamais un homme bon pour toi. Et il ne te sera pas non plus fidèle.

— Ma tête le sait, frère Daniel, mais mon cœur fait

le couillon. Chaque fois que je vois Roy… eh ben… eh ben… » se justifiait-elle avant de lâcher un soupir du plus profond de son être.

En réalité, il ne s'agissait pas seulement d'amour ou de désir, une autre chose jouait, un sentiment de culpabilité qui remontait à bien des années. C'est ce que je déduisis de l'épisode qu'elle me confia alors qu'elle travaillait depuis environ trois mois à l'école Cet après-midi-là, je m'étais attardé pour préparer mes leçons ; elle faisait le ménage dans ma salle de classe. À l'improviste, je lui ai demandé si Max ne s'ennuyait pas tout seul à la maison.

« Oh ! ce gosse, il trouve toujours de quoi s'occuper. Et il m'aide dans le jardin. Il arrose tous les jours les citrouilles, au moment que ça lui chante, et il arrache les mauvaises herbes, j'ai même pas besoin de lui demander. À condition qu'il ait fait ses devoirs, j'transige pas là-d'ssus. »

Je m'attendais à ce qu'elle réitère les questions qu'elle m'avait posées à deux ou trois reprises au cours des semaines passées, à savoir s'il se débrouillait bien en classe et quelles étaient ses chances de poursuivre des études. Au lieu de cela, après une courte hésitation, elle me dit :

« Il aurait dû avoir une sœur. »

Sur l'instant, décontenancé à cause de mon manque d'expérience de ce genre de conversations, je ne sus quoi répondre. Cependant, elle ne tarda pas à poursuivre, d'une voix lente, dénuée de la fougue qui l'animait de coutume.

Peu de temps après la naissance de Max, elle était retombée enceinte de Roy. Elle n'avait pas eu d'autres hommes, jamais, insista-t-elle.

Une nuit, une douleur terrible au ventre l'avait réveillée.

« Comme si quelqu'un était en train de tout déchiqueter en moi. »

La douleur cessa subitement, et quand elle alluma, elle vit que du sang maculait le drap.

« Elle était allongée là. On aurait dit une poupée. Mais toute petite, oh ! tellement petite. Elle tenait tout juste dans ma main. Pourtant, tout était déjà à sa place : les bras, les jambes, les mains, même les dix doigts, tout. Et partout, des poils fins. Comme du duvet. »

Pendant qu'elle parlait, elle faisait aller nerveusement sa main droite sur son ventre. Elle avait le regard tourné vers l'intérieur.

« Esmeralda, prononça-t-elle du bout des lèvres. Je l'ai appelée Esmeralda. » Et tandis que sa main passait de son ventre à sa poitrine en formant un poing, elle ajouta : « Elle est restée avec moi toute la nuit. »

Oscillant imperceptiblement sur ses petits pieds potelés, elle resta en face de moi, les yeux fermés, sans rien dire, jusqu'à ce que son poing s'ouvre peu à peu et qu'elle lâche le souvenir qu'il renfermait.

Au lever du jour, elle avait ressenti de nouvelles douleurs, plus intenses encore. Entendant ses braillements, la voisine était accourue et avait appelé une ambulance. Les brancardiers avaient dû lui ouvrir de force la main pour en retirer ce qu'elle renfermait.

« Je l'ai pas revue. On m'a tout de suite opérée. »

Son utérus étant déchiré, les médecins avaient procédé à son ablation. Elle ne pouvait plus avoir d'enfants.

« Dieu l'a voulu ainsi, pas vrai ? » Elle me regardait dans le blanc des yeux.

Je dus chercher mes mots.

« Dieu seul le sait, Myrna. Mais si tel est le cas, c'est qu'il cherche à nous faire comprendre quelque chose.

La tristesse nous rapproche les uns des autres. Elle nous rend plus forts.

— Mais ne même pas donner à un enfant la chance de vivre, c'est tellement cruel.

— Il n'a pas laissé ton enfant souffrir. En ce sens, on pourrait peut-être dire qu'il l'a épargnée.

— Peut-être… peut-être…

— Et Roy ?

— Roy ? s'exclama-t-elle en fronçant les sourcils, comme si elle entendait ce prénom pour la première fois.

— Quelle a été sa réaction ?

— Il… il est au courant de rien. Je lui en ai jamais parlé. »

Je posai sur elle un regard stupéfait, empreint, qui sait, d'une forme de reproche bien involontaire, car elle s'est empressée d'ajouter, au bord de la panique, comme si elle croyait que je la condamnais par avance : « Y voudrait plus d'moi ! Plus aucun homme voudrait de moi ! Une femme, c'est fait pour avoir des enfants, vous pouvez comprendre ça, non ? »

## 18 JUILLET 2001 – 20 H 47

Avant de prendre la direction de l'école de Barber, j'ai passé près de vingt-cinq ans devant les élèves ; en tout, plus de six cents garçons m'ont eu comme instituteur. Dans les premières années, ils étaient dans des classes de trente et plus, par la suite de moins de vingt – Barber se vidait. Malgré ce nombre élevé, je me souviens de la plupart d'entre eux, y compris de la place qu'ils occupaient dans la salle de classe. Ceux qui ne sont jamais partis du village ou qui y sont revenus, je les vois régulièrement devant leur maison ou dans la rue quand je fais ma tournée en camionnette pour distribuer vêtements et nourriture. De loin, ils ne manquent jamais de lever la main en l'air ; parfois, ils me font comprendre par de grands gestes qu'ils ont besoin de quelque chose ou de tout bonnement causer.

Ailleurs sur l'île, il arrive souvent aussi que d'anciens élèves m'abordent ; ils sont agréablement surpris lorsque je prononce leur prénom sans avoir à creuser bien loin dans ma mémoire et leur sers, dans bien des cas, une anecdote qu'ils ont eux-mêmes oubliée depuis longtemps. Quand je leur dis que je possède encore tous les carnets de notes, leur étonnement est grand et quel que soit le niveau qu'ils avaient, la plupart sont très curieux de savoir comment au juste ils s'en tiraient à l'époque.

Le plus ancien carnet date de 1961-1962, une classe de trente et un garçons, dont Max Tromp. En le feuilletant, je vois qu'il a commencé l'année scolaire tout doucement : il n'avait pas la moyenne en calcul, en sciences naturelles ni en géographie. En lecture et en écriture, il avait de bons résultats ; en néerlandais et en anglais, des notes convenables. Comme il n'avait jamais redoublé, il comptait parmi les plus jeunes élèves de sa classe. En ce sens, ses débuts étaient prometteurs, certainement pour ce qui concerne les langues. Les trois quarts de ses camarades avaient redoublé au moins une fois : depuis leurs premiers pas dans la vie scolaire, ils livraient une lutte contre le néerlandais, langue d'enseignement de toutes les matières. Un énorme problème, plus encore dans le pauvre village de Barber. À la maison, les gamins ne parlaient pour la plupart que le papiamento ; beaucoup n'avaient même pour ainsi dire jamais entendu le moindre mot néerlandais avant d'être scolarisés.

Max avait la chance d'avoir une maman qui se débrouillait plutôt assez bien dans cette dernière langue. Pendant six ans, elle avait travaillé comme bonne pour un cadre supérieur de Shell, jusqu'à ce que ce dernier retourne en Hollande. Sa femme l'autorisait parfois à amener le petit Max pour qu'il joue avec leurs enfants.

« Mais seulement quand monsieur était à l'étranger pour son travail, expliquait Myrna. Lui, il était pas d'accord. Y m'a même jamais serré la main. »

Prévoyante comme elle était, elle s'efforçait de parler régulièrement néerlandais avec Max, tandis que Roy, du moins les rares fois où il se montrait, l'avait très tôt initié à l'anglais, langue grâce à laquelle il enluminait son propos.

« Des boniments et des insultes ! soulignait Myrna.

Quand je pense à tout ce que le gamin a été forcé d'apprendre comme ça ! »

De fait, Max avait développé de réelles affinités avec les langues, ce qui lui permit de faire bien vite partie des meilleurs élèves de ma classe. Bulletin après bulletin, ses notes augmentaient, à la grande satisfaction de sa mère. Lorsque je lui annonçai qu'il pouvait devenir le premier de la classe, devant le fils du maître Frank, l'intouchable Richie Molina, il ne compta plus ses efforts, pas même en calcul, la matière qui lui a toujours posé le plus de difficultés.

Quelques semaines plus tard, bingo. Max était le meilleur de la classe, ce dont je lui fis part en présence de tous ses camarades. Il ne poussa aucun cri de joie. Il goûta le moment en silence. Tout au plus pouvait-on percevoir en lui une lueur qui faisait pétiller ses yeux.

On en resta là. À chaque bulletin suivant, Richie obtenait un total supérieur, mais cela ne perturba pas Max : il avait fait ses preuves. Bien des années plus tard, un jour où nous parlions dans le taxi des notes de son fils Sonny, il a lâché tout à coup, non sans un regain de fierté : « Vous vous rappelez la fois où j'ai battu Richie Molina ? J'étais premier, lui n'était que deuxième.

— Je m'en souviens comme si c'était hier. »

Nous échangeâmes un regard complice avant que Max porte à nouveau les yeux sur la route et que je voie son visage, reflété dans le pare-brise, s'assombrir peu à peu. Après d'innombrables heures et kilomètres passés à ses côtés dans le taxi, je savais exactement ce qui lui traversait l'esprit. Une pensée mélancolique qui le tourmentait depuis une grande partie de sa vie et qui, voyageuse silencieuse, faisait une fois de plus la route avec nous.

Il ne deviendrait pas chauffeur de taxi – une décision qu'il avait prise à un jeune âge. Bien sûr, sa mère n'y était pas étrangère : elle lui avait toujours fortement déconseillé de marcher dans les pas de son père. Mais pour l'essentiel, sa décision résultait bien de ce dernier. Quand Roy l'avait conduit pour la première fois à Barber à bord de la Dodge, il s'était imaginé au volant de l'impressionnant paquebot, portant des vêtements chic, des gants blancs et coiffé d'une casquette. Le souffle coupé, il avait, durant tout le trajet, écouté son père parler sans retenue de la puissance du moteur, de la souplesse des amortisseurs et de l'ingéniosité de la transmission automatique. De même, le bruit qui montait de dessous le capot l'avait fait rêver. Comme si, effectivement, une horde de chevaux trottait là. Et quand Roy lui avait assuré qu'il pourrait un jour la conduire, qu'il posséderait même une Dodge à lui si les affaires marchaient bien, Max, pas encore convaincu, lui avait demandé :

« Pour de vrai ?

— Aussi vrai qu'un plus un, ça fait deux. »

Mais la première déception ne s'était pas longtemps fait attendre. Attiré par le logo brillant en forme d'étoile et les élégantes lettres chromées DODGE ornant le volet de la boîte à gants, il tendit la main pour la passer dessus. Dans la même seconde, son père lui tapa sur les doigts.

« Touche à rien ! Sinon, je t'éjecte et tu continues à pied ! »

Une désillusion sans fond pour Max. À ses yeux, la voiture venait de perdre une partie de son éclat. Pendant le reste du trajet, il osa à peine bouger. À leur arrivée à Barber, il ne regretta même pas de devoir descendre du véhicule. Soulagé, il approcha la main de la poignée, mais d'un geste rapide, son père tendit de nouveau le bras et éloigna la main de Max de la portière.

« Reste assis. J'te fais descendre. J'veux pas que tu casses quoi que ce soit. »

Max se raidit, plus encore lorsqu'il remarqua qu'une centaine de garçons le fixait, toute la cour de l'école. À grandes enjambées, son père fit le tour du véhicule et ouvrit la portière. Max mourait de honte. Tout le monde allait croire qu'il n'était encore qu'un gosse. Il aurait aimé s'en aller sur-le-champ, mais son père, impitoyable, le repoussa quand, pris d'un début de panique, il essaya de s'accrocher à lui.

*Grow up, Max, you' no child anymore.*

Tous, nous l'avons entendu prononcer ces mots, Max mieux que nous.

Cependant, sa désillusion ne tarda pas à s'atténuer car ses nouveaux camarades l'admiraient en raison de son père et de la voiture. Le prestige dont il jouissait refoula sa honte. Dans la classe qu'il avait fréquentée jusque-là, à Saliña, personne ne s'était jamais retourné sur lui.

Quand son père le reconduisit le même jour, Max retomba rapidement sous le charme de la Dodge. Et la façon majestueuse dont Roy, pareil à un capitaine à la barre d'un bateau, faisait glisser le volant entre ses grosses mains, lui inspira encore du respect.

« Ta nouvelle maison », lui dit-il au bout d'un moment en désignant un endroit à travers le pare-brise.

Max ne regardait pas au-delà du nez du capot.

Myrna sortit et, remontée, se mit tout de suite à se plaindre au sujet du lieu où Roy l'avait bannie le jour même. Ce dernier coupa le moteur, descendit et lui retourna ses insultes. Pourrie gâtée qu'elle était ! Jamais contente malgré tout ce qu'il pouvait faire pour elle ! Il avait fouillé, nom de Dieu, la moitié de l'île pour lui trouver un toit !

Max était resté dans la voiture. Il avait déjà assisté à

tellement de disputes entre ses parents qu'il avait appris à se créer une carapace. Il se concentrait sur le tableau de bord. DODGE, lut-il pour la énième fois sur la boîte à gants. D'elle-même, sa main se porta sur les lettres brillantes, son index en suivit chaque courbe. Dehors, les piétinements de sa mère soulevaient des nuages de poussière tandis que son père moulinait des bras.

« Je ne sais plus combien de temps leur dispute a duré, racontait Max, mais à un moment donné, je me suis glissé côté conducteur et assis derrière le volant. Dans mon imagination, j'ai fait pour ainsi dire le tour de toute l'île à deux cents kilomètres à l'heure, j'étais *the king of the road*, jusqu'au moment où mon père, me voyant, entre dans une colère pire encore que celle qui le faisait tonner contre ma mère…

— Roy l'a tiré hors de la bagnole, ajouta Myrna, et il lui a flanqué une de ces raclées, vous pouvez pas imaginer. Max n'avait rien fait, il était juste assis au volant, et pourtant Roy s'est déchaîné comme s'il avait bousillé la Dodge. Bien sûr, vous comprenez qu'il cherchait à décharger sa frustration. Je me suis alors interposée…

— *Mai* s'est jetée sur mon père comme une lionne, j'vous jure, elle qui est toute petite, et grâce à ça, j'ai pu m'enfuir dans le *kunuku*.

— Roy est parti en faisant hurler ses pneus. Sa voiture a rasé les *wabis*. La peinture laquée toute griffée. Tant mieux ! »

Plus tard, sa mère n'étant plus là, Max m'a confié :

« Je détestais mon père. Du fond du cœur. Jamais plus je ne monterais dans sa voiture, je me le suis juré. Et jamais je ne deviendrais chauffeur de taxi, ça aussi, je me le suis promis… Malheureusement, vous le savez, les choses ne se sont pas passées comme ça. »

Max aurait aimé devenir instituteur.

D'autres garçons de sa classe se satisfaisaient de l'idée qu'ils seraient un jour en mesure de fabriquer un placard, de vendre des billets de loterie ou, depuis qu'ils avaient vu la Dodge, de conduire une voiture. Là s'arrêtait leur ambition. Max, lui, aspirait à avoir une classe.

« Pourquoi ?

— Parce que. Tout simplement. Enseigner. Corriger des devoirs.

— Tu préfères ça à devoir faire des devoirs ?

— Oui, parce que ça veut dire qu'on connaît déjà les réponses. »

Ce n'était pas un simple engouement. Il n'a cessé de réaffirmer son désir. D'ailleurs, il avait certaines dispositions. Quand il faisait un exposé, il s'épanouissait. Le garçon un tantinet introverti, assis à gauche dans la classe, au premier rang, se transformait en un orateur capable d'enthousiasmer ses camarades, quel que soit le sujet retenu. Une semaine à l'avance, il passait des heures dans l'encyclopédie et dans d'autres ouvrages de référence de notre petite bibliothèque, en recopiant des passages et croquant des dessins portant sur le thème de son choix. À la grande déception de ses camarades de classe, il ne parla jamais de la Dodge Matador ni d'un quelconque modèle américain, préférant par exemple aborder l'histoire du domaine Daniel, alors délabré, non sans me décocher un sourire amusé – « situé sur la route de Westpunt, que l'on appelle aussi "prière sans fin" » –, ou les mœurs des *makwaku*, ces frégates qui planent toute l'année au-dessus des eaux de Willemstad, et dont il parlait comme un biologiste qui aurait étudié leur comportement des semaines durant.

« Ils ont une poche rouge sous la gorge qu'ils gonflent pour séduire les femelles. » Hilarité dans toute la classe, mais Max restait d'un sérieux à toute épreuve, brandissant la baguette sur le dessin qu'il avait préparé.

Quand je demandais un volontaire, Max était toujours le premier à lever le doigt ; après l'école, il lui arrivait souvent de traîner dans la cour, parce que, prétendait-il, il attendait que sa mère ait fini le ménage, mais il espérait en réalité que je lui fasse signe : « Max, t'as une minute ? »

Dix secondes plus tard, il se tenait devant mon bureau, les yeux débordant d'attente.

Je lui demandais d'essuyer le tableau, de remplir la boîte de craies, de classer feuilles et cahiers dans l'ordre alphabétique et, à sa grande joie, de faire aussi des stencils sur notre ronéo d'occasion – appareil qui crachait tellement d'encre qu'il réapparaissait tout bleu, ses dents y compris. Toutefois, son bonheur ne touchait au paroxysme que lorsque je lui permettais d'écrire un texte au tableau en guise de préparation d'une leçon du lendemain – à la différence de nombre des autres garçons, il avait une belle écriture lisible – ou de m'aider à corriger les devoirs. De temps en temps, je le laissais aussi rédiger une page sur ma machine à écrire ; bientôt, il tapa avec ses deux index plus vite que moi avec mes dix doigts.

Myrna se le figurait déjà en train de travailler dans un bureau.

« Imaginez ça, tous les jours de neuf heures à dix-sept heures, un salaire fixe, la clim, les mains toujours propres.

— *Mai*, je serai instituteur, répliqua-t-il, catégorique.

— Instituteur ? Bon, ça me va aussi, tant que tu deviens pas chauffeur de taxi. »

Elle prononça ces mots en m'adressant un clin d'œil, non sans penser ce qu'elle disait.

Dès qu'elle se retrouva seule avec moi, elle me demanda :

« Il veut vraiment faire ça ?

— Je crois que oui.

— Mais est-ce qu'il est… reprit-elle en tapotant du bout de l'index contre son front.

— Assez intelligent ? Je n'en doute pas une seconde. En plus, c'est un gros travailleur. S'il continue à faire de son mieux, il réussira.

— Faut qu'il aille à quelle école ?

— Au Radulphus College, par exemple, pour y suivre l'enseignement secondaire et dans la foulée la formation pour devenir enseignant.

— Le Radulphus College ? Mon gamin ? s'exclama Myrna, dans tous ses états et en se servant de sa main comme d'un éventail. Max à Radulphus ! Qui l'aurait cru ? »

Pas Roy, en tout cas. Je lui en parlai quelques jours plus tard alors qu'il me conduisait à Groot Kwartier. En moyenne, lui et moi, on se voyait une fois par semaine. En général, je me rendais à Barber avec frère Tinus, mais quand il avait des obligations ailleurs, je pouvais compter sur Roy.

« Cinq florins. Prix spécial. Pour vous. » C'est ce qu'il me demandait pour un simple trajet. Quand je prenais un autre taxi, cela me coûtait parfois moins cher.

En réalité, pour Roy, le futur de Max était déjà tout tracé.

« Max va à l'école technique. La mécanique. Comme ça, il pourra travailler pour moi plus tard. D'abord pour l'entretien et la réparation de la Dodge ; ensuite, si les affaires vont bien, je lui dénicherai une licence pour lui aussi. Il pourra conduire son taxi. *Taxi Tromp & Fils*.

Pas mal, hein ? Ou peut-être en anglais, ça en jette plus… *Tromp's and Son Taxi Company* », ajouta-t-il, après avoir réfléchi, en insistant sur chaque syllabe.

En même temps, il balaya du bras le haut du pare-brise, de gauche à droite, comme si l'inscription figurait déjà dessus en lettres capitales. Puis il me considéra d'un regard satisfait.

M'attendant à récolter le contraire de ce que je cherchais si jamais je n'abondais pas dans son sens, je décidai de le suivre plus ou moins dans son rêve.

« Écoute, Roy, dans une *entreprise* familiale de ce type (je prononçai le mot en exagérant son importance), il faut bien que quelqu'un s'occupe de la paperasse, de la comptabilité, tout ce bazar. On perd une fortune quand on doit déléguer ce boulot. Il me semble que Max est la personne toute désignée pour se charger de ça en plus du reste. Ça te permettrait de t'en tirer à moindres frais. Le gamin est très intelligent, ce serait dommage de ne pas en profiter. Tu connais la parabole de Jésus sur les talents, n'est-ce pas ?

— Ça me dit quelque chose, frère Daniel, les talents qu'on gaspille, c'est pas ça ? Ça parle de quoi déjà ?

— Matthieu, chapitre 25, versets 14 à 30, lui dis-je, et je lui racontai l'histoire de l'homme qui part à l'étranger en confiant à ses trois serviteurs des talents, respectivement cinq, trois et un. À l'époque, Roy, les talents, c'étaient des pièces de monnaie, mais Jésus voulait bien entendu aussi parler des dons que chacun de nous possède.

— Je comprends.

— Les deux premiers serviteurs ont fait des affaires avec cet argent et ils ont doublé la somme, le premier s'est retrouvé avec dix talents, le deuxième avec six. Le troisième s'est contenté d'enterrer son talent et n'en a donc rien fait. À son retour, l'homme a récompensé les deux premiers serviteurs, mais il a maudit le troisième en raison de sa paresse. Il lui a pris son talent et l'a donné au serviteur qui en avait déjà dix. Car "à celui qui a, on donnera encore, et il sera dans l'abondance". Quant au serviteur paresseux, Roy, écoute bien, il l'a jeté dans les ténèbres extérieures. »

Mes paroles suscitèrent un silence dans la voiture, le même que celui qui se faisait chaque année dans ma classe après que j'avais raconté la parabole. Songeur, Roy fixait la route puis, d'une voix grave, il finit par me demander :

« Ça veut dire que Max a du talent ?

— Plus d'un. Il est intelligent. Doué en langues. Gros travailleur. Il pourrait faire un bon instituteur.

— Instituteur ? Vous parliez de comptabilité, de paperasse et de tout le tralala, non ?

— Oui, on peut aussi songer à ça. En tout cas, il faut qu'il aille au collège et pas à l'école technique. Là aussi, il apprendrait beaucoup de choses, ne me fais pas dire ce que je ne veux pas dire, mais il ne pourrait pas exploiter tous ses talents, tu comprends ? Au Radulphus College, ce serait différent.

— Le Radulphus ? Sur la route Cas Cora ?

— Chez les frères, j'ai opiné. Ils ont une bonne réputation.

— Mais comment il irait là-bas ? J'peux pas l'amener et aller le rechercher tous les jours.

— Le transport est prévu. On viendra le chercher à Barber. »

Roy replongea dans ses réflexions. J'avais l'impression qu'il allait changer d'idée, si ce n'était dans l'immédiat, du moins dans un avenir proche, dès lors que je serais revenu deux ou trois fois sur le sujet en vue de le convaincre.

« Mais… reprit-il en se tournant vers moi (je perçus dans sa voix une pointe d'embarras, peut-être feinte), ça va coûter des sous, hein ? Le transport, les livres, et ils portent un uniforme, 'pas ? Sa mère gagne pas lourd, vous le savez. »

Cette question, je m'y attendais tôt ou tard.

« Bien sûr, il y a des frais de scolarité, je ne sais pas à combien ils s'élèvent au juste, mais en ce qui concerne Max, il pourrait obtenir une bourse. Pas une bourse officielle, elles sont réservées à ceux qui vont étudier en Hollande, mais une sorte d'aide. Un député peut organiser des choses comme ça, à titre personnel.

— Un député, organiser quelque chose pour Max ? s'exclama Roy, incrédule. Max est un nègre. Un député lui prêtera pas la moindre attention.

— Je connais des nègres qui sont devenus frères », répondis-je en souriant.

Roy ricana.

« Faut envisager les choses comme ça, poursuivis-je. Le député en question, s'il a une idée des capacités de Max et s'il voit où il vit et combien sa mère a du mal à joindre les deux bouts, eh bien, il se montrera peut-être généreux. En agissant ainsi, il s'assurera des voix parmi les pauvres. Une voix, ça n'a pas de couleur, hein.

— Tant que vous m' demandez pas de ramper dans la boue pour plaire à votre député !

— Moi, je veux bien toucher un mot à son sujet à un député, mais même avec un tel soutien, il te faudra quand même sortir un peu de sous de ta poche. Considère ça comme un investissement de tes propres talents – plus tard, avec un gars comme Max dans ton entreprise, tu en percevras le double ou le triple. Car, comme Jésus l'a dit, Roy : "À celui qui a, on donnera encore, et il sera dans l'abondance." »

Sans rien dire, Roy demeura un long moment les yeux rivés devant lui, non sur la route, mais sur l'horizon que je lui promettais.

Roy accepta de payer de sa poche une partie des études de Max au Radulphus College à la condition que le gamin bénéficie d'un soutien financier et qu'il n'ait pas lui-même à payer de sa personne pour l'obtenir. Pour se justifier, il avança ce qui lui semblait une excellente raison.

« Imaginez, si jamais le député voit la Dodge, y va s'dire que j'suis riche comme Crésus. C'est peut-être mieux qu'il me voie pas du tout. Une mère célibataire, ça fera bien mieux l'affaire, 'pas ?

— Et comme ça, Myrna n'aura même pas besoin de mentir », relevai-je avec une pointe de venin.

Roy émit un rire amer.

J'écrivis une lettre au député en charge de l'Enseignement, M. Herman de Jongh, et évoquai le cas de Max. Dans sa réponse, il me fit part qu'il entendait évaluer, dans un premier temps, la situation de ses propres yeux.

Myrna se sentit tout de suite mal à l'aise.

« Me rendre visite ? Ici ? »

Je lui expliquai que c'était la coutume.

« Il veut voir si je suis assez pauvre, conclut-elle.

— Il veut voir à qui il vient en aide, nuançai-je.

— Tout. Pour Max, tout », finit-elle par accepter.

Mais que dire à ce monsieur ?

« Sois tout simplement toi-même, Myrna. Il te pose deux ou trois questions, tu lui réponds, puis il s'en va.

— Et s'il m'interroge sur le père de Max ?

— Tu lui diras la vérité.
— La vérité ?
— La vérité me semble plus que suffisante. »

Le député Herman de Jongh vint à Barber au début du mois de juin. Il visita d'abord l'école, puis la maison de Myrna. Il arriva à bord d'une Buick blanche conduite par un chauffeur noir. Il avait une heure de retard, heure que nous avions passée à attendre dans la cour de récréation avec tous les garçons en rang d'oignons. L'alizé qui apportait un peu de fraîcheur s'était couché. Il faisait une chaleur telle que nous voyions la peinture ancestrale se décoller des murs. Frère Tinus entendait bien profiter de la venue du notable pour lui demander une aide pour financer les travaux de rénovation et de peinture du bâtiment. La subvention annuelle du gouvernement suffisait à peine à fournir aux élèves des manuels et de quoi écrire. Le reste, il nous fallait le glaner çà et là. Nous effectuions nous-mêmes les petits travaux ; les grands, on ne pouvait faire autrement que les reporter – d'un an, de trois ans, de six ans.

Juste avant la venue de M. de Jongh, j'avais eu un petit différend avec frère Tinus. Il avait distribué des vêtements propres et des chaussures décentes aux garçons les plus démunis. Moi, j'étais d'avis qu'il fallait montrer la pauvreté sous toutes ses facettes.

Il rétorqua : « Pour une fois qu'on reçoit un invité de marque, les gamins tiennent à être correctement habillés. »

Un argument de poids, certes, mais à long terme, cela ne changerait rien aux conditions de vie de la plupart de nos élèves. Après tout, la pauvreté pesait bien peu sur la politique puisque, principalement de couleur noire, elle se cachait dans des quartiers éloignés de Willemstad et du pouvoir.

Frère Tinus demeura sur ses positions : « Je sais. Mais pour l'instant, c'est la seule façon d'obtenir quelque chose. Charmer et non pas choquer. Avec le temps, tu apprendras ça. »

C'est ainsi que l'offensive de charme commença dès que le député descendit de voiture. Cent soixante garçons entonnèrent un chant qu'ils avaient étudié les jours précédents.

*Ta Sint Christoffel t'e seru di mas haltu…*

Dans un mélange d'enthousiasme et de politesse, M. de Jongh battait avec eux la mesure en tapant dans ses mains quand il ne les agitait pas pour saluer les dizaines de parents qui, mis au courant de sa venue, s'étaient postés autour de la cour de récréation. Sous la canicule, chaque mouvement constituait une épreuve. Néanmoins, le député prit le temps de causer avec quelques élèves avant de suivre frère Tinus à l'intérieur du bâtiment. Alors qu'il franchissait la porte, il se retourna pour saluer une nouvelle fois les parents d'un geste de la main.

Une demi-heure plus tard, frère Tinus et le député se rendirent dans ma classe. Je n'avais pas dit à Max que le notable s'était déplacé pour lui et j'avais demandé à Myrna de ne pas lui en faire part non plus, afin que la situation ne le rende pas fébrile. Habillés et peignés comme pour le jour de la photo annuelle, mes élèves se levèrent à leur entrée, droits comme des I à côté de leur banc. Frère Tinus désigna immédiatement Max, au premier rang à gauche. Il tenait à la main un cigare de fabrication cubaine, identique à celui que son invité avait fiché entre ses lèvres. Charmer et non pas choquer, la phrase me revint. Il me restait en effet encore beaucoup à apprendre.

M. de Jongh me salua d'un petit hochement de la tête

et d'un regard scrutateur. Mon habit blanc ne pouvait dissimuler ma négritude. Pour la première fois depuis longtemps, je me sentis plus noir que frère ; et voilà que j'étais soudain plus fébrile que les garçons de ma classe.

Ayant longuement réfléchi à la leçon que j'allais donner au moment de l'arrivée du député, je m'étais surpris à vouloir moi aussi lui donner une impression favorable des élèves en évitant de retenir les langues et le calcul pour opter pour les sciences naturelles ou la géographie. Devant ce constat, je choisis, en fin de compte, le néerlandais, une leçon sur l'emploi du pluriel.

Frère Tinus appela Max au tableau sur lequel figuraient quelques mots au pluriel, entre autres les formes vues et revues posant problème : *monnik-monniken*, *fotograaf-fotografen* et *auto-auto's*.

« Monsieur le député, dit frère Tinus en se tournant vers son invité, peut-être pourriez-vous dire un mot au singulier à ce brillant jeune homme, de façon qu'il en écrive le pluriel au tableau. Max, prends donc une craie. »

Le député se mit à réfléchir, un sillon se dessina sur son front, son regard chercha à se raccrocher aux mots inscrits sur le tableau.

« *Havik*, dit-il alors.

— Max, *havik* », dit à son tour frère Tinus – soit « faucon » – avant de mettre fin aux marmonnements qui traversaient la classe d'un « chuuut » menaçant.

Max m'adressa un bref regard. Je hochai la tête de bas en haut. J'avais toute confiance en lui.

Il se tourna vers le tableau et se mit à écrire. Trente-trois paires d'yeux suivirent chaque mouvement de sa main.

Il écrivit : *h-a-v-i-k*.

Puis marqua une pause. Je dus me maîtriser pour ne pas lui souffler la réponse.

Il ajouta sur le tableau : *-e-n*.

M. de Jongh regarda frère Tinus. Dès que ce dernier eut confirmé ce qu'il pensait, il tapa deux fois dans ses mains pour applaudir Max. La classe l'applaudit à son tour. Max redressa les épaules. J'éprouvai un soulagement.

« Un deuxième, peut-être, monsieur le député », fit frère Tinus.

Le député opina du chef. Comme il avait eu le temps de réfléchir, il prononça pour ainsi dire sans attendre : « *Kruis* » en appuyant sur le mot, soit « croix ».

Je sursautai tandis que le député, tirant sur son cigare et content de lui-même, jetait un regard circulaire sur la salle – du moins, c'est ainsi que je perçus les choses, mais peut-être mes préjugés m'amenaient-ils à surinterpréter l'expression de son visage. En tout cas, il avait choisi un mot vicieux. Aujourd'hui encore, j'hésite. *Kruisen ? Kruizen ?* Max hésitait lui aussi, de même que toute la classe. C'était du cinquante-cinquante.

Il écrivit : *k-r-u-i.*

Puis il observa une longue pose. Mi-suppliant, mi-paniqué, il porta à nouveau le regard sur moi. Venait-il de prendre conscience de ce que son avenir dépendait de ce seul mot ? La question à un million.

À droite, au premier rang, Richie Molina leva le doigt avec une grande assurance. Lui allait quoi qu'il en soit entrer au Peter Stuyvesant College – il se disait qu'on y ouvrirait pour la première fois une classe de lettres classiques. Ses parents avaient tous deux un bon emploi ; il n'avait pas besoin de bourse d'études.

« Eh bien, Max, ça vient ? » demanda frère Tinus en adressant un clin d'œil au député.

Les doigts dans ses cheveux crépus, Max se gratta la tête ; il cligna des yeux. Puis il prit une grande respiration et écrivit, plus vite et moins soigneusement que ce à quoi il m'avait habitué : *-z-e-n.*

Aussitôt, son regard se porta sur moi, mais je ne pus le rassurer. Je dirigeai mon regard sur frère Tinus, tout comme M. de Jongh. Il régnait un silence tel qu'on aurait pu entendre un lézard courir dans la salle.

« Merci, Max, tu peux aller te rasseoir, lui dit frère Tinus, une expression stoïque sur le visage avant de s'adresser à moi : Merci pour votre temps, frère Daniel. »

Et ils avaient disparu.

Les deux pluriels sont possibles. *Kruisen-kruizen*. Je viens de le vérifier. Comme je l'avais fait après coup, à l'époque, pour rassurer Max. Sans savoir si le député en était conscient quand il a quitté ma classe ni si frère Tinus lui en a parlé. Peut-être ne tenait-il pas à se lancer dans un débat avec lui. Ne devait-il pas solliciter son aide pour financer les travaux de rénovation ?

Peu après son retour, frère Tinus me raconta comment s'était déroulée la visite chez Myrna. Myrna qui s'était pomponnée. Boucles d'oreilles géantes, rouge à lèvres flamboyant, ongles vernis de la même couleur, cils soulignés par du mascara, chemisier moulant à motif de panthère, qui mettait en valeur ses rondeurs.

J'imaginai immédiatement ce qui s'était passé. Roy avait dû l'emmener faire des courses en la convainquant de recourir à toute sa féminité pour enjôler le député. Jamais elle n'aurait d'elle-même agi de la sorte.

Frère Tinus me rapporta que le député s'était visiblement senti gêné et que la visite avait duré moins longtemps que prévu. Il avait refusé le repas que Myrna lui avait préparé – de la soupe de maïs et un gâteau à la citrouille dont il emporta tout de même, sur l'insistance de la mère de Max, une part enveloppée dans une serviette en papier.

« C'est son chauffeur qui l'a mangée sur le chemin du retour. »

Frère Tinus considérait une aide financière du député pour Max comme peu probable. Moi de même.

Il avait en revanche plus ou moins promis une subvention pour les travaux de rénovation de l'école. Je n'osai pas lui demander si une petite part pourrait aller à Max.

« Il avait pas beaucoup de temps, me dit Myrna le lendemain. Deux ou trois minutes, pas plus. Alors que moi, j'lui avais préparé de bonnes choses. Y m'a même pas interrogé sur le père de Max. »

Sur sa tenue et son grimage, elle ne dit mot. Je n'abordai pas non plus le sujet.

« Qu'en pensez-vous ? Ça va marcher ?

— Il faut attendre », répondis-je.

Et prier, me dis-je.

Deux semaines plus tard, frère Tinus m'apprit qu'il avait reçu un courrier officiel du député. À son grand regret, ce dernier annonçait qu'en raison de restrictions budgétaires, il ne pouvait allouer la moindre somme pour les travaux de rénovation, mais que son administration traiterait ce dossier en priorité lors de la prochaine législature. Quant à Max Tromp, il avait de bonnes nouvelles. Le garçon recevrait une bourse pour l'année scolaire à venir ainsi que pour l'année suivante s'il continuait à avoir de bonnes notes.

Bien qu'heureux pour Max, frère Tinus n'en était pas moins désappointé.

« C'est Curaçao, le réconfortai-je. Les voies de nos politiciens sont plus impénétrables encore que celles de Notre-Seigneur. »

# 18 JUILLET 2001 – 21 H 25

Le silence règne dans la maison. Dans la chambre attenante, la toux de frère Bertus a cessé. Quant à frère Jan, dont j'entendais encore les sandales traîner par terre il y a quelques minutes, il vient lui aussi de se coucher. Il n'y a plus, pour seuls bruits, que le bourdonnement du ventilateur posé sur mon bureau et le tic-tic d'un papillon de nuit piégé dans la lampe du plafond.

Bientôt, le silence se fera ici pour de bon. Dans trois semaines, les frères de mon ordre retournent en Hollande. Notre maison mère leur a demandé de passer leurs vieux jours dans la maison de retraite. Après plus de cinquante ans sur l'île, il leur est difficile de partir, même s'ils comprennent qu'ils ont fait leur temps ici. Ils ont tous deux plus de quatre-vingts ans. Leur âge ne les empêche pas de continuer à se retrousser les manches tous les jours. Depuis quarante ans, frère Jan se rend six matins par semaine, dès l'aube, chez les boulangers pour y chercher le pain de la veille, chez les *toko's* pour y chercher les restes de viande et dans les supermarchés pour y récupérer les conserves cabossées qu'aucun client ne veut acheter. Çà et là, les gens lui donnent d'autres denrées alimentaires, ainsi souvent que de l'argent avec lequel il achète des fruits, des jus de fruits, du beurre et du beurre de cacahouète. À l'époque où il a commencé, il préparait lui-même tous les sandwichs et rinçait des bouteilles de Coca-Cola pour les remplir d'eau ou de jus de fruits. Il préparait ainsi une dizaine de paquets par jour, qu'il distribuait aux plus démunis. Mais la demande était telle, les besoins tellement grands, qu'il a dû chercher des volontaires pour l'aider. Au cours des quarante années écoulées, il a ainsi tissé tout un réseau, des forces sur lesquelles il peut compter pour préparer sans faute entre cinquante et cent colis de nourriture par jour. Certaines personnes dans le besoin, en particulier des drogués et des sans-logis, les *chollers*, comme on les appelle ici, viennent chercher eux-mêmes le leur. Souvent, on leur sert en prime un bol de soupe chaude ou de poulet avec du riz. Les autres paquets, c'est encore frère Jan qui les distribue lors de sa tournée dans plusieurs quartiers, dont Seru Fortuna et Soto – il sait par cœur où vivent tous ceux qui ne sont plus en état de se déplacer pour quémander de l'aide ou qui n'osent pas en solliciter. Je lui ai demandé de dresser une liste de toutes ces adresses avant de rentrer en Hollande ; il évalue leur nombre à trois cents, sachant qu'il ne s'agit que des cas les plus critiques.

Certaines des maisons en question ont été rénovées ou achevées par une autre organisation, le « bébé » de frère Bertus et de feu frère Harrie ; eux aussi ont commencé à petite échelle, dans les années 1970, armés de quelques poutres et planches, de clous, de rares outils et de mains habiles. Depuis, à l'instar de frère Jan, frère Bertus peut compter sur plusieurs équipes de volontaires et sur les garçons de l'école technique, qui, de façon tout à fait désintéressée, passent leur moindre moment libre à faire de la maçonnerie, de la menuiserie et de la peinture pour rendre de nouveau habitables des maisons délabrées.

Pas plus tard qu'hier soir, je lui ai demandé à combien s'élève le nombre de maisons ainsi achevées ou restaurées ; il n'a pas même eu besoin de réfléchir, il le connaît à l'unité près car, lorsqu'il obtient une subvention du gouvernement, il lui faut avancer des chiffres qui ne mentent pas : 841 maisons et six autres auxquelles on travaille en ce moment, m'a-t-il répondu et de rire, en me montrant l'ongle bleu-noir de son pouce gauche : une énième blessure de guerre.

En Hollande, frère Jan et frère Bertus vont retrouver les autres qui ont vécu et travaillé ici pendant de nombreuses années : frère Toon, frère Clemens, frère Laurentius, avant de finalement pouvoir se reposer pour de bon à l'ombre douce du monastère, là où frère Tinus est enterré depuis quelques années.

Pour ma part, et même si la congrégation eût préféré que je suive mes frères, je reste sur mon île. Que ferais-je en Europe ? Il y fait trop froid, trop sombre. Qui plus est, beaucoup de travail m'attend encore ici. Tant qu'il me reste un minimum de forces, je continue. Ensuite, je m'endormirai pour de bon sur la terre rouge de Tera Kòrá.

À l'âge de neuf ans, j'ai choisi Dieu, ou plutôt j'ai choisi le père Amado Römer, qui s'est avancé un jour chez nous. Nous vivions à Sint Michiel, mes parents, mes deux frères, mes deux sœurs et moi, l'aîné. Ma mère était gravement malade, mon père au chômage. Le père Römer venait de retrouver notre paroisse après avoir obtenu un doctorat à Rome. C'était un jeune prêtre à la peau sombre, rien que ça déjà, sans compter qu'il était né à Curaçao, qu'il parlait notre langue, dans des mots qu'il *nous adressait* pendant ses homélies, à la différence des autres qui nous noyaient sous leur néerlandais.

Il avait été ordonné trois ans plus tôt. Tout Otrobanda avait alors fait la fête, rues décorées, cloches qui ne cessaient de sonner ; nous, les garçons, marchions en procession derrière le père Römer, à peine conscients du sens que revêtait son ordination pour la population pauvre. Ce qui est sûr, c'est que ça nous ravissait, il riait, il saluait la foule en agitant les mains, tout ça ne manqua pas de déjà m'impressionner. Peu de temps après, le père se tenait devant notre porte. C'est moi qui lui ai ouvert. Il me demanda comment je m'appelais et s'il pouvait entrer un moment. Ma mère était couchée, mon père en train de tailler des pipes dans du bois de cactus, qu'il s'efforçait de vendre dans les rues du quartier Punda.

Le père Römer avait de la nourriture pour nous. Il s'est entretenu une heure avec mon père et ma mère puis a prié à son chevet. Mon père tenait à lui offrir une pipe, mais il a insisté pour la payer, il lui en a même acheté deux. Alors qu'il s'apprêtait à partir, il m'a demandé ce que je voulais faire plus tard.

« Curé », je lui ai dit.

Le mot a franchi mes lèvres avant même que je ne m'en rende compte. En réalité, je n'avais jamais pensé à un quelconque métier.

Il m'a dit : « C'est bien. Le peuple a besoin de gars forts comme toi, forts aussi dans leur tête. » Ce sont les mots qu'il a prononcés – le peuple, pas l'Église.

Peu de temps après, mon père a trouvé un emploi au port, où le prêtre avait quelques relations. La santé de ma mère s'est améliorée, même si elle est toujours restée faible. Elle n'en a pas moins mis au monde un sixième enfant. Le benjamin de mes frères. Elle est morte huit ans plus tard, bien trop jeune encore. J'étais sur le point de gagner les Pays-Bas pour y entrer au séminaire. En raison de sa mort, j'ai décidé de rester à Curaçao pour y assister mon père. Ce que j'ai fait pendant plus de trois ans. Cependant, quelque chose me rongeait. Gardant à l'esprit les paroles de Römer, j'aspirais à jouer un rôle pour mon peuple, de préférence le plus tôt possible.

« Il est moins pasteur qu'éducateur », disait-on de lui. Entre-temps, il avait contribué à créer des syndicats pour donner une voix à la classe ouvrière ainsi que des coopératives de crédit pour apprendre à la population noire à faire des économies. Il encourageait les jeunes des quartiers pauvres à poursuivre leur scolarité.

« Si tu tiens vraiment à changer les choses, il faut commencer par la base », m'assura-t-il alors que je m'entretenais avec lui. Pourquoi ne pas devenir instituteur ? Si tel était mon souhait, il me présenterait aux frères de Groot Kwartier, qui avaient en charge de multiples écoles, dispersées sur toute l'île. Moins d'une semaine plus tard, je faisais mon entrée dans la congrégation et j'entamais ma formation d'enseignant.

Quand je repense aux années écoulées, je suis heureux du chemin que j'ai pris à l'époque. Certes, il y a eu des moments où je me suis senti trop peu militant – l'idée que j'étais un spectateur cantonné au bord de la touche –, mais dès que je songe au nombre de garçons que j'ai pu aider à avancer dans la vie, je me rends compte que ma vocation se trouvait bien là, ainsi que le père Römer l'avait très tôt perçu.

« Vous, vous nous écoutiez », ont pu me dire mes élèves des années plus tard.

Ou bien : « Vous nous respectiez. »

« Et vous aviez de la patience avec nous. »

Mais encore : « Au moins, vous ne nous battiez pas. »

Certains n'ont retenu que ça, rien de mes leçons.

Dès ma première année à Barber, mes confrères m'avaient recommandé de donner de temps en temps des coups de règle sur les doigts des élèves ou de leur tirer les oreilles. « Ils sont habitués à ça, chez eux. Et si ça ne suffit pas, une bonne correction, ça les rend aussi doux que des agneaux. »

Pour résoudre les problèmes, j'ai toujours privilégié la discussion, donnant une chance à chacun, m'en remettant au pouvoir de la confiance mutuelle. Cela a souvent marché.

Mais il m'est aussi arrivé d'échouer. Si chaque année des élèves se surpassaient, il y en avait qui empruntaient résolument l'autre pente et se laissaient sombrer dans la misère. Avec le temps, les choses ne se sont pas améliorées. Bien au contraire. La tristesse causée par ces échecs pesait en général plus que la joie que je tirais des réussites.

Cependant, je n'ai jamais renoncé. Chaque nouvelle classe représentait un nouveau départ, chaque nouveau garçon un nouveau défi. Non seulement eux, mais aussi leurs parents. Roy en constitue un exemple d'école : le premier parent avec lequel j'ai eu à traiter en même temps que l'un de mes plus grands défis. Je tenais à faire de lui un père en droit d'être fier, privilégiant un seul but : le bien-être de Max. Un éducateur, pas un pasteur, voilà l'idée dont je ne déviais pas. Mais Roy ne s'est pas laissé éduquer. Il s'est révélé un maître ès mensonges et fourberies. Ce dont je me suis rendu compte bien trop tard. J'ai percé Roy bien trop tard. Et bien trop tard je me suis de fait rendu compte que Max aurait été mieux loti sans lui. Sans père.

« Au moins, lui, son père, il sait qui c'est ! »

La première objection que Roy me servit. La première fois aussi que le mâle en lui, toujours dominant, s'inclinait devant un moment d'attendrissement. L'instant d'après, il me présentait ses excuses et remit les gaz, de nouveau bien calé dans son siège, tenant d'une main ferme le volant, le regard rivé sur l'asphalte qui vibrait sous la chaleur.

Songeant à l'avenir de Max, je venais de lui rappeler ses devoirs de père, l'incitant à contribuer de différentes façons à l'éducation de son fils, financièrement certes, mais encore physiquement, par exemple en étant plus souvent présent pour lui.

Au lieu de me promettre qu'il allait s'amender ou de pêcher toutes sortes de bobards pour se justifier, comme il avait eu plusieurs fois l'occasion de le faire, il s'était dressé sur la pédale de frein avant de répliquer, offensé : « Au moins, lui, son père, il sait qui c'est ! »

La virulence de sa réponse me choqua comme elle le choqua lui aussi.

« Désolé, frère Daniel, désolé, désolé… »

Ses excuses disparurent en partie sous le bruit de la voiture qui redémarrait.

Jamais encore il ne m'avait parlé de son père. Ni de sa mère. Il m'était arrivé de glisser une question sur le sujet.

« Morts y a longtemps. »

Il n'ajoutait aucune précision. Passait tout de suite à un autre sujet.

Qu'il ne connût pas son père me surprenait moins que la contrariété avec laquelle il venait de me l'apprendre.

« Je suis désolé.

— Vous ne pouviez pas deviner, fit-il en secouant la tête de droite à gauche, puis, après avoir attendu que le moteur passe à un régime inférieur, il ajouta : Il était originaire de Saba. Un jour, il s'est tellement soûlé la gueule que, quand il s'est réveillé, il était sur un bateau pour Curaçao. Ici, il a rencontré ma mère, il l'a mise enceinte et il est retourné sur son île comme un voleur qui s'enfuit dans la nuit. Il a plus jamais donné d'nouvelles. »

Tout en parlant, il n'avait cessé de fixer la route, à croire qu'il redoutait à tout instant qu'une chèvre ou qu'un âne la traverse. Aussi l'émotion sur son visage m'échappa-t-elle : il avait raconté cela d'une voix terne, comme quelqu'un qui lit un article nécrologique.

J'ai déduit de son propos qu'il estimait, comparativement à son père, s'en tirer pas trop mal vis-à-vis de son fils. À la longue, on peut de la sorte tout justifier : on trouve toujours un exemple pire que celui qu'on offre soi-même.

Bientôt, il s'avéra qu'il ne m'avait pas raconté toute la vérité. Ce que j'appris de la bouche de Myrna.

« Son père, il l'a connu. Il ment… Sa mère me l'a dit.

— Pourquoi ment-il dans ce cas ?

— Eh ben… vous promettez de pas lui dire que c'est moi qui vous l'ai raconté ?

— Peut-être mieux vaut-il que je n'en sache rien, Myrna, je ne tiens pas à te…

— Mais si, faut que vous le sachiez. Je veux pas qu'il vous mente. Son père… commença-t-elle en baissant la voix. Son père était un ivrogne et une brute. Ce que Roy raconte sur sa cuite et son arrivée en bateau à Curaçao, c'est exact. Ce qui est faux, c'est qu'il est jamais retourné à Saba, que non, jamais de la vie. Il s'est installé chez la mère de Roy, y se sont même mariés. Il a vendu des années du rhum qu'il distillait lui-même. Mais y buvait plus qu'y vendait. Et pis, frère Daniel, y tapait, y tapait dur… et encore plus fort quand il avait picolé. Il avait le diable dans la peau. Roy s'en est pris, des roustes. Beaucoup ! Moi, son père, je l'ai jamais rencontré, mais c'était une baraque, je crois. Un géant, ajouta-t-elle en levant la main le plus haut possible au-dessus de sa tête. Et la mère de Roy… elle me l'a pas dit, mais je pense qu'elle aussi, elle a eu sa part de trempes. »

Il me semblait comprendre pourquoi il mentait. Il avait dû subir une immense humiliation.

Myrna ne partageait pas tout à fait ce point de vue : « Il a surtout honte parce qu'il s'est enfui.

— Enfui ?

— À Aruba.

— Mais c'est parce qu'il ne trouvait pas de travail ici, non ?

— Du travail ? Un mensonge de plus ! Y s'est barré par peur de son père. Il avait dix-sept ans. Imaginez qu'y raconte ça à tout le monde. Son ego y résisterait pas. Vous savez quoi ? Son père, l'aurait mieux fait de le tuer. Là, y l'aurait mérité not' respect.

— Dans ce cas, je préfère encore qu'il mente.

— Peut-être. De toute façon, mentir, personne n'est plus doué que lui pour ça.

— Apparemment. Et quand est-il revenu à Curaçao ?

— Après la mort de son père. Plus de quinze ans plus tard. Pendant tout ce temps, y l'a pas écrit une fois à sa mère. Pourtant, elle a accepté qu'y s'installe chez elle. Elle faisait tout pour lui. Son manger, son linge, ranger son bordel, nettoyer sa voiture. Y lui a pas donné une pièce en échange. Elle pouvait rien lui refuser. Elle voulait pas, d'ailleurs. C'est ce qu'elle m'a dit. Elle avait peur que Roy redisparaisse.

— Elle se sentait coupable, suggérai-je. Roy a-t-il des frères, des sœurs ?

— Non. C'est d'ailleurs un miracle que de la vie soit sortie des couilles de son père – pardon, frère –, car le rhum, ça attaque tout, vous comprenez.

— Je comprends. Mais… je ne peux pas m'empêcher de me demander pourquoi il ne se soucie pas de Max. Quand on a vécu ce qu'il a vécu, on cherche à ce que son propre fils ne vive pas la même chose.

— Roy est un homme, rétorqua-t-elle en ne laissant planer aucun doute. Quand on a dit ça, on a tout dit.

— N'y a-t-il donc pas un seul homme pour rattraper les autres ?

— Ben, c'est à peu près ça.

— Ça me rassure.

— Oh, mais vous, vous êtes un homme bon, frère Daniel, vrai de vrai, un homme bon…

— Mais déjà marié.

— Hein ?

— Avec Dieu, Myrna. »

Elle me fila un coup de coude en riant.

« Et Max ? je repris. Il est au courant de tout ça ?

— Aïe non, si j'lui raconte ça et que Roy l'apprend, je passerai un sale quart d'heure. Et pour Max, c'est mieux ainsi, frère. Il a pas besoin de savoir qu'il avait une brute épaisse pour grand-père. C'est déjà assez difficile pour lui d'avoir comme père un moins que rien. »

Parfois, quand je repense à toutes ces heures passées avec Roy dans son taxi, j'ai l'impression que nous n'avons effectué qu'un seul trajet qui a duré des années, au cours duquel nous n'avons presque jamais cessé de parler en ayant pour fond sonore le bourdonnement de la Dodge ou la musique de la radio. La plupart de nos conversations, je m'en souviens au mot près comme si elles avaient été enregistrées et qu'il me suffisait de les réécouter. D'autres, je ne perçois plus que des bribes qui me reviennent dans un ordre aléatoire, comme si la bande du magnétophone, rompue à de nombreux endroits, avait été recollée un peu n'importe comment. D'une certaine façon, cela correspond à la façon dont Roy s'exprimait : il maîtrisait mieux que quiconque l'art de passer du coq à l'âne à tout moment, en particulier lorsque j'abordais un sujet qui lui déplaisait. C'est surtout dans les semaines qui suivirent les confidences de Myrna, alors que je faisais allusion au père de Roy, que nos conversations ressemblèrent beaucoup à une partie de dominos ; il saisissait la moindre occasion pour créer une nouvelle ramification par le moyen d'une remarque ou d'une question.

« Au fait, à Aruba, tu faisais quoi déjà ?

— Des routes.

— T'avais quel âge quand tu as commencé ?

— Dix-neuf ans.

— Et avant ça ?

— Avant ça ? Je traînais ici. *Looking for a job.* Si j'avais su, je serais allé à Aruba bien plus tôt. Là-bas, le boulot manquait pas. Encore moins pendant la Seconde Guerre mondiale, avec les Américains. À Dakota, on a agrandi la piste d'atterrissage et puis on a complètement dévié la route d'Oranjestad à San Nicolas pour qu'elle longe la mer. Je gagnais bien ma vie à l'époque. Au moins, les Américains nous payaient correctement, nous les nègres. En dollars, tiens ! Avec ce fric, j'ai acheté ma première voiture, une Plymouth d'occasion, une caisse toute rouillée… »

D'une autre conversation : « Quand t'étais à Aruba, comment tu gardais le contact avec ta mère ?

— Avec ma mère ? Je lui écrivais. Pas très souvent, elle a pas manqué de s'en plaindre. Faut dire que j'étais *very busy.* Le soir, j'étais claqué. À cause du boulot, j'arrivais pas à redresser mes doigts, j'aurais pas pu tenir un stylo. Des fois, je faisais des journées de vingt heures.

Mais pas pendant la guerre, car la nuit on avait pas le droit d'éclairer. Vous connaissez sûrement l'histoire du U156, le sous-marin, hein ? Non ? »

Sur quoi il se lançait dans une histoire qui se prolongeait jusqu'à la fin du trajet, ne me laissant pas l'occasion de poser plus de questions.

Parfois, il se contentait d'augmenter le volume de la radio.

« Oh ! vous connaissez cette chanson, frère Daniel ? Écoutez-moi ça, écoutez… »

Ou il se trouvait une échappatoire.

Un jour, je lui ai demandé si son père lui avait manqué.

« Mon père ? »

Je hochai la tête et posai sur lui des yeux aux aguets.

« Mon père, oh non ! se reprit-il. Ce qu'on a pas eu, ça peut pas nous manquer. Je vois que j'dois faire le plein, ajouta-t-il en se penchant vers le tableau de bord. Ça vous dérange si je m'arrête à la station-service ? »

Mais de même qu'il avait reconnu n'avoir que quatre enfants et non pas onze, de même il finit par me dire la vérité à propos de son géniteur.

« Frère Daniel… je dois vous avouer quelque chose, commença-t-il après avoir respiré profondément à trois reprises. Je… je vous ai menti au sujet de mon père. »

Un regret sincère imprégnait sa voix. Et quand il se mit à narrer son enfance et son adolescence, un tout autre Roy apparut. À côté de moi, je n'avais plus l'homme qui en imposait, l'adulte sûr de soi, que je connaissais depuis près d'un an, mais un garçon fébrile, un peu timide, voire apeuré, qui s'était manifestement caché tout ce temps dans ce corps puissant.

Clignant de façon frénétique des yeux comme si le soleil l'éblouissait, il me raconta ce que Myrna m'avait appris, en ajoutant quelques détails pénibles : les coups qu'il avait reçus, les vociférations, l'angoisse, les larmes, les heures à errer pieds nus après l'école dans le *kunuku* par peur de rentrer, celles passées à se cacher chez eux – « mais il se débrouillait toujours pour me trouver » – et pour finir sa fuite à Aruba.

« Un jour, mon père a cru que j'avais vidé sa bouteille de rhum. En réalité, je l'avais jetée pendant son absence. Je ne voulais pas le voir bourré une fois de plus. Des mots ont alors été échangés, des choses se sont produites – le jour même, j'ai quitté la maison et suis monté à bord du premier bateau en partance pour Aruba. Et j'ai juré que je ne reviendrais que lorsqu'il serait mort… J'ai tenu parole. »

Durant le même trajet, après avoir laissé sa confession se décanter, je lui ai demandé : « Et ta mère ?

— Elle a refusé de me suivre. Je lui ai proposé de fuir avec moi, mais elle ne voulait pas. Elle a choisi pour lui, ajouta-t-il avec, dans la voix, un reste de colère non digéré.

— Peut-être lui manquait-il le courage que tu as montré ?

— Le courage ? Vous appelez ça du courage ? J'ai été lâche ! J'aurais dû me défendre. Comme un homme !

— Tu n'étais encore qu'un gamin, Roy.

— J'avais seize ans.

— C'est bien ce que je dis. »

Il cessa de répliquer. Se mordillant la lèvre inférieure, il fixait le vide devant lui. Les deux mains posées en haut du volant, il se cramponnait tellement fort que les jointures de ses phalanges se dessinaient sous le feutre de ses gants.

« Ta mère elle était aussi courageuse, repris-je. À sa façon. Peut-être est-elle restée pour que tu puisses t'échapper. Si elle t'avait suivi, ton père vous aurait sûrement retrouvés.

— Elle l'a choisi, lui, répéta-t-il obstinément, sans me regarder.

— Ça ne t'a pas empêché de retourner chez elle. »

Cette fois, il se contenta de hausser un peu les épaules.

« Tu lui as reparlé de ton père ?

— On n'a plus jamais parlé de rien, fit-il en secouant la tête. Ni du passé ni de mon père. Quand je suis rentré d'Aruba, il ne restait rien dans la maison qui rappelât son mari. Une fois… une seule fois, continua-t-il après une brève pause, elle a parlé de lui, peu de temps avant de mourir. Elle voulait être enterrée à côté de lui. Son seul souhait.

— Tu l'as respecté ?

— …

— Roy ?

— Oui, mais j'étais pas à son enterrement. Ce jour-là, j'ai travaillé. »

D'une autre conversation, peu après : « J'aurais jamais dû avoir des enfants. Avant, je me disais que si j'en avais, je serais un autre père que le mien. Mais dès le jour de la naissance de Max… précisa-t-il alors que son regard se portait sur le chapelet que berçait la suspension de la voiture, dès le premier jour, il a pleuré toute la nuit alors que je devais me lever tôt pour conduire un client à Hato, déjà alors je l'ai senti…

— Qu'est-ce que tu as senti ?

— Que c'était en moi aussi.

— Qu'est-ce que tu veux dire ?

— Ce qui habitait mon père. Un esprit maléfique. Le mal. Je voulais le faire taire, le môme, ses pleurs me rendaient fou, dès la première nuit. J'ai senti quelque chose, là… ajouta-t-il en se frappant deux fois du poing la poitrine. Si je n'avais pas fui la maison cette nuit-là, Max, je l'aurais… »

Il respira profondément par le nez avant de rejeter peu à peu l'air.

« Peut-être n'étais-tu pas encore prêt à être papa. Quel âge tu…

— … Non, frère Daniel, me coupa-t-il, le mal était déjà en moi avant que Max soit là et il m'a jamais quitté, jamais. Vous vous souvenez du premier jour d'école de Max à Barber ? Je l'ai ramené à la maison, chez sa mère. Je causais avec elle (vous vous querelliez, songeai-je) tandis que Max était resté dans la voiture. Je lui avais dit de toucher à rien mais il s'est installé au volant. Quand j'ai vu ça, je suis entré dans une colère noire, je l'ai tiré hors de la voiture et… hésita-t-il en dressant une main énorme en l'air, doigts écartés, et se figeant : Et, Dieu merci, Myrna est intervenue. »

Son bras retomba mollement le long de son flanc comme si toute force l'avait abandonné.

Je ne savais si je devais éprouver de la pitié pour lui. Il m'avait déjà pris si souvent pour un imbécile que je me demandai s'il feignait cette fois encore d'être ému. Mais s'il jouait un rôle, il le joua pendant un sacré moment car, regardant d'un air dépité devant lui, il ajouta : « C'est pour ça que j'évite Max. Pour… pour le protéger. J'aimerais que ça se passe autrement, faut me croire. Que Max et moi, on soit comme deux… »

Ses mots lui restèrent dans la gorge. Il tourna son visage de mon côté, mais évita mon regard en dirigeant ses yeux vers le bas, de biais, comme s'il cherchait à se repentir de ce qu'il allait dire.

« Je dois encore vous dire une chose, frère Daniel.

J'espère qu'un jour, vous pourrez me pardonner tous mes mensonges. »

Je gardai le silence. Je redoutais ce qu'il allait me confier. Il leva les yeux sur moi, me considéra un court instant.

« Max… il est seul… J'ai pas d'autres enfants. »

# 18 JUILLET 2001 – 21 H 53

Encore un peu plus de sept heures.

Lors de notre dernier adieu, j'ai pris la main de Max entre les miennes et l'ai tenue ainsi un long moment.

« Je prierai pour toi. »

Il a incliné la tête et m'a remercié : « J'apprécierais. »

Myrna était en larmes quand Max quitta Barber pour sa première journée au Radulphus College. Il faisait encore nuit et ils étaient arrivés ensemble. Moi aussi, je m'étais levé plus tôt que d'habitude pour le voir partir. J'attendais le grand pick-up qui venait chercher chaque matin les élèves de Barber, mais aussi Roy, lequel m'avait promis, non, lequel avait juré de venir saluer son fils.

Max était le plus jeune des douze garçons qui grimpèrent sur la benne aménagée du pick-up. Il était particulièrement élégant : un pantalon bleu foncé, une chemisette blanche et des souliers d'un brun reluisant. Je les lui avais donnés ; ils paraissaient neufs. Mais comme ils étaient un peu trop grands, on avait glissé une boulette de papier dans le bout de chacun d'eux. Au début, il donnait l'impression d'avoir des sabots aux pieds ; bientôt, il parada dans la cour de l'école comme les fusiliers marins sur la place Brión le jour de la fête de la Reine ; enfin, il évoluait en dribblant avec un ballon de foot invisible.

Le chauffeur du pick-up klaxonna à deux reprises. Max leva la main. Il était nerveux mais visiblement heureux.

Le pick-up démarra. Je fixai l'un des feux arrière rouges, dont la lueur s'atténua peu à peu. L'autre était cassé depuis aussi longtemps que remontaient mes souvenirs. Contre toute évidence, j'espérais pour Max que deux phares d'un blanc cru apparaîtraient au loin et que Roy, à moitié penché par la vitre, agiterait un bras pour faire ralentir le chauffeur du pick-up de sorte qu'il puisse saluer son fils.

Ça aurait arrangé tellement de choses.

Mais le feu arrière rouge s'éteignit complètement, après quoi la route qui menait à Barber resta dans l'obscurité jusqu'au lever du soleil.

Le même matin, il y eut un appel pour moi. Frère Tinus vint me chercher dans ma classe. Quelqu'un tenait à me parler sur-le-champ. La peur m'envahit.

« Frère Daniel ? entendis-je à l'autre bout du fil. Roy à l'appareil. Roy Tromp.

— Roy, fis-je d'une voix terne.

— Mon bras, frère, mon bras, dit-il, haletant. Je voulais venir, pour Max, comme je vous l'avais promis, mais ce matin, mon bras droit, je ne pouvais plus le bouger, frère, je vous jure, quand je me suis levé, complètement paralysé, le médecin est venu, il a dit que c'est à cause de cette nuit, je n'étais pas allongé comme il fallait, là ça va mieux, c'est pour ça que je suis pas venu, je pouvais pas conduire, vous voyez, *I'm really sorry*, frère, je tenais à venir, j'avais mis mon réveil. »

Qu'est-ce que j'aurais pu dire ? Que devais-je dire ? Bien sûr, je ne le crus pas.

« Frère Daniel, vous êtes toujours là ?

— C'est donc à cause de ton bras.

— Mon bras droit, oui.

— Et maintenant, ça va mieux ?

— Oui, ça y est, j'arrive à le bouger maintenant, mais avec difficulté, j'ai l'impression qu'y pèse une tonne. Mais le médecin a dit que ça allait s'arranger.

— Tant mieux pour toi, Roy.

— Vous pourrez dire à Max que je voulais venir…

— Je n'oublierai pas, Roy, mais il faut que je raccroche, mes élèves m'attendent. Une nouvelle classe. Je ne peux pas les laisser seuls plus longtemps.

— Je comprends. Je veux pas vous retarder plus longtemps, c'est juste que je me suis dit, je dois vous en faire part avant que vous pensiez… »

J'ai raccroché.

Longtemps, j'ai pensé qu'il s'agissait d'un mensonge, d'une énième échappatoire qu'il utilisa d'ailleurs à d'autres reprises par la suite. Son bras, son cou, son dos, une jambe, toujours un muscle qui se froissait, devenait dur comme de la pierre et ne se relâchait qu'après un certain temps. Pareil à de la viande que l'on met à décongeler. C'est ainsi qu'il expliquait la chose. Cela m'irritait de plus en plus alors que Myrna demeurait d'un calme olympien. Elle avait depuis longtemps renoncé à faire de l'homme Roy un père.

« Ne vous mettez pas en colère. Ça ne ferait qu'aggraver les choses. Tant qu'y m'paie chaque mois, vous m'entendrez pas me plaindre. »

Cela n'allait pas toujours de soi. Plus d'une fois, elle a dû le supplier, voire le blâmer ou sans doute, quand ça n'avançait à rien, concéder à lui donner ce à quoi son corps aspirait.

Ce qu'elle ne savait pas, c'est que j'ai souvent fait office d'intermédiaire. Une fois la période du versement passée, je m'adressais à Roy au moment de lui régler une course. L'argent dans la main, je lui demandais s'il avait payé Myrna.

« Oh, j'ai oublié, s'exclamait-il, se frappant le front de la paume de la main et, me montrant les billets que je tenais, il me disait sur le ton de quelqu'un qui a soudain une idée lumineuse : Vous n'avez qu'à les lui donner. Ça m'épargnera bien des emmerdes. »

Max se débrouillait bien au Radulphus College. Un élève au-dessus de la moyenne, comportement exemplaire, travaillant avec méthode. Ou, selon les mots de l'un de ses professeurs : « Donnez-moi une classe avec rien que des Max. Ce sera le paradis. »

De temps en temps, quand il attendait que sa mère ait terminé son travail, je l'aidais. S'il ne saisissait pas telle ou telle notion, je la lui expliquais ; il m'arrivait aussi de l'interroger oralement. Après chaque semaine d'examens blancs, il me montrait ses notes – j'avais toujours sous la main un objet que je lui destinais : un crayon, un stylo à bille, un bloc à dessin, un livre…

Il avait peu d'amis et d'autant plus d'animaux. Près de leur bicoque, il avait trouvé un prikichi tombé du nid, perruche jaune-vert qu'il avait élevée et que l'on voyait depuis lors souvent voleter près de lui. Dans le *kunuku*, il avait capturé une chèvre sauvage. Il l'avait dressée et baptisée Speransa, « espérance » en papiamento. Tous les matins, avant d'aller au collège, il la trayait, dans l'obscurité, à l'aveuglette. Parfois, quand il montait à l'arrière du pick-up, ses camarades étaient pris d'un fou rire en voyant sa lèvre supérieure blanche. Il avait aussi un iguane en cage et, sur un carré de terre qu'il avait lui-même délimité, une tortue. Il aurait aimé avoir un chien, mais sa mère refusait d'avoir des puces dans la maison – de plus, il n'était pas nécessaire, à son sens, d'en avoir un pour se garder des voleurs, puisqu'il n'y avait rien à voler chez eux.

Max était un garçon attentif, en toute occasion, à l'instar de sa mère.

Un jour, elle m'a confié : « Il fera un bon père. Je le pense.

— Peut-être qu'il deviendra frère comme moi, lui répondis-je en lui adressant un clin d'œil.

— Oh non, j'espère que non, répliqua Myrna, choquée et, voyant que je fronçais les sourcils : Désolé, c'est pas ce que je veux dire, vous faites beaucoup de bien, frère Daniel, beaucoup de bien, il en faudrait plus, des gens comme vous, mais Max est mon fils unique, vous voyez, et, franchement, j'aimerais être grand-mère un jour. »

Mon innocente réplique lui est sans doute restée en tête pendant un certain temps, car lorsque nous nous sommes revus, en présence de Max, elle a dit en débordant d'enthousiasme : « Max veut fonder une famille, plus tard. Et vivre dans une belle maison, n'est-ce pas ? »

Le regard absent, Max leva les yeux de ses devoirs.

« Hein, tu voudras une famille plus tard, répéta Myrna avec insistance. Et une belle maison. »

Max s'abstint de répondre.

« Et des enfants. Tu veux aussi des enfants, hein Maxou ?

— Tant que je peux garder mes animaux.

— Oh, sans problème, le rassura sa mère, mais il faut

que tu continues à bien étudier. Comme ça, tu pourras acheter plus tard une maison avec un grand jardin.

— Je fais de mon mieux, *mai* », lui répondit-il, l'air ennuyé.

Myrna travaillait dur. Max étudiait dur. À leur grande joie, il décrochait chaque année une bourse. Son rêve de devenir instituteur se rapprochait de plus en plus. En revanche, Roy vivait toujours dans l'illusion qu'il travaillerait un jour pour lui ; du moins n'envisageait-il tout simplement aucune autre possibilité.

« J'économise pour acheter une deuxième voiture. Dès que Max aura l'âge, faut qu'y passe son permis. Restera à lui obtenir une licence de taxi. Ça aussi, ça coûte bonbon. »

En conséquence, il « oubliait » plus qu'avant encore de payer Myrna quand il ne prétendait pas carrément, même à moi, ne pas avoir un sou vaillant.

« Je suis à court, frère Daniel. »

Sur quoi il débitait l'une de ses nombreuses excuses. Besoin d'argent pour l'assurance, pour la révision de la voiture, pour des pneus neufs, et même, au bout d'un certain temps, pour faire le plein. Depuis un moment déjà, j'avais renoncé à croire qu'il mettait de l'argent de côté.

Sans le soutien de Roy, Myrna avait bien du mal à boucler ses fins de mois. Néanmoins, il était rare qu'elle demande de l'aide. Elle dissimulait sa pauvreté sous sa fierté. Voilà pourquoi je n'ai pris conscience qu'assez tardivement de la gravité de la situation. À une époque, les notes de Max ont chuté. Il était alors en troisième année du collège.

« Il est amoureux, soutenait Myrna. Des papillons dans le ventre. Ça l'empêche de se concentrer. »

Max niait. Rien d'anormal selon lui. Malgré tout, ça ne s'améliora pas. Sur ses bulletins apparurent des commentaires négatifs. Il était distrait. S'endormait pendant les cours.

Ça me rappelait le comportement de certains de mes élèves. Voilà pourquoi j'ai demandé à Myrna si Max mangeait à sa faim. Il grandissait vite, je n'avais pas manqué de le relever.

« Il dit qu'il a assez à manger. J'lui demande tous les jours, croyez-moi, je veux pas qu'y sorte de table en ayant encore faim. Bien assez, *mai*, qu'y répond. Je peux quand même pas le forcer ? »

Le lendemain, j'en ai parlé à Max. Je lui avais donné deux tartines qu'il venait d'avaler avec gourmandise.

« Tu avais faim ? »

Il haussa les épaules.

« Max, regarde-moi. »

Il avait le blanc des yeux trouble ; la joie de vivre propre aux garçons de son âge ne se lisait plus dans son regard.

« Tu avais faim ? » insistai-je.

Il hocha furtivement la tête.

« Faut pas le dire à *mai*, hein.

— Pourquoi ? Il faut que tu manges à ta faim.

— Si je mange beaucoup, *mai* va devoir tuer la chèvre. Elle me l'a dit. C'est hors de question.

— Elle plaisantait, je pense.

— Oh ! non, assura-t-il, elle l'a dit en brandissant un couteau.

— Tu es d'accord pour que je lui en parle ?

— Allez-y. »

Myrna ne pensait pas ce qu'elle avait dit. Il prend tout au sérieux, s'était-elle défendue. En même temps, elle a admis qu'elle avait du mal à remplir l'estomac de Max.

« Ce garçon mange comme un buffle.

— Je peux demander au frère Jan de s'arrêter chez toi pendant sa tournée.

— Je peux pas me résoudre à ça, frère Daniel. Y a des mamans et des enfants qui sont dans une situation bien plus pire…

— La faim ne fait pas de distinction, Myrna. »

Elle leva les yeux.

« Tu veux que je le lui demande ? lui proposai-je une nouvelle fois.

— Si vous pouviez faire ça… »

Alors que Max terminait sa cinquième année, Myrna fut convoquée par le directeur du Radulphus College. Son fils allait passer son examen final d'ici quelques semaines ; après les vacances d'été, il pourrait entamer la formation d'instituteur.

Max lui ayant dit qu'il ne savait pas pourquoi elle était convoquée, Myrna s'adressa à moi. Jamais encore le directeur ne l'avait priée de se présenter.

Je n'avais aucune idée de la raison de cette convocation.

« Sûrement des bonnes nouvelles », la rassurai-je.

Elle parvint à convaincre Roy de la conduire puis de la ramener.

« Mais pas question qu'il entre, soutint-elle. Pendant toutes ces années, l'a pas demandé une seule fois si Max avait des bonnes notes. C'est pas maintenant qu'y va aller faire le paon devant l'directeur. Hors de question ! L'attendra dans sa Dodge. »

Ils partirent peu après midi et revinrent deux heures plus tard, alors que les cours étaient finis. J'étais en train de parler dans la cour de récréation avec un collègue. Je m'attendais à ce que Roy poursuive sa route sans vraiment ralentir jusqu'à la maison de Myrna, mais de loin, il me fit des appels de phare, après quoi il freina et s'engagea dans la cour. À travers le pare-brise, je relevai la présence de Myrna dont la tête dépassait à peine au-dessus de la boîte à gants. Elle semblait en colère. Avant même que Roy ait coupé le moteur, elle ouvrit la portière sans ménagement et descendit de la voiture. Ses pieds potelés s'enfoncèrent dans le sable. Elle recula et ouvrit la porte arrière. Sur la banquette, à moitié effondré, détournant les yeux, les mains sur les genoux, pareil à un criminel arrêté par la police : Max. Myrna lui fit comprendre par des gestes peu tendres qu'il devait descendre à son tour, puis elle somma Roy de faire de même.

Traînant derrière elle un Max amorphe, elle se dirigea sans hésiter vers moi.

« Frère, frère Daniel, on peut vous parler ? »

Son visage n'était que désarroi. À sa panique répondait le calme de Roy qui arborait un sourire d'une oreille à l'autre. Dans la consternation qui me saisissait, je ne remarquai pas qu'il ne marchait pas normalement. Il traînait la jambe, pour ainsi dire littéralement, son pied laissant une trace de plusieurs mètres dans le sable.

Je m'excusai auprès de mon confrère et conduisis Myrna, Roy et Max dans ma classe. Je n'aurais su dire ce qui m'inquiétait le plus, la panique de Myrna ou le rictus de Roy.

Une fois dans la salle, Myrna éclata en sanglots.

« Max… Max va peut-être… devoir quitter le collège. »

Ses paroles me choquèrent. Mon regard passa de Max, qui se tenait tête inclinée entre ses parents, à Roy. Ce dernier se contenta de dire :

« Il a créé un petit business.

— Oh ! arrête de prendre ça à la légère, le rabroua Myrna. Tu tires de la fierté de cette histoire. T'as pas arrêté de rire quand t'as appris ce qui se passait !

— Il exploite ses talents, fit Roy, ne cherchant en rien à nier ce qu'elle avançait.

— Toi, des talents, si t'avais pu en avoir un peu plus ! Ça te permettrait de faire parler le gosse, lui lança encore Myrna avant de se tourner brusquement vers moi : Il est muet comme une tombe, frère Daniel. (Puis, sur un ton sévère, elle s'adressa à Max :) Si tu veux pas nous parler à nous, confesse-toi au frère. Vas-y, qu'est-ce que t'attends ? »

Elle lui refila un coup de coude dans les côtes, même s'il la dépassait dorénavant de la tête et des épaules. Restant sans réaction, Max fixait le sol.

Je fis signe à Myrna de se calmer et me tournai vers Max. Pouvait-il me rapporter ce dont il s'agissait ?

« *Number* », fit Roy avant que Max n'ait prononcé le moindre mot.

Je fis comme si je n'avais rien entendu et gardai les yeux posés sur Max. Myrna reprit la parole.

« *Number*, oui, il s'est livré à ça au collège. En cachette. »

*Number*, la vente de billets de loterie. Partout sur l'île, on en voyait et on en voit toujours, des femmes et des hommes, jeunes ou vieux, qui vendent des billets de loterie, pour en tirer quelques florins, les acheteurs dans l'espoir que la fortune va leur sourire et qu'ils n'auront plus jamais besoin de travailler.

« Et ça depuis des semaines, poursuit Myrna. Pendant la récréation. Avant l'école et après. Presque tout le monde y a participé, même ceux qui sont en première année. Ils ont volé de l'argent à leurs parents pour acheter des billets.

— Il s'est débrouillé tout seul pour faire les carnets, précisa Roy.

— À la maison. Il faisait ça à la maison. Sous mes yeux. Des devoirs pour l'école, qu'y me disait.

— Deux colonnes de nombres, de 1 à 100, expliqua Roy. Il a demandé des sous pour un feuillet de deux nombres et offrait une réduction pour l'achat d'un carnet entier. Il fallait ensuite choisir le début ou la fin du numéro gagnant de la loterie hebdomadaire de Caracas. Les gagnants recevaient leur mise multipliée par cinq. Et Max gardait pour lui un petit pécule.

— Faut qu'y rembourse tout, fit Myrna. Mais y refuse de dire où il a caché l'argent.

— Il a tout dépensé, assura Roy. Vous auriez fait quoi à sa place ?

— Le directeur veut le virer, intervint Myrna, abattue. C'est tout… tout son avenir qui est en jeu.

— Arrête tes sottises ! Son avenir, je m'en occupe. Il a pas besoin d'école pour ça.

— Toi qui lui as même pas donné de passé, connard ! rugit Myrna. Te mêle pas de son avenir ! »

Sa sortie laissa Roy pantois. En quête de soutien, il tourna son regard vers moi, mais je l'ignorai de nouveau. Pour la première fois, Max sortit de sa léthargie en regardant son père du coin de l'œil. Ce dernier croisa les bras et, mécontent, fixa un point dans le vide, au-dessus de ma tête.

Je m'adressai à Max.

« J'aimerais entendre ta version de l'histoire, Max. Regarde-moi. »

Il leva lentement la tête. Aucun regret ne se lisait sur son visage, uniquement une obstination qu'il me serait souvent donné de voir par la suite, une inébranlable conviction selon laquelle ce qu'il avait fait était bien et juste.

« C'est vrai, ce qu'ils disent ? »

Je le vis hésiter. Myrna s'apprêtait à intervenir, mais je lui fis signe de lui accorder un peu de temps. Roy tripotait sa cravate dont le nœud était moins serré que d'habitude.

« C'est vrai, Max ? » répétai-je.

Il hocha furtivement la tête.

« Mais tu n'as pas dépensé l'argent, hein ? Tu l'as caché dans un endroit sûr, n'est-ce pas ? »

Son regard me dit que je le comprenais, bien mieux que ne le comprendraient jamais ses parents, que ne le comprendrait jamais en particulier son père.

« Pourquoi as-tu fait ça ? lui demandai-je, plein de compréhension. Tu avais une raison particulière ? »

Une fois encore, il hésita. Ses yeux s'arrêtèrent d'abord sur sa mère, puis sur son père avant de revenir sur moi. Sur son visage, l'obstination avait fait place à de l'incertitude. Laborieusement, il se lança : « Pour… pour continuer mes études… si jamais je n'ai pas de bourse. *Mai* dit que *pai* veut plus rien payer pour mes études. »

Les réactions de ses parents n'auraient pu être plus divergentes. Dépitée, Myrna secoua la tête, tandis que Roy répliqua sur un ton nonchalant : « C'est quand même pas nécessaire. Pourquoi y faudrait qu'il continue d'étudier ? Y pourrait très bien…

— Je veux devenir instituteur ! interrompit-il soudain son père. Je vais pas faire le taxi dans ta bagnole de merde !

— Instituteur ? fit Roy, touché au vif. Instituteur ? Jamais de la vie. Qui t'a mis ça dans la tête ?

— Y sera instituteur ! s'interposa Myrna d'une voix aiguë. J'te l'ai déjà dit cent fois, mais toi, t'entends que c'que tu veux entendre ! Eh ben, mets-toi bien ça dans ta grosse caboche, Roy Tromp. Ton fils, y sera instituteur et pour ça, faudra que tu casques !

— Moi, payer ? Tu rêves ! *No way!* rétorqua-t-il avec un grand sens dramatique, levant ses grands bras en l'air.

— Son fric, j'en ai pas besoin ! cria Max. Je me débrouillerai tout seul. J'ai pas besoin de cette pourriture ! »

Pour joindre le geste à la parole, il fit un mouvement furieux du bras en direction de son père, lequel, en un réflexe, l'agrippa par le poignet et referma son poing dessus. Presque en même temps, il ramena son autre bras en arrière, prêt à boxer Max, ce qu'il aurait sûrement fait si mes yeux n'avaient pas croisé les siens. Dans cette fraction de seconde, il prit apparemment conscience de ce qu'il s'apprêtait à faire. Choqué, il lâcha le bras de Max et s'empressa de quitter la salle de classe.

Couvrant en partie les pleurs de Myrna, il claqua la portière de sa Dodge, mit le moteur en marche, appuya à fond sur l'accélérateur et démarra dans un hurlement de pneus.

## 18 JUILLET 2001 – 22 H 31

« On aurait dit que ma voiture avait une volonté propre. J'avais beau tourner le volant dans un sens ou dans l'autre, elle a foncé tout droit dans l'arbre, un *wayaká*. »

Roy se tenait entre la position assise et la position couchée quand je lui rendis visite à l'hôpital Sint Elisabeth. Il occupait un lit, dont les rideaux étaient fermés, d'une grande salle pleine d'hommes. Bien qu'il ressemblât à un boxeur ayant survécu à un K.-O., ses blessures se révélaient moins graves qu'il n'y paraissait : contusions aux côtes, une légère commotion cérébrale, une fracture de l'orbite.

Sa langue n'avait rien perdu de son tranchant.

« Dieu a été bienveillant avec moi, frère Daniel. Et le *damage* à la voiture, c'est moins pire que j'avais peur. Surtout la carrosserie qui a pris. Mais je suis bien assuré. J'pourrai sûrement en tirer profit. Au fait, c'est qui qui vous a amené ici ? »

J'étais venu à bord du taxi 8.

« Daké. Pedro Daké. Y va bientôt arrêter. J'reluque sa licence. Pour Max. Dites-lui, frère Daniel, que Roy Tromp va se remettre, sinon y va penser que j'suis plus candidat. »

Comme si rien ne s'était passé la veille.

« Écoute, Roy, Max a clairement laissé entendre…

— … Bah, y s'laissera amadouer. Donnez-lui un peu de temps. Le gamin aura bientôt dix-huit ans. Y voudra gagner de l'argent. Ça explique son bazar avec les tombolas… Vous voulez bien tirer le rideau, frère Daniel ? La lumière est un peu vive. Mon mal de tête fait encore des siennes. Deux jours de repos, qu'il a dit le toubib. Et tout va se régler tout seul. J'ai eu un sacré bol. »

Je tendis la main vers le rideau, dans mon dos. L'idée de l'abandonner à son sort s'imposa à moi. Même si elle allait à l'encontre de tout ce pour quoi j'étais devenu religieux, je décidai de ne pas lui opposer de résistance.

« Faut que j'y aille, Roy, dis-je en refermant le rideau.

— Déjà ? Vous êtes à peine arrivé.

— J'ai d'autres patients à voir, mentis-je en lui tournant le dos (ma bouche prononçait des mots qui n'étaient pas miens, voilà ce à quoi il me poussait).

— Sûr qu'ils apprécieront de vous voir, eux aussi. Merci d'être venu.

— De rien, fis-je en osant finalement le regarder dans les yeux. J'espère que tu seras bientôt sur pied.

— Samedi, répliqua-t-il sans hésiter. Samedi, je passerai vous chercher comme d'habitude. Si ma voiture est réparée.

— Je sais pas si samedi… Je t'appellerai.

— Pas de problème. Et n'oubliez pas de dire à Daké que je suis toujours candidat.

— J'oublierai pas. »

Je n'avais pas fait deux pas qu'il me rappelait.

« Frère Daniel… »

Je me retournai. Il s'était redressé un peu plus, en appui sur une main, montrant de l'autre la fiche accrochée au pied de son lit.

« Vous avez vu le numéro de mon lit ? »

J'ai secoué la tête de droite à gauche.

« Numéro 7, fit-il d'un air triomphant. Comme mon taxi. Numéro 7, vous savez, le chiffre de la perfection dans les voies et gestes de Dieu. Ça peut pas être une coïncidence, hein, frère Daniel ? »

Quand je sortis, Maria Ursula, la sœur principale, m'accosta. Le visage grave, elle me demanda si M. Tromp avait de la famille.

« Il m'a dit de ne prévenir personne, m'expliqua-t-elle. Vous êtes le premier à lui rendre visite. »

Malgré les consignes de Roy, son accident n'était déjà plus qu'un secret public. De ce point de vue, Curaçao est un véritable village. Pas besoin de journal pour diffuser les nouvelles. En un rien de temps, l'alizé porte tout d'un côté à l'autre de l'île, rumeurs, ragots, insinuations.

Pour ma part, j'avais été mis au courant par frère Tinus. Il m'avait parlé d'un taxi, une Chevrolet ou une Cadillac, enfin une grosse américaine. Vitesse élevée. Sortie de route en plein virage.

« Il a un fils, dis-je à sœur Maria Ursula, mais Roy Tromp ne s'en soucie pas, non plus d'ailleurs que de la mère du gosse.

— Ah ! si ça avait pu être le contraire. Il aura besoin d'eux.

— Comment ça ?

— Vous le connaissez bien ?

— Assez bien. Du moins, pour autant qu'il soit possible de connaître quelqu'un. Il a sa vérité à lui, si je peux m'exprimer ainsi. Son fils était en classe avec moi. Et je roule régulièrement à bord de son taxi.

— Régulièrement ? Ces dernières semaines aussi ?

— Pas plus tard que samedi, acquiesçai-je.

— Alors Dieu vous a protégé, dit-elle soulagée. Vous auriez pu vous retrouver ici vous aussi. Cela fait déjà un moment qu'il n'a plus le droit de conduire. »

Roy aurait pu continuer à tromper tout et tout son monde longtemps encore, sauf son propre corps. Celui-ci le faisait suffoquer à petit feu, lui laissant à peine la possibilité de masquer les premiers symptômes de sa maladie. Le corps médical ayant, à la suite de son accident, diagnostiqué une forme rare de rhumatismes, je me rendis compte que j'avais mal interprété bien des signaux alarmants, non à cause de la naïveté que je me suis dans un premier temps reprochée, mais de ses ruses de renard.

Par exemple, j'avais remarqué lors de l'un de nos trajets qu'il ne portait plus de gants.

« J'attends qu'on m'les recouse. Les coutures ont lâché », m'expliqua-t-il à propos de sa paire qui lui allait si bien qu'il ne tenait pas à la remplacer.

Cependant, les semaines suivantes, comme il n'en portait toujours pas, je l'interrogeai à ce sujet à quelques reprises ; ils n'étaient toujours pas raccommodés. En réalité, il n'était plus capable de les passer.

Pour la monnaie, il s'était mis à utiliser un monnayeur en plastique d'où il pouvait facilement faire glisser les pièces dans la paume du client. De la sorte, il n'avait pas besoin d'en pêcher dans son porte-monnaie.

« Super pratique. Pour compter aussi. »

Un jour, il échoua à faire son tour de passe-passe avec les pièces d'un dollar. Elles lui échappèrent des mains et tombèrent par terre.

« Quand j'ai les mains moites, ça marche pas. » Même si je constatai qu'il avait bien du mal à les ramasser, je ne tirai aucune conclusion de cet échec.

Sœur Maria Ursula me raconta que la maladie se manifestait, entre autres, par toutes sortes d'inflammations de plusieurs organes et des articulations. Si certaines allaient et venaient, à la longue elles se traduiraient par des déformations et une paralysie. Dans un premier temps, la motricité des extrémités se trouvait affectée ; dans un second, celle du reste du corps. Roy était déjà entré dans cette deuxième phase. Ainsi s'expliquaient ses plaintes à propos de raideurs musculaires et de douleurs qu'il ressentait dans le cou, les épaules, les bras et, plus récemment, la jambe. Des plaintes qu'il ne pouvait plus dissimuler, mais au sujet desquelles il avait, à la longue, inventé toute une liste de mensonges : il s'était, prétendait-il, froissé un muscle en changeant un pneu crevé ou en soulevant une valise bien trop lourde ; il avait trébuché en descendant de voiture ou s'était pris le pied dans quelque chose en montant ; il avait attrapé froid en conduisant vitre ouverte, à moins que ce ne soit à cause de la clim qu'un client exigeant lui avait demandé de mettre à fond.

*Déclaré médicalement inapte à conduire un quelconque véhicule sur la voie publique.*

Tel était le verdict. Sur lequel il s'était assis tout de suite. Grâce à la transmission automatique de la Dodge, qu'il actionnait en appuyant tout simplement sur des boutons du tableau de bord, il était parvenu à conduire son taxi pendant encore un bon bout de temps, même avec un bras rebelle ou une jambe percluse.

« Quelles sont les perspectives ? » demandai-je à sœur Maria Ursula.

Elle ne chercha pas à me cacher la réalité : « D'abord une canne, puis un fauteuil roulant. Ça peut aller vite.

— Il le sait ?

— On le lui a dit plusieurs fois. Ça ne sert à rien. Il refuse de nous croire. »

Le lendemain, je retournai voir Roy. J'avais informé Myrna de la situation. Cependant, sa colère ne s'était toujours pas apaisée.

« Il a qu'à se débrouiller. Comme j'ai toujours dû le faire. »

Ensuite, je contactai les sœurs de Roosendaal, qui avaient, quelques années plus tôt, fondé une maison de retraite pour les nécessiteux dans le domaine Habaai, à la périphérie de Willemstad : Huize Welgelegen. Elles pouvaient envisager d'accueillir Roy, à condition qu'il vienne de son plein gré, autrement dit qu'il reconnaisse sa maladie. Je leur dis que je ferais mon possible.

« Frère Daniel, encore vous, sursauta presque Roy en me voyant apparaître à son chevet avant de se ressaisir immédiatement. Quelle surprise ! Vous passiez dans le quartier ? »

Il se tenait à moitié couché, à moitié assis, un oreiller dans le dos. Il portait un marcel qui laissait nus ses épaules et ses bras. Difficile d'imaginer que ces muscles encore saillants allaient perdre sous peu toute leur vitalité avant de fondre peu à peu.

« Je viens pour toi.

— Spécialement pour moi ? Je suis très touché. Mais cela va déjà mieux, vous savez. Je…

— Je pense qu'il est temps qu'on se parle d'homme à homme, Roy.

— Vous et moi ? Je vois pas en quoi…

— Je suis au courant, et j'aimerais t'aider.

— Oh ! mais le toubib a dit que c'était juste une question de jours. Vous allez bientôt me voir sautiller comme un jeune étalon. *The black stallion!* »

Sa blague déclencha chez lui un rire qui s'éteignit bientôt : je ne bronchai pas. Il se redressa un peu, tendant le bras gauche pour relever l'oreiller dans son dos. Le mouvement lui tira une grimace. Voyant que cela ne m'échappait pas, il chercha à me dire quelque chose, mais resta finalement muet.

« On m'a tout dit…

— Et Myrna, comment va-t-elle ? m'interrompit-il. Et Max ? Il a repris l'école ?

— On m'a tout raconté, repris-je. Par exemple que ça fait déjà un moment que tu n'as plus le droit de conduire. »

Je m'exprimais sur un ton terne pour ne pas avoir l'air de lui adresser des reproches. Il hésita un peu quant à la réponse à me fournir.

« Bah, les toubibs, vous les connaissez… Y voient toujours les choses pires qu'elles sont. Faut bien qu'y gagnent de quoi payer leurs grandes baraques et leurs grosses bagnoles. J'suis mieux placé que personne pour dire ce que je suis capable de faire et ce que je suis pas capable de faire. C'est pas aux autres de m'le dire.

— Sauf que cette fois, tu t'es mis le doigt dans l'œil, répliquai-je en contemplant son visage enflé. Ça aurait pu être bien pire.

— Je conduisais tout simplement trop vite. Ça n'a rien à voir avec… avec… se justifia-t-il sans parvenir à prononcer le mot.

— Avec quoi, Roy ?

— Je conduisais simplement trop vite, un point c'est tout.

— Tu n'aurais jamais dû prendre le volant. Ce n'était pas raisonnable du tout. Ta jambe…

— Ma voiture, c'est mon job ! éleva-t-il la voix. Je

suis chauffeur de taxi, c'est pas difficile à comprendre, 'pas ? De quoi je vais vivre si j'peux plus conduire ? C'est pas les toubibs qui m'paient. Eux, y vivent sur nous. »

Sur son visage se lisait de l'acharnement, de l'amertume aussi.

« Bien entendu, je comprends, dis-je avec calme. Mais tu vois bien le résultat…

— Je conduisais trop vite ! s'entêtait-il.

— Roy, écoute, je suis là pour t'aider, pas pour te condamner.

— J'ai pas besoin d'aide. M'suis toujours débrouillé tout seul. Pourquoi faudrait que ça change ?

— Tu vas finir dans un fauteuil roulant.

— Y rentrera sans problème dans la Dodge. Elle est bien assez spacieuse, se défendit-il avant de croiser les bras et de détourner la tête.

— T'opposer aux médecins ne sert à rien, insistai-je. Si ce n'est à empirer les choses. »

Il ne broncha pas. Je me glissai près de la tête du lit où je m'assis sur la chaise qui se trouvait là.

« Roy… écoute… personne ne va s'occuper de toi.

— Toutes les femmes m'adorent, bougonna-t-il.

— Elles adorent un infirme ?

— J'suis pas infirme. Ce qui doit marcher marche à la perfection. »

Il prononça cette dernière phrase d'une voix forte pour que tous les hommes, y compris ceux à l'autre bout de la salle, l'entendent. Même en pareilles circonstances, il tenait à soigner son image.

J'ignorai son commentaire.

« Roy… j'ai contacté les sœurs de Roosendaal. Elles dirigent une maison de retraite…

— … Une maison de retraite ! »

Avec brusquerie, il se souleva dans son lit. Son indignation était telle qu'il ne sentait plus aucune douleur. Sa voix résonna dans la chambre :

« J'suis pas un vieux con, moi ! Qu'est-ce que vous croyez ! Moi ? En maison de retraite ? J'ai cinquante-quatre ans. Cinquante-quatre !

— Tu m'as mal compris…

— … Feriez mieux d'vous en aller, frère Daniel, m'interrompit-il d'un geste de la main et sur un ton ferme.

— Roy…

— Avec tout le respect que je vous dois. »

J'avais montré trop d'empressement. Dans mes efforts en vue de lui venir en aide, j'en avais trop fait pour lui imposer ma propre volonté. Désillusionné, j'avais quitté la salle, sentant dans mon dos les regards hésitants des autres malades qui ne savaient pour qui éprouver le plus de compassion.

Au cours de la prière du soir que je partageai avec les frères de ma congrégation, je priai longuement pour Roy afin qu'il trouve du soutien en Dieu et se résigne rapidement à son sort. Ce faisant, je ne cessai de songer à ce que m'avait dit sœur Maria Ursula après mon aveu : je n'étais pas parvenu à convaincre Roy d'accepter la moindre aide.

« Les rhumatismes vont le mettre à genoux, au sens propre comme au sens figuré, frère Daniel. »

Sa prédiction se réalisa plus vite que prévu. Deux jours plus tard, elle me téléphonait, un peu paniquée. Roy avait essayé de quitter l'hôpital sans autorisation. Après avoir effectué à peine quelques pas, il s'était effondré au milieu de la salle. Allongé par terre, il était entré dans une colère noire. Quatre infirmiers costauds avaient été nécessaires pour le maîtriser et lui injecter un sédatif.

Étais-je disposé à tenter une nouvelle fois de le raisonner ? Il ne pouvait plus dorénavant nier son état.

Sur le chemin de l'hôpital, le chauffeur de taxi – un Noir de près de deux mètres, à la tête énorme ornée d'une épaisse moustache noire – m'avoua que lui et ses collègues soupçonnaient depuis un certain temps que quelque chose clochait dans le comportement de Roy Tromp.

« Il ne montre plus aucun enthousiasme à jouer aux dominos. Il ne les ramasse plus quand il gagne, et quand il perd, il reste calme alors qu'autrefois il lui arrivait de renverser la table et tout le bataclan. Roy Tromp se fait vieux, on se l'est tous dit. À la fin, il a même refusé de jouer. Plus envie, qu'il a dit. Un Noir qui joue pas aux dominos, c'est qu'y a un truc qui colle plus, c'est encore plus vrai pour Roy : avant, pour jouer, il aurait été capable de miser ses pompes. Des rhumatismes, qu'on m'a dit. C'est vrai ? Normalement, on a ça quand on est vieux, non ? Et sa licence ? Y va la vendre ? Dites-lui que je connais quelqu'un qui est intéressé. Je m'appelle Boubou Fiel. Il me connaît. »

À l'hôpital un peu plus tard, je constatai que Roy n'était pas seul. À ma grande stupéfaction, Myrna se tenait à son chevet, les mains en conque autour de la sienne. Dès qu'elle me vit, elle les retira et croisa les bras. Elle s'était pomponnée : paupières plus bleues encore que l'orbite enflée de Roy, lèvres d'un rouge flamboyant et remarquablement délimitées au crayon noir, grands anneaux dorés passés dans le lobe des oreilles. Elle portait un chemisier à motif de panthère et une minijupe, sans doute la même tenue que lors de la visite du député.

Roy se tenait assis sur le lit, pareil à un sultan. En lui ne subsistait rien de la colère dont sœur Maria Ursula m'avait parlé.

« Frère Daniel, fit-il en m'adressant un signe de tête amical.

— Roy. Myrna. »

Je ne fus pas capable de dire autre chose. Un mauvais pressentiment venait de m'envahir.

« On m'autorise à rentrer demain à la maison, dit-il, soulagé.

— À la maison ?

— À Barber, dit-il, rayonnant. Je m'installe chez Myrna. »

Myrna n'osait pas affronter mon regard. Elle soumettait ses ongles vernis – le même rouge flamboyant que ses lèvres – à un examen détaillé.

Considérant l'espace autour de lui d'un air triomphant, Roy reprit : « C'est une femme tellement gentille. Un ange envoyé par Dieu. »

Un sourire timide au milieu du visage, Myrna chassa ce compliment d'un geste de la main. Ses yeux m'évitaient toujours. J'éprouvais une profonde déception à son égard, comme si elle avait rompu unilatéralement un contrat tacite qui nous rapprochait. Plus tard, j'ai fini par comprendre qu'elle ne voulait pas laisser passer cette occasion. Dieu lui avait envoyé Roy et non l'inverse.

« Et Max ? demandai-je.

— Max ? fit Roy. Bah, il aura bientôt une petite copine. Il quittera alors la maison et Myrna se retrouverait toute seule. C'est la meilleure solution pour nous tous.

— Max peut continuer ses études. Il n'est pas renvoyé du collège. Je me suis entretenu avec le directeur.

— Myrna et moi, on en a parlé, répliqua Roy en secouant la tête. Max va passer son permis de conduire et il reprendra le taxi. Comme ça, Myrna n'aura plus besoin de travailler autant et pourra mieux s'occuper de moi, vous voyez. C'est bien ça, hein, Myrna ? »

Myrna leva les yeux sur lui, sans toutefois ouvrir la bouche. Je caressais encore l'espoir de la voir contrecarrer le plan que Roy avait certainement concocté tout seul.

Je me tournai vers elle. « Myrna ? »

Du coin de l'œil, je vis Roy avancer une main vers elle. Ses doigts se détachaient sur le drap, repliés, serre d'oiseau qui venait de se poser juste à côté de sa proie.

« *Dushi…* » dit-il. Trésor.

Myrna leva la tête et jeta un bref regard peureux dans ma direction. Puis, à contrecœur, elle dit : « C'est la meilleure solution pour nous tous. »

Sa mère lui ayant annoncé qu'elle allait s'occuper de Roy et qu'il devait par conséquent quitter le collège pour travailler, Max disparut deux jours et deux nuits. On fit intervenir police et garde-côtes, contre l'avis de Roy, qui soutenait : « Bah, le gamin reviendra bien de lui-même. »

Myrna ne savait plus à quel saint se vouer. Elle s'était persuadée que Max comprendrait la situation. Roy n'était-il pas son père, après tout ? Un homme malade, de surcroît.

Le premier jour, elle maudit son fils. Le deuxième, elle se maudit elle-même.

Elle épargna Roy.

« Je peux quand même pas l'abandonner à son sort », gémissait-elle devant moi.

Et pourquoi pas, au fond. La pensée me traversait,

mais je me contentai d'avancer : « Il nous faut trouver une solution qui satisfasse tout le monde. »

Le matin du troisième jour, je découvris Max devant la porte de l'école. Il était encore tôt. Les premiers élèves ne devaient arriver qu'une demi-heure plus tard. Il était assis par terre, les jambes étirées, tête contre la porte. À la lumière du lampadaire, je vis que ses vêtements et ses chaussures portaient des traces de terre rouge et de boue. Des égratignures lui sillonnaient le visage et les bras. Il s'était probablement réfugié dans l'une des grottes de Tera Kòrá, où, par le passé, des esclaves en fuite se cachaient de leur propriétaire. Chaque année, j'emmenais ma classe faire une sortie dans cet endroit.

Cela me touchait de constater qu'il m'avait choisi, moi, pour réapparaître.

Gardant le silence, il se contenta de me contempler de ses grands yeux sombres, dans lesquels je distinguai pour la première fois quelque chose de rude, à croire que son isolement dans la sauvage et désertique Tera Kòrá avait fait rejaillir en lui ce qu'il avait de plus primitif.

« Tu dois avoir faim », lui dis-je tout en lui tendant la main pour l'aider à se relever.

Je le précédai au réfectoire et lui donnai une gaufre. Je relevai un début de barbe sur ses joues et son menton. J'ignorais jusqu'alors qu'il devait se raser.

« *Mai* s'est occupée des animaux ? »

Telle est la première chose qu'il me demanda.

« Oui, mais Speransa n'a pas voulu donner de lait. »

Il hocha la tête comme s'il s'était attendu à cette réponse et se mit à manger.

« Tes parents se sont fait du souci. »

Il garda le silence.

« Moi aussi, ajoutai-je.

— On ne me demande jamais mon avis. On décide de tout dans mon dos.

— Aucune décision définitive n'a encore été prise, lui dis-je contre toute évidence puisque Roy s'était déjà installé chez Myrna. On va bien trouver une solution pour que tu puisses continuer tes études.

— Comment pourrais-je étudier si ce… si ce type vit sous le même toi que nous ? »

Ce type. Le mot « père » lui aurait brûlé les lèvres. Il enfourna le dernier morceau de gaufre et entreprit de ramasser les miettes tombées sur la table.

« T'en veux une autre ?

— Non merci. »

Des deux mains, il se frotta les yeux. S'il était venu directement de Tera Kòrá, il avait marché une grande partie de la nuit.

« T'es fatigué ?

— Ça peut aller. »

D'un regard brumeux, il considéra ce qui l'entourait. Toutes les chaises étaient sur les tables de façon que sa mère puisse passer facilement la serpillière. Cela faisait un moment qu'il ne l'avait pas aidée dans cette tâche.

« Il me reste plus qu'à rentrer à la maison. »

Cependant, il resta assis sur sa chaise.

« Tu veux que je t'accompagne ? »

Telle était sûrement la raison de sa venue. Il n'osait pas affronter seul ses parents. En réalité, je me trompais.

« Pas besoin. »

J'eus l'impression qu'il voulait ajouter quelque chose, mais il baissa la tête. Tout de suite après, il m'adressa tout de même la parole :

« Vous en pensez quoi, vous, du fait que mon père vienne vivre avec nous ?

— Sincèrement ? J'aurais préféré le voir dans une maison de retraite. Il va avoir besoin de beaucoup d'aide.

— *Mai* dit qu'il ne pourra bientôt plus marcher. Qu'il ne pourra plus rien du tout.

— C'est exact. Les médecins disent que ça peut aller vite.

— Autrement dit, il n'y aura plus d'argent pour mes études. Il faut donc que je trouve un travail.

— On trouvera bien une solution, répétai-je. Pour commencer, vous pourriez vendre la voiture. Dès qu'elle sera réparée, elle rapportera une coquette somme. Ton père l'a toujours très bien entretenue.

— On n'a pas d'argent pour la faire réparer, fit-il en secouant la tête. La compagnie d'assurance refuse de payer quoi que ce soit puisqu'il n'avait plus le droit de conduire. La dette qu'il a auprès de la banque est à présent supérieure à la valeur de la Dodge. Et ce n'est pas tout, continua-t-il alors que je le regardais avec étonnement. Comme *mai* a apposé sa signature pour l'obtention du prêt, la banque menace de saisir son salaire… On est dans la mouise, frère Daniel. »

Il semblait bien qu'au cours de ces deux journées de solitude volontaire Max fût devenu adulte. Bien entendu, cette évolution avait commencé depuis un certain temps déjà, mais je n'y avais pas du tout prêté attention. J'avais continué à le considérer comme le garçon arrivé à l'âge de douze ans dans ma classe, obéissant, silencieux, quelque peu naïf. Mais ce matin-là, à l'école, je prenais conscience qu'il agissait avec discernement, prenant le temps de peser le pour et le contre d'une décision avant d'en prendre une.

« Je n'ai pas vraiment le choix. Il *faut* que je cherche

un boulot. Et dans ce cas, je préfère encore faire le taxi que de me faire exploiter par Shell.

— Et ton rêve de devenir instituteur ?

— Je vais faire ça pour *mai*. N'a-t-elle pas tout fait pour moi ?

— Tu n'as aucunement besoin de te sacrifier, Max. Tu es libre de penser à ton avenir sans te soucier des autres.

— Je ne me sacrifie pas, pas à long terme du moins. *Mai* m'a assuré que je pourrais garder une partie de ce que je gagne. Si je fais des économies, rien ne m'empêchera de reprendre mes études dans deux ou trois ans. »

Ça aussi, Roy avait dû le manigancer, histoire sans doute de se mettre Myrna dans la poche. Malgré cette assurance, j'étais certain qu'il finirait par réclamer tout l'argent et que, même dans le cas contraire, Max, une fois qu'il aurait goûté à la liberté dont jouit un chauffeur de taxi, ne voudrait plus jamais retourner en classe.

« Je ne sais pas, dis-je. Je ne peux me défaire de certains doutes.

— Je n'ai pas le choix. »

Il me considéra longuement, avec dans le regard l'espoir, non, le souhait que je lui accorde ma bénédiction – telle était la vraie raison de sa venue.

Je poussai un profond soupir. J'avais l'impression d'avoir subi une défaite. Néanmoins, je ne pouvais faire autrement que de le soutenir. Moi non plus, je ne voyais plus aucune autre issue. Cependant, je lui demandai de passer son examen de fin d'études.

« Et de le réussir », précisai-je.

Il me le promit. Puis me réclama une autre gaufre.

## 18 JUILLET 2001 – 23 H 12

À onze heures moins cinq, l'avion de Max atterrira à Schiphol. Ici, il sera alors cinq heures cinq du matin.

« Je ne vais quand même pas vous tirer du lit en vous téléphonant aussi tôt. »

La réponse de Max après que je lui avais demandé de me prévenir de son arrivée.

« À cette heure-là, je suis réveillé depuis un moment. Un frère se contente de peu de sommeil.

— Je vous enverrai un texto.

— Je veux entendre ta voix.

— Vous êtes comme Lucia », rit-il.

Ce rire, je le vois devant moi. De même que sa façon de gagner sa voiture, en traînant un peu la jambe, et de démarrer. Il avait klaxonné cette fois-là encore. Ce n'était rien de plus qu'un son rauque montant du capot, un peu comme si la Dodge avait été en détresse respiratoire.

Max prit ses premières leçons de conduite dans les rues de Barber. À cette époque, la Dodge ressemblait à une belle femme à l'œil bleu – les mots de Roy. La famille n'ayant pas de quoi payer de nouvelles pièces ni la moindre réparation coûteuse, les dommages soufferts par la carrosserie avaient été réparés à coups de marteau et d'enduit sur lequel on avait appliqué une peinture mate azur, qui contrastait avec le vert de mer brillant de l'autre laque. Moins d'une heure après que le garagiste avait ramené la voiture, et alors même qu'il était trop jeune pour conduire, Max s'asseyait au volant et s'engageait sur la route, son père faisant office de passager. Roy ne voulait pas perdre une seconde.

« Le jour de ses dix-huit ans, il passera son permis. Donc d'ici là, il faut qu'il soit fin prêt. D'abord la théorie et, dans la foulée, la pratique sur la route d'Otrobanda. Là-bas, je connais les plus petites venelles. Ça sera *peanuts*, une formalité. »

Il était parvenu à retourner Max au point que celui-ci, malgré sa promesse de terminer son année scolaire, sécha les cours plus d'une fois.

« Tu n'as pas cours aujourd'hui, Max ? lui demandai-je alors qu'il s'entraînait à faire un créneau entre les deux piliers de l'entrée de l'école.

— Mais si, s'empressa de répondre Roy à sa place, puisqu'il suit la leçon que je lui donne, la meilleure école qui soit. »

Max ne protestait pas. La magie de la Dodge, à laquelle il avait réussi à résister longtemps, commençait à l'envoûter lui aussi.

C'est ainsi que je vis dès lors le père et le fils passer régulièrement devant nos bâtiments, tantôt à une vitesse d'escargot – et un Max occupant le siège du conducteur, les yeux rivés sur la route –, tantôt beaucoup trop vite – un Roy paniqué qui cherchait à se saisir du volant pour éviter une collision. Comme Max montrait au début une trop grande fébrilité, je craignais que son père ne perdît bientôt patience. Mais Roy faisait tout son possible pour se maîtriser. Apparemment, il s'était mis dans le crâne qu'il lui fallait dépendre de Max et de la Dodge pour continuer à vivre sous le même toit que Myrna.

Bien entendu, lui avançait une autre explication : « Les rhumatismes ont pris aussi le dessus sur le mal qui m'habite. »

Toutefois, je tenais de Myrna qu'il lui arrivait encore de s'emporter. Il maudissait alors son corps qui ne lui obéissait plus.

« Mais y s'en prend plus qu'à lui-même. Moi, j'attends juste que l'orage soit passé. »

Malgré tous les aléas, Myrna était plus que satisfaite de la nouvelle situation. Elle avait enfin son homme à sa disposition à la maison. Ses rhumatismes présentaient un avantage : il n'irait plus courir à droite ou à gauche, du moins il n'irait plus très loin. Qui plus est, elle avait de l'amour maternel en réserve. Il correspondait à tous les enfants qu'elle n'avait pu avoir. À long terme, pour ce qui est de la motricité, Roy redeviendrait un bébé, incapable de marcher, pas même à quatre pattes ; d'ici un certain temps, il faudrait l'aider à manger sans compter qu'il finirait dans des couches.

« L'impression que tous mes muscles ont raccourci, voilà ce que je ressens », commentait Roy à propos de son tortionnaire.

Depuis qu'il avait reconnu l'existence de sa maladie, celle-ci semblait le maltraiter plus encore. Les inflammations se succédaient les unes les autres. Malgré la qualité de la suspension de la Dodge, Max ne pouvait empêcher, lorsqu'il roulait sur une bosse ou dans un trou, que Roy ressente une douleur aiguë, véritable lame qui s'enfonçait dans l'une de ses articulations.

« C'est une punition de Dieu, frère Daniel ? s'enquit-il un jour. Parce que j'ai jamais été fidèle ? Parce que je m'suis jamais occupé de mon fils ?

— Si c'était le cas, une grande partie des hommes de Curaçao finirait tôt ou tard dans un fauteuil roulant. »

Heureusement, de telles paroles étaient encore à même de le faire rire.

Max a décroché son diplôme de fin d'études en juillet 1967. Même s'il avait manqué une partie des cours dans les dernières semaines de l'année scolaire, il eut la moyenne dans toutes les matières – preuve supplémentaire à mes yeux qu'il pouvait obtenir à terme l'habilitation à enseigner. Mais Roy ne laissait planer aucun doute quant au chemin que devait emprunter son fils. Il augmenta sans tarder le rythme des leçons de conduite et étendit le champ d'entraînement à toute l'île. Trois semaines plus tard, Max fêterait ses dix-huit ans ; le jour en question, il se devait de décrocher son permis, mais aussi de connaître toutes les astuces du métier afin de commencer sans délai à travailler comme chauffeur de taxi.

« Il m'a montré où me garer dans le port, quand un cargo amarre, me raconta Max plus tard. Pas trop en vue, parce qu'un taxi submergé de matelots, ça ne rapporte pas gros. Il faut attendre, m'a-t-il dit, des hommes à responsabilité. Eux quittent le bateau plus tard. Avec un peu de chance, on peut attraper le capitaine de bord. Plus il y a de galons, plus on voit les dollars. Mais quand il s'agit d'un paquebot de croisière, il faut être aux premières places, car les passagers de première classe débarquent avant les autres. Ah ! et vous savez ce qu'il a ajouté ? Qu'il faut toujours demander aux touristes américains d'où ils viennent, mais en anglais de vache espagnole – genre : *where you from?* –, ils ont alors l'impression qu'on se décarcasse pour eux. Quand bien même on serait le dernier des imbéciles, ils trouvent ça sympathique, un nègre qui se met en quatre pour eux. »

Ces paroles prononcées, Max me montra un carnet que son père lui avait remis comme un héritage précieux. Il était rempli de mots et de phrases en plusieurs langues, que Roy avait glanés au cours de sa carrière. Un Colombien qui parlait espagnol, un Brésilien qui ne connaissait que le portugais, un touriste français, anglais ou allemand, quelle que fût la nationalité du client qui montait à bord de la Dodge, Roy avait toujours fait bonne impression en prononçant quelques mots dans leur langue maternelle.

« Pourboire garanti. Donc, t'apprends toutes ces phrases par cœur », avait-il insisté.

Il lui avait par ailleurs montré les boutiques de souvenirs avec lesquelles il avait un deal pour leur amener autant de clients que possible – « Une fois par semaine, tu récupères ta commission » – et lui avait fait découvrir tant les quartiers cossus d'Emmastad et de Julianadorp que les rues les plus louches d'Otrobanda, lui indiquant les bordels et maisons de jeu illégales, sans toutefois y entrer. Quiconque avait connu Roy devait garder le souvenir du taureau qu'il avait été.

Max hésitait à me rapporter ce que son père lui avait raconté au sujet des prostituées, mais je savais plus ou moins de quoi il retournait. Roy m'avait lui-même confié ce qui se déroulait dans cet univers.

« Je vous dis les choses comme elles sont, frère Daniel. À Campo, y a beaucoup de filles de couleur claire du Venezuela qui font pas tout ce que les hommes veulent, vous comprenez ? Ces hommes, je les conduis chez une Colombienne ou une Dominicaine d'un quartier pauvre. Elles, elles rechignent à rien, elles gardent toujours leur calme ; elles vous donnent jamais de fil à retordre. Tout au plus une saloperie de maladie si vous êtes pas prudent. »

La leçon la plus importante que Roy transmit à Max

consistait dans la manière de fixer le tarif en fonction du client. Les taxis de Curaçao n'ont pas de compteur. Bien qu'il y ait une entente entre chauffeurs, cela ne laisse pas moins une grande souplesse dans la fixation du prix.

« Avant qu'un client t'adresse la parole, Max, tu dois deviner à qui t'as affaire. Le type est-il pressé ? Y porte des bagues ? des colliers ? L'est bourré ? C'est un Noir ? un Juif ? Y fait le beau avec une gonzesse ? L'est habillé en gentleman mais il a que des chicots dans la bouche ? Tout ça, tu dois l'voir en un clin d'œil pour fixer un prix dans ta tête avant même qu'y t'ait dit où y voulait aller. Demande jamais trop, sinon t'auras des ennuis à la place d'un pourboire, mais surtout demande pas trop peu, sinon tu le regretteras à coup sûr. Et retiens bien un truc, Max, ne fais jamais, *never ever*, preuve de pitié quand un client commence à négocier le prix ! »

Max avait ces méthodes en horreur, mais là encore, il n'avait pas le choix : « Tous les chauffeurs font comme ça. *Pai* dit que si je m'adapte pas, ils vont me rouler et me rouler dessus, façon de parler. En ce moment, des Colombiens et des Portoricains envahissent et pourrissent le business. »

Le business. Quand j'entendis ce mot dans la bouche de Max, je compris que Roy avait mis son fils dans sa poche. En même temps, j'étais pour ainsi dire certain que le gamin allait déchanter. Il avait un caractère trop doux, était d'un naturel trop noble. Cependant, j'espérais me tromper, j'allais presque jusqu'à lui souhaiter d'acquérir la roublardise de son père.

Max obtint son permis du premier coup. Le jour en question, avec Alejandro et Juanito Sanchez, des jumeaux qui redoublaient, je rénovais ma salle de classe en prévision de l'année scolaire à venir, lorsqu'il se gara devant l'entrée. Quand il descendit de voiture, je crus pendant une seconde qu'il s'agissait de Roy. Or, c'était bien Max. Il avait enfilé un des costumes de son père, casquette, cravate, gants en feutre et souliers laqués compris. Alejandro et Juanito envoyèrent balader les outils qu'ils tenaient à la main et se précipitèrent dehors. Je les suivis et pus voir Max s'escrimer, comme son père par le passé, à éloigner les garçons de la voiture.

« Hé, vous approchez pas, non, pas touche… »

Mais Max ne dégageait pas encore la même autorité que Roy. Pendant qu'il chassait Juanito, Alejandro se glissa derrière le volant et se mit à klaxonner. Max plongea à moitié dans la Dodge et fila des coups de casquette au garnement, lequel se réfugia côté passager. Au même moment, Juanito ouvrit la portière : Alejandro roula alors par terre, une vraie scène de film comique. Poussant un juron tout en rigolant, il se remit sur ses jambes et poursuivit son frère autour de la Dodge.

Je rappelai les jumeaux à l'ordre et m'excusai auprès de Max. Il réajusta sa casquette, redressa sa cravate et vérifia si sa chemise et son pantalon étaient en ordre, observant de la sorte les recommandations initiales de son père.

« Un chauffeur de taxi noir doit toujours ressembler à un majordome, jamais à un esclave. » Un de ses credos.

« Mes félicitations, Max. Je vois que tu as réussi.

— Pas une seule faute au code, acquiesça-t-il d'un signe de tête convaincant. Et la pratique, ça s'est passé au poil. Y compris le démarrage en côte. *Pai* est fier de moi.

— Où est-il ?

— Je l'ai ramené à la maison. Il avait mal partout. *Mai* dit qu'il ne se repose pas assez. Hé ! t'approche pas, toi, sinon… »

Max fit un geste menaçant en direction d'Alejandro qui tapotait l'antenne souple de la voiture.

« Moi aussi, plus tard, je s'rai chauffeur de taxi, le provoqua le gamin.

— Eh ben, pour ça, va falloir que tu travailles dur à l'école, rétorqua Max.

— T'as entendu, Alejandro. Faire de ton mieux à l'école. Et écarte-toi du taxi, autrement le monsieur va se fâcher.

— Monsieur ? fit Max en fronçant les sourcils.

— Va falloir que tu t'y habitues. »

Il fit aller et venir le mot dans sa bouche. Ça ne lui déplaisait pas qu'on le compte au nombre des adultes. Lui restait à découvrir que ce nouveau monde était plus rude et plus sournois que celui qu'il connaissait.

« Vous voulez que je vous conduise quelque part, frère Daniel ? s'enquit-il, plein d'espoir. Je suis à votre service. »

Il fit claquer les talons de ses chaussures reluisantes et se raidit au garde-à-vous comme une mante religieuse.

« Je crois que j'en ai assez fait pour aujourd'hui, lui dis-je pour lui faire plaisir. Le reste peut attendre. Je prends quelques affaires. Et si tu veux bien me ramener au couvent…

— Cinq florins, dit-il aussitôt. Ça fera cinq florins. Vous pouvez aussi payer en dollars. De préférence. »

Remarquant combien son ton assertif, que Roy lui avait à coup sûr enfoncé dans la tête, me choquait, il se montra tout de suite un peu plus accommodant.

« Quatre florins, ça suffit aussi. Pour vous. Ne le dites pas à *pai*.

— Non, cinq florins, ça me paraît un tarif tout à fait correct. C'est ce que je paie chaque fois. »

La Dodge ne seyait pas encore aussi bien à Max que le costume de son père. Je fus frappé de voir ses mains aller et venir sur le tableau de bord à la recherche du bon bouton, à la manière d'un pianiste débutant à qui l'on demande d'emblée de jouer une mazurka. Sa fébrilité augmenta du fait qu'Alejandro et Juanito collaient leur figure contre la vitre. Par inadvertance, il appuya trop fort sur la pédale de l'accélérateur : la voiture s'élança dans un bramement des pneus. Par l'intermédiaire du rétroviseur, je vis les jumeaux disparaître dans un nuage de poussière et de sable, lequel les força certes à arrêter de respirer pendant quelques secondes, mais ne leur ôta pas l'ambition de devenir un jour chauffeurs de taxi. Ils coururent derrière nous sur une centaine de mètres au moins avant d'agiter les bras jusqu'à ce que nous nous soyons évanouis à l'horizon.

J'avais pris place sur la banquette arrière en me proposant de rester silencieux durant tout le trajet afin de ne pas le déconcentrer, mais il s'escrimait à entamer une conversation – énième tuyau de son père.

« Fais une chaleur à crever, hein. Pas un brin de vent. »

« Vous aurez beaucoup de nouveaux élèves l'année prochaine ? »

« Pour le permis, j'ai dû commencer par un démarrage en côte. Ensuite j'ai traversé tout Otrobanda », après quoi il m'a décrit l'itinéraire en détail.

Tout en parlant, il me jetait parfois un coup d'œil par le biais du rétroviseur. Sa posture trahissait encore une certaine raideur, mais il conduisait bien et veillait en permanence à ne pas rouler trop vite. Une seule fois, une manœuvre inattendue le fit dévier de sa voie, ce qui lui valut un coup de klaxon du véhicule qui venait en sens opposé.

« Désolé, frère Daniel, désolé, s'excusa-t-il avec insistance.

— Tu conduis bien. J'aimerais pouvoir en faire autant. »

Il recula un peu le dos, rapprochant du même coup les bras de ses flancs. Un sourire se dessina sur son visage.

« J'ai déjà un client ! » cria-t-il à quelqu'un qui lui faisait signe au bord de la route et il me décocha un clin d'œil par-dessus son épaule.

Sa confiance grandissait à chaque mètre que la Dodge avalait.

« Pourquoi vous n'avez pas le permis ?

— On n'en a pas besoin pour aller au Ciel. »

Ma réponse le laissa bouche bée puis il éclata de rire au point de presque louper la bifurcation menant au couvent.

Il s'arrêta devant l'entrée, mit la voiture au point mort et serra le frein à main. Je sortis mon porte-monnaie de ma sacoche pendant qu'il cherchait quelque chose dans la boîte à gants.

« J'ai pas besoin de reçu, lui dis-je.

— C'est le carnet sur lequel je note tout ce que je gagne, me répondit-il en secouant la tête. *Pai* m'a demandé de noter le kilométrage après chaque client. Pour les taxes. »

Pour contrôler que son fils ne mette pas une partie de la recette dans sa poche, pensai-je.

Je lui donnai les cinq florins puis glissai dans sa paume une autre pièce d'un florin.

« C'est pour toi, le pourboire. T'as pas besoin de le noter dans ton carnet.

— Oh ! merci, dit-il radieux.

— T'as toujours envie de devenir instituteur, hein ? le provoquai-je de façon à dissimuler le doute qui m'habitait à ce sujet.

— Bien sûr, vous croyez quand même pas que je vais aller et venir comme ça sur l'île toute ma vie. »

Mon inquiétude était donc prématurée. Ni Roy ni la Dodge n'auraient pu le faire changer d'avis.

« Tu te sentirais en effet comme un hamster qui pédale dans sa roue, l'approuvai-je. Avant que je n'oublie, j'ai encore quelque chose pour toi. »

Je lui tendis un livre que j'avais mis de côté pour le jour où il obtiendrait son permis de conduire.

« Ah ! Cola Debrot, notre gouverneur, s'enthousiasma-t-il. On l'a lu au collège. *Ma sœur noire.* Et un autre livre auquel j'ai rien compris. Une histoire de nuages, si je me souviens bien.

— *Une existence nuageuse*, c'est de ça que tu veux parler. Ce livre, ce sont des poèmes. Tu pourras les lire quand les clients se feront attendre. Et qui sait, le gouverneur montera peut-être un jour dans ton taxi. Tu pourras lui demander une dédicace.

— Je pense qu'il a une voiture, fit-il en faisant aller sa tête de droite à gauche. Avec chauffeur.

— C'est probable, oui. Une perspective d'avenir pour toi ?

— Une voiture avec chauffeur ?

— Non, gouverneur.

— Surtout pas. Il faudrait que je résolve tous les problèmes des Antilles.

— Et ça, c'est la mer à boire, hein, rigolai-je.

— Oui, c'est le cas de l'dire, m'approuva-t-il, amusé. De toute façon, je suis bien trop noir. »

Il avait prononcé ces derniers mots sur un ton sec. Simple constat d'une réalité de l'île qui n'avait jamais été démentie. Aucun poste de la fonction publique, aucune position élevée n'était occupé par un Noir. Par le passé, hormis quelques grognements et grommellements, la situation avait suscité peu de protestations. Peu à peu cependant, quelque chose comme une parole semblait se libérer. Depuis un certain temps, à Punda, se tenaient chaque samedi des manifestations ; *Vitó*, l'hebdomadaire populaire auprès des pauvres, appelait parfois avec insistance dans ses pages à résister au gouvernement et aux capitalistes. De même, l'agitation croissait à la raffinerie. De nombreux travailleurs, principalement des Noirs, licenciés par Shell, avaient retrouvé un emploi similaire chez des sous-traitants, mais pour des salaires beaucoup plus bas.

Voilà pourquoi je répliquai :

« Tu ne devrais pas être si laconique à ce sujet. Les choses pourraient bien changer. Sur la place Gomez, des jeunes de ton âge se réunissent pour ainsi dire chaque semaine pour protester contre la politique. Ils n'acceptent plus le *statu quo*. La discrimination, l'exploitation, la pauvreté et le gouvernement qui s'obstine à fermer les yeux. »

À Max, on avait tenu un tout autre discours.

« *Pai* dit que la plupart des Antillais noirs sont tout simplement paresseux. Ils préfèrent dormir plutôt que de travailler. Donnez-leur un coup de pied au cul et ils se couchent sur l'autre côté. »

Max s'était à moitié retourné sur son siège ; je me penchai un peu plus en avant.

« Paresseux ? Non, ça ne me semble pas être le mot juste. Je dirais plutôt patients. Comme on n'a pas l'habitude de prendre des initiatives, on préfère attendre que les choses s'améliorent d'elles-mêmes.

— On risque de devoir attendre encore longtemps.

— Probable. Tant qu'on suit le mouvement comme des petits chiens, rien ne changera.

— J'vais donc me joindre aux manifestants de la place Gomez, conclut Max.

— Non, tous ces cris et toutes ces vociférations ne

changent rien à l'affaire. Ça ne fait en réalité qu'empirer les choses. Je pense que nous devons avoir davantage confiance en nos propres capacités. Il faut qu'on fasse enfin preuve d'ambition. Et cultiver l'estime de soi, ça nous aiderait aussi à faire un grand pas en avant.

— Cultiver l'estime de soi, répéta Max, songeur. Belle façon de dire les choses. Vous devriez prêcher dans les églises.

— Cet honneur ne revient pas aux simples frères.

— Aux simples frères noirs ?

— Ni aux Noirs ni aux autres.

— C'est de la discrimination, non ?

— Nous, on appelle ça la hiérarchie, lui expliquai-je, un sourire aux lèvres. Et, franchement, cette ambition-là, je ne l'ai pas. Moi, je préfère parler avec mes mains.

— Avec les poings, dirait *pai*.

— Je veux dire plutôt par des actes que par des mots.

— Je comprends ce que vous voulez dire. Je vous taquine un peu, fit-il en jetant un coup d'œil sur la pendule du tableau de bord. Faut que j'y aille. Dans une demi-heure, un bateau de croisière arrive à la baie de Caracas. Mon père ne me pardonnerait jamais de gâcher mon premier grand rendez-vous.

— Je ne te retiens pas plus longtemps. Sois prudent.

— Le Seigneur m'accompagne, frère Daniel. »

D'un clin d'œil, il attira mon attention sur le chapelet de son père, toujours suspendu au rétroviseur.

« Ça me rassure. Salue tes parents de ma part.

— J'y penserai », dit-il.

Puis il descendit de la Dodge et s'empressa d'en faire le tour pour m'ouvrir la portière, dans un grand sourire.

## 19 JUILLET 2001 – MINUIT

Max a toujours aimé garder le contrôle sur les choses. Attaché à des certitudes, abhorrant le hasard, raisonnant à propos de tout, mais sans désir, à la différence de beaucoup de personnes, d'en tirer un quelconque profit personnel. Voilà pourquoi jamais un rebelle n'a pris corps en lui. Pas même dans la seconde moitié très agitée des années 1960, alors qu'il faisait toujours le taxi et que bien des changements couvaient sur l'île : les bougonnements se faisaient cris, les frustrations rentrées colère, la servilité révolte.

Max ne se laissait déconcerter par rien de cela. Il préférait la poésie de Cola Debrot – « Ses poèmes ressemblent à des énigmes » – à la lecture des articles de *Vitó*, d'une teneur de plus en plus agressive.

« Ils m'ont fourré ça dans les mains, m'expliqua-t-il lorsque mes yeux tombèrent sur une pile de cette publication dupliquée sur le siège passager. En me demandant si je voulais bien les distribuer dans l'île. Étant donné que je la sillonne en tous sens. Mais moi, ça ne m'intéresse pas. La personne qui en veut un, je le lui donne. Je vois les choses comme ça. Je me rends à Julianadorp et à Emmastad. Les gens de ces quartiers feraient une drôle de tête s'ils me voyaient distribuer *Vitó*. Un taxi se doit de rester neutre, dit *pai*. Écouter et acquiescer. Et à la fin, tendre la main pour encaisser les sous. À propos de *pai :* il a besoin de nouveaux médicaments. Bien plus chers. Je peux pas me permettre de perdre des clients. »

Max travaillait presque jour et nuit. Il dormait plus souvent dans la Dodge que dans son lit. La nécessité de gagner de l'argent n'expliquait pas tout.

« La maison est trop petite pour nous trois. *Pai* se tourne et se retourne dans son lit et gémit sans discontinuer. Il ne trouve pas une position qui le soulagerait un peu. Il lui faudrait un lit d'hôpital, mais il s'y refuse. Si on en arrive là, autant qu'ils apportent tout de suite le cercueil, qu'il dit. *Mai* va voir si elle peut lui obtenir des somnifères. »

Un après-midi, Myrna m'aborda : « Savez-vous ce que Roy a fait ? Cette nuit, il s'est extirpé du lit et a marché tout seul jusqu'à la voiture, me demandez pas comment. Max l'a trouvé derrière le volant. Je vous jure, j'en croyais pas mes yeux. Il était tout raide, comme un billot de bois. Y a fallu qu'on le porte dans la maison. Il pleurnichait comme un gosse. Ce pauvre Roy, frère Daniel, il en bave toujours plus. Il s'affaiblit à vue d'œil. Au début, il refusait de le croire, mais à présent, il peut plus l'nier. Il a besoin d'aide pour tout. Moi, je fais ce que je peux, mais j'ai que deux mains, voyez-vous. »

Malgré tout, Myrna déplaçait des montagnes. Elle faisait le ménage dans notre école cinq demi-journées par semaine ; le reste du temps, elle s'occupait de Roy. Elle l'aidait à se lever et à se coucher, à se laver et à s'habiller, elle le rasait, coupait sa viande, lui massait les muscles plus d'une heure par jour ; elle le soutenait quand il voulait s'asseoir sous un arbre, dans une vieille chaise longue, et l'aidait à rentrer quelques minutes plus tard si jamais les insectes le harcelaient.

Une fois par semaine, je faisais mon possible pour passer les voir. Eux s'efforçaient d'assister à la messe une fois par mois à l'église de Barber. Un bras sur les épaules de Myrna, l'autre sur celle de Max, à moitié avachi comme un homme qu'on vient de sauver de la noyade, Roy se laissait traîner dans l'édifice – il refusait le fauteuil roulant. Pendant les prières et les chants, sa voix retentissait plus fort que celle de tous les autres paroissiens.

Il espérait un miracle. « L'histoire de Jésus et du paralytique, j'y pense souvent. »

Un ralentissement de la décrépitude aurait suffi à soulager Myrna. « Je prie chaque jour pour que Dieu soit miséricordieux envers lui. »

Et Max ? Max allait et venait sur toute l'île. Ou il attendait quelque part le client en lisant un livre quand il n'astiquait pas l'intérieur et l'extérieur de la voiture pour la énième fois. Avec les autres chauffeurs, il entretenait bien peu de contacts ; en réalité, eux l'évitaient, ils le considéraient comme un intrus. Le fait qu'il ait obtenu une licence par le biais de son père et qu'il conduise une américaine à dix-huit ans les faisait crever de jalousie.

Pour Roy, il s'agissait là d'une déception. Il aurait bien aimé que Max lui donne des nouvelles de ses anciens collègues. Et que ceux-ci l'interrogent à l'occasion sur la santé de son père. Mais ce qui le décevait le plus et même l'inquiétait :

« Il va même pas à Campo. *You won't believe it!* J'lui ai pourtant indiqué les filles avec lesquelles il peut conclure un deal, ça lui coûterait pour ainsi dire rien le jour où il irait les…

— Max met de l'argent de côté, répliquai-je. Il aspire à d'autres choses que toi.

— Max, c'est mon fils, fit-il, le regard débordant d'incrédulité. Il lui faut défendre notre honneur. »

Myrna mit fin à la sortie de Roy : « Si tu l'avais mieux défendu, ton honneur, Roy Tromp, Max serait pas en train de faire le taxi pour ramener des sous. C'est un garçon convenable. Il est hors de question que tu l'pervertisses ! »

Malgré ses certitudes, elle avait pris la peine de sonder le cœur de Max.

« C'est pas que j'sois inquiète, se défendait-elle. Mais la mère en moi, elle tient à savoir certaines choses, vous comprenez. Lui, y m'a dit : "*Mai*, j'ai pas d'temps pour ça. Et tu sais bien que les femmes, ça coûte une fortune, elles sont jamais contentes." Au moins, ça fait une chose positive qu'il a retenue de Roy. »

Plus le temps passait, moins Max se montrait bavard avec moi. De plus en plus souvent, il remplissait ces silences en allumant la radio. Parfois, je l'interrogeais sur un livre qu'il avait lu, mais il n'avait jamais grand-chose à me dire à ce sujet. Apparemment, il lisait comme il conduisait, de façon toujours plus routinière sans être vraiment à ce qu'il faisait.

J'avais l'impression qu'il se sentait plus inutile à chaque jour qui passait, mais quand je lui demandais comment il allait, il se montrait toujours positif, parfois même enjoué, trop pour être crédible – il ne possédait pas les talents de comédien de son père.

Il finit tout de même par se confier, sans que rien l'y incite. Je venais à peine de monter dans la Dodge.

« Tout va bien, Max ?

— Je roule de A à B, de B à C, et de C à A, puis je recommence. Voilà à quoi ressemble ma vie. »

C'était sorti d'un seul coup. Après quoi, il resta le regard dans le vide, l'air sombre.

La seule chose qui le faisait prendre le volant jour

après jour, m'avoua-t-il, c'était la perspective de compter les sous à la fin de chacun d'eux. Bien qu'il ait déjà pu mettre de côté une somme plus importante que prévu, cela n'allait pas assez vite à son goût. Avec l'énergie du désespoir pour ainsi dire, il cherchait des moyens de gagner un revenu supplémentaire.

« Je peux vous poser une question personnelle ? Rien ne vous oblige à me répondre. En tant que frère, vous… vous gagnez quelque chose ? Je veux dire, vous touchez un salaire d'instituteur, je suppose, mais en tant que frère ?

— Un frère qui ne travaille pas ne gagne rien, Max. Et ce que je gagne, je le donne à mon ordre. Mon ordre engage cet argent dans des œuvres de bienfaisance. Les frères font vœu de pauvreté.

— Vous donnez tout ce que vous gagnez ?

— Il arrive qu'on me laisse de l'argent de poche. Par exemple, pour prendre un taxi », précisai-je en lui faisant un clin d'œil.

Il poussa un profond soupir.

« On devient frère car on se sent appelé. On ne fait pas ça pour l'argent.

— Hum », fit-il.

Son désir de vivre un avenir différent de celui de son père se révélait tellement grand que je craignais qu'il tente bientôt de gagner de l'argent de manière illégale.

Ainsi, un jour, il me raconta : « Ils ont attrapé un chauffeur de taxi ; il avait sa roue de secours pleine de cocaïne. »

Le ton de sa voix ne me permettait pas de cerner ce qu'il en pensait.

« Ça alors ! m'exclamai-je.

— Le bonhomme avait d'énormes dettes de jeu, voyez-vous. Ils allaient confisquer sa bagnole. À présent, il a tout perdu.

— Une bonne leçon pour ceux qui seraient tentés de faire la même chose.

— Il ne savait pas garder sa langue, poursuivit-il, ce qui était tout sauf la réponse que je voulais entendre. C'est sa faute s'il s'est fait avoir. »

Une autre fois, à la fin de la course, il me demanda si je voulais lui acheter un billet de loterie. Rien à craindre, me rassura-t-il d'emblée, c'est officiel, au contraire du trafic qu'il avait instauré au collège. De sa poche intérieure, il sortit un carnet à souche de numéros de tombola. Non sans un sentiment d'ambivalence, je lui achetai trois billets.

« Sur les trois, y a un gagnant, c'est sûr », me dit-il.

Pendant plusieurs semaines, il ne m'en parla plus. Je finis moi-même par le questionner :

« Il y avait un billet gagnant ?

— Un gagnant ?

— La tombola, tu te souviens ? »

Il venait de traverser un carrefour, son clignotant émettait encore son cliquètement. Un bruit qui semblait lui échapper.

« La tombola… Ah ! oui, à Santa Maria, une mère de six enfants.

— Combien a-t-elle gagné ?

— Euh… cinq cents, oui, c'est ça, cinq cents. »

Dans sa réaction, je reconnus son père : il aborda d'emblée un autre sujet.

« Hier, quelqu'un a failli se noyer sur la plage Jan Thiel. Vous en avez entendu parler ? »

Par la suite, il devait découvrir un autre moyen de gagner plus, sans même avoir besoin d'ouvrir la boîte à malice de son père.

« Je raconte tout simplement la vérité aux *Makamba's.* »

Il parlait des Blancs, en particulier des Hollandais.

Comme il était un jeunot, me raconta-t-il, on lui demandait souvent s'il faisait le taxi depuis longtemps. Pas très longtemps encore, répondait-il, après quoi il commençait à parler de son père gravement malade, de sa mère qui s'en occupait et des efforts qu'il faisait lui-même pour économiser de quoi faire un jour des études pour devenir enseignant.

« Mais je leur brosse pas un tableau pitoyable, hein. Je reste simple, honnête. Et ça marche ! À la fin, ils me filent toujours un pourboire. Pas mal, hein ? »

Il ne faisait rien d'illégal, au contraire. Or, cela me dérangeait.

« De la sorte, tu nourris la discrimination, relevai-je.

— Que voulez-vous dire ?

— Que tu ne fais que conforter les déséquilibres qui règnent sur l'île. Le riche Blanc se débarrasse du pauvre Noir en lui refilant une obole tandis qu'il croit lui avoir donné une fortune. Car autrement, comment ce Noir s'en sortirait-il ?

— Qu'y a-t-il de mal à ça ? fit Max en fronçant les sourcils. Si je ne faisais pas ça, j'aurais rien, ou en tout cas bien moins, se justifia-t-il avant d'avancer un argument qui me cloua le bec : *By the way*, vous aussi, vous m'en donnez toujours un, de pourboire. C'est pour vous débarrasser de moi avec une obole ? »

Trop souvent, au cours de cette période, j'ai douté de lui. Je craignais que les tentations de l'île ne le transforment. Que l'odeur de l'argent ne le grise. Je dois admettre que je me suis trompé. Son ambition a résisté à tout. J'ai rarement eu un élève qui disposait d'autant de ressources pour accomplir son rêve. Max avait la persévérance de sa mère, l'intelligence de son père, à cette différence que celle-ci se traduisait chez Roy par de la ruse et chez lui par de la lucidité. Il savait exactement ce qu'il faisait et comment atteindre son objectif.

Roy espérait toujours que son fils serait taxi le reste de sa vie, raison pour laquelle il fut ému au plus haut point lorsque Max fit réparer la Dodge. Des dommages causés par l'accident ne subsistait plus aucune trace. Aucune bosse, aucune rayure, une peinture unie vert de mer, d'une mer par une journée sans vent. Roy n'aurait pas été plus fier si Max s'était pointé à la maison avec une belle fille. Il ne prit pas la peine de s'enquérir du coût de la réparation. Max aimait enfin la Dodge comme lui-même l'avait toujours aimée. Telle est la conclusion qu'il en tira.

Max laissa un temps son père dans l'illusion. S'il avait fait réparer la voiture, c'était dans la seule idée de la vendre. Il rentrerait facilement dans ses frais.

« Vous devrez chercher un autre chauffeur. »

Voilà comment il m'avertit de son projet. On était en avril 1969. Je venais de monter à bord. Dans l'image que le rétroviseur renvoyait, son regard reflétait la lueur du bonheur.

Depuis près de deux ans qu'il travaillait, il avait remboursé une grande partie des dettes de son père. Encore quatre mois, avait-il calculé. Les vacances arrivaient. Période la plus lucrative de l'année. Celle-ci passée, il vendrait et sa licence et la voiture – il avait fait estimer la Dodge : sa valeur dépassait ses espérances. Cette somme ajoutée à ses économies lui permettrait d'étudier pendant deux ans tout en contribuant au quotidien de ses parents. Il tenait à prendre une chambre en ville. Quelques mètres carrés, il n'avait pas besoin de plus – tant qu'il quittait le toit familial.

Impressionné par la somme qu'il avait mise de côté, mais aussi par la manière dont il avait tout concocté, je ne me suis pas privé de le féliciter. Il m'a répondu, un sourire familier sur les lèvres :

« Vous avez douté de moi, n'est-ce pas ?

— Par moments, dis-je honnêtement. Toi aussi, de toi, non ?

— Pas de moi-même. Mais des circonstances. Certains jours, je n'ai pour ainsi dire aucun client. Un chauffeur de taxi dépend des passagers, des touristes. J'ai beaucoup de mal avec ça. J'aime contrôler tout.

— Un trait de caractère qui t'aidera prochainement. Personne ne sera là pour étudier à ta place. Je ne doute pas que tu t'en sortiras. Tu auras certainement de bons résultats. Et tu feras un excellent instituteur.

— Merci beaucoup, frère Daniel. Mais ce sera aussi grâce à vous. Sans vous, je ne serais jamais arrivé où j'en suis.

— Tu n'as à me remercier de rien. Ton bonheur est aussi mon bonheur. »

Intimidé, il baissa les paupières. Dans un mouvement routinier, il tira ses gants sur ses doigts et ses mains.

« Bientôt, tu n'auras plus besoin d'en porter.

— En effet, heureusement, rit-il, et je pourrai aussi me débarrasser de cette casquette barbante.

— Ta cravate, tu pourras la garder.

— Peut-être », dit-il, pas tout à fait convaincu.

Il fit mine de démarrer la voiture, puis se ravisa.

« *Pai*, reprit-il, une expression inquiète sur le visage. Comment dois-je le mettre au parfum ? Il ne voudra jamais que je vende la voiture. Et quoi qu'elle rapporte, à ses yeux, ça ne sera jamais assez.

— Ne t'en fais pas trop pour ça. Il lâchera du lest.

— Je l'espère bien. Je ne veux pas l'attrister, fit-il, semblable en cela à sa mère qui ne pensait jamais en premier lieu à elle-même.

— Dorénavant, c'est ton avenir qui prime, Max. Tu as fait assez de sacrifices comme ça. »

Il hocha la tête, fixa le vide pendant quelques secondes puis enclencha le contact.

Le bruit du moteur me rappela que je devais moi aussi lui annoncer quelque chose. Quelque chose allait changer dans ma vie. Je me suis penché en avant :

« Je vais bientôt passer mon permis. Le prieur envisage d'acheter une camionnette pour faciliter la distribution des paquets. Il estime que je dois la conduire. Je suis le plus jeune.

— Ah, ben ça alors, mes félicitions ! dit Max avec une joie sincère. Si vous avez besoin de conseils... Et si vous le souhaitez, on pourra emprunter ensemble le parcours qu'il faut effectuer le jour de l'examen. Je sais exactement ce à quoi vous devez prêter attention.

— Ça me sera certainement utile. Merci.

— Voilà que je perds mon meilleur client. Heureusement, je vais m'arrêter juste à temps. Dites au frère supérieur d'acheter une automatique. Même un gosse peut en conduire une. Peut-être qu'une Dodge, frère Daniel, ça pourrait l'intéresser ? Je connais quelqu'un qui vend une Dodge Matador. De l'année 1961. En très bon état. Que dis-je ? Comme neuve !

— Je vais lui en parler. Il ne dira certainement pas non. Pas de meilleure voiture qu'une Dodge Matador pour transporter la bonne nouvelle !

— Et dans une Dodge, il y a de la place pour tout le monde ! Pour tout le monde ! »

# 19 JUILLET 2001 – 0 H 21

Puis vint le 30 mai 1969. *Trinta di mei*, le nom sous lequel cette date est gravée dans notre mémoire collective. Quelques semaines plus tôt à peine, pendant la messe, le père Römer avait tenu des propos durs à l'encontre de la raffinerie. Il mettait les dirigeants en garde : si les choses ne changent pas rapidement, les opprimés vont se soulever et le sang va couler. Ses propres mots. Mis au courant, ces messieurs blancs dans leurs bureaux climatisés avaient été scandalisés par le ton de l'ecclésiastique. Ils n'avaient pour autant tiré aucune conclusion des propos en question. Même leurs fausses promesses restèrent lettre morte. Ils négligeaient le fait que le père Römer savait exactement de quoi il retournait au sein de la population pauvre.

Cette année-là, le 30 mai tombait un vendredi. Un jour de canicule. Il n'y avait pas un brin d'air. Lorsque frère Tinus et moi-même avons quitté le matin Groot Kwartier et notre couvent pour gagner Barber, nous avons été frappés de voir une foule massée devant la raffinerie. Deux mille, peut-être trois mille ouvriers rassemblés au Post 5, l'une des entrées du site. Depuis quelques jours, on assistait certes à des grèves en vue d'obtenir à travail égal un salaire égal, ainsi que le proclamaient les calicots, mais on n'avait pas encore vu un tel attroupement.

« Des Noirs, presque tous », constata frère Tinus.

Je lui rappelai la teneur de l'homélie du père Römer.

« Espérons que, pour une fois, il ait tort, commenta-t-il. Ça ne servirait ni les intérêts des uns, ni ceux des autres. »

Je me surpris à penser le contraire. Et si un soulèvement était le seul moyen de changer quelque chose ? À ce moment-là, je ne pouvais savoir à quel point tout allait se dégrader. Les premières nouvelles à ce sujet, frère Tinus me les transmit après être entré dans ma classe vers dix heures pour ordonner à tous les élèves de prendre leurs affaires et de se regrouper dans la cour de récréation. Il me prit tout de suite à part. La grève devenait immaîtrisable. Un nombre croissant de manifestants échauffés se dirigeaient vers le fort Amsterdam pour exiger la démission du gouvernement. En chemin, ils avaient déjà pillé le supermarché de Henderson et pris d'assaut les bâtiments de Texas Instruments. Des Blancs étaient menacés, voire attaqués, des voitures incendiées. La radio avait lancé un appel à fermer tous les magasins ; on conseillait aux parents d'aller chercher leurs enfants à l'école.

« *Nos lo siña nan respeta nos.* Voilà ce qu'ils chantent », me dit frère Tinus.

Nous leur apprendrons à nous respecter.

Ayant entendu cela, j'étais à peine conscient de ce que j'ai dit à mes élèves. Apparemment, j'ai agi de façon assez machinale pour ne rien montrer de l'émoi qui s'était emparé de moi. Ils prirent leurs affaires et me suivirent dehors en silence. Dans le regard de mes confrères blancs déjà réunis dans la cour, je lus qu'ils s'interrogeaient sur ce qui se passait en moi. Aucun, toutefois, ne me posa la moindre question.

Vers midi, on apprit que l'un des dirigeants syndicaux avait été abattu par la police et que deux manifestants étaient morts. Peu après, la situation dégénérait.

« Willemstad brûle. »

Frère Tinus vint nous le glisser à l'oreille afin de ne pas alarmer les élèves encore présents. Cependant, il ne pouvait cacher à personne la peur qui voilait son visage.

Je me refusais à le croire jusqu'au moment où d'épais nuages de fumée apparurent au loin, poings noirs en suspension au-dessus de l'île, qui s'élevaient toujours plus haut dans le ciel.

S'étant posté près de moi, frère Tinus posa une main sur mon épaule.

« Ça va ? »

Je fis un geste d'impuissance : « Je ne sais pas même si je dois avoir honte de mon peuple.

— C'est mon peuple qui doit avoir honte », répliqua-t-il en agitant la tête.

Ça brûlait, tant à Punda qu'à Otrobanda. On pillait les magasins, les uns après les autres. Par la suite, on nous rapporta que des mères et des enfants en sortaient en poussant des chariots chargés de denrées alimentaires, des sacs de sucre et de riz, des morceaux de viande, des conserves. D'autres personnes s'enfuyaient en emportant des vêtements onéreux, des valises et même des matelas et des réfrigérateurs.

J'essayai désespérément de joindre mon père pour savoir s'il était à l'abri, mais les voisins, qui avaient le téléphone, me dirent qu'il n'était pas à la maison. Entre-temps, mes collègues étaient partis chercher leurs propres enfants, nous laissant, frère Tinus et moi-même, surveiller les derniers écoliers.

Mon père finit par me téléphoner. Sa voix, juste avant qu'il ne raccroche, je l'entends encore : « Ce sont des *yu di Kòrsou ?* » Des enfants de l'île ?

Je ne sus quoi lui répondre.

À la fin de l'après-midi, nous rentrâmes, frère Tinus et moi, au couvent. Sans échanger un mot. En chemin, la radio annonça que le Sint Martinus College des sœurs de Roosendaal était en feu. Le visage de frère Tinus se contracta. Je fermai les yeux pour prier en silence.

Comme nous approchions de Willemstad, l'odeur de l'incendie pénétra nos narines. Frère Tinus remonta sa vitre et arrêta la ventilation. Le ciel au-dessus des toits rougeoyait sous l'impétuosité des flammes. Des trucks transportant des fusiliers marins néerlandais nous dépassèrent.

En empruntant le Schottegatweg, nous longeâmes le site de la raffinerie. Le périphérique était parsemé de pierres et de bâtons. Plus loin, il y avait des voitures brûlées, une Volkswagen, un pick-up, une Jeep. Nous passâmes devant le Henderson pillé et désert. Le verre des vitrines brisées scintillait sous le soleil. Des manifestants erraient encore çà et là, tee-shirt déchiré, pieds nus en sang, regard embrumé rappelant celui de personnes en transe.

Au couvent, nous passâmes le reste de la journée à écouter la radio. Pendant qu'on éteignait un incendie, un autre se déclarait ou repartait de plus belle. Les autorités décrétèrent le couvre-feu, malgré cela les flammes dévorèrent bientôt le palais épiscopal.

« L'évêque Holterman est sain et sauf. Dieu merci ! »

Quand le frère supérieur l'annonça, une pensée me traversa : monseigneur Holterman ne parle même pas la langue de l'île.

Le lendemain matin, les fusiliers marins avaient bloqué hermétiquement tous les accès à la ville. Les sœurs de Roosendaal ayant sollicité notre aide pour déménager leurs archives, nous arpentâmes Punda, sous la protection d'une patrouille, puis gagnâmes Otrobanda en franchissant le pont flottant. La situation demeurait tendue. Les syndicats réclamaient la libération les hommes arrêtés, qui avaient pris la tête du soulèvement, et continuaient d'exiger la démission du gouvernement.

La ville donnait l'impression d'avoir été bombardée toute la nuit. Bâtiments en ruine, façades noircies, vitres brisées, rues jonchées de poussière et de gravats, et – dominant tout cela – une odeur pénétrante de fumée. Du couvent des sœurs ne restait que le squelette. Rien que les murs encore debout, toit disparu, intérieur volatilisé. De même, l'école attenante était détruite. Sœur Modesta nous guida à travers les salles ravagées par l'incendie. La chaleur avait déformé les tableaux noirs. Une épaisse couche de suie encombrait les pupitres des écoliers ; le couvercle de certains était encore ouvert, les fillettes ayant dû prendre la fuite à toute vitesse ; les cahiers et livres abandonnés sur place étaient à moitié carbonisés.

Devant ce spectacle, j'eus les larmes aux yeux. J'avais l'impression que la maison de mes parents avait brûlé. À côté de moi, frère Tinus se signa et dit : « Que Dieu leur pardonne. »

À ma grande surprise, je vis alors Max.

Il se tenait dans la cour de l'école et me regardait par l'une des ouvertures du mur, là où il y avait encore la veille une fenêtre. Sœur Modesta, qui l'avait elle aussi remarqué, cria d'une voix toujours empreinte de peur : « Qu'est-ce que tu fais là ? Veux-tu bien…

— Max, m'empressai-je de dire, c'est Max. L'un de mes anciens élèves. »

Je fis comprendre à la sœur que tout était en ordre et me précipitai dehors.

Le voir de près me causa un choc. On aurait dit qu'il fuyait quelque chose ou quelqu'un. Sa chemise trempée de sueur pendait à moitié hors de son pantalon ; l'une des manches était déchirée. Max n'avait plus ni casquette ni cravate. Ses chaussures disparaissaient sous la poussière. Son visage était lui aussi mouillé de sueur. Ses yeux d'habitude si vifs me regardaient pareils à ceux d'un animal farouche.

« Max, qu'est-ce qu'il y a ? Qu'est-ce que tu fais ici ?

— Au couvent, on m'a dit que vous étiez ici. Je voulais vous voir.

— Pourquoi ? Qu'est-ce qu'il y a ?

— Suivez-moi. Vous devez me suivre. Venez.

— On ne peut aller nulle part.

— Il faut que vous veniez. Tout a été en vain.

— Quoi, Max ? »

Mais il avait déjà tourné les talons et s'éloignait.

« Max, attends ! »

Sans se retourner, il traversa la cour en courant. Je lui emboîtai le pas.

Un moment, il échappa à ma vue. Puis je l'aperçus : il était passé par une porte à l'arrière du bâtiment et m'attendait dans la rue. Dès que je l'eus rejoint, il repartit d'un pas soutenu. J'éprouvais des difficultés à le suivre. Il savait exactement par où se faufiler, empruntant des rues et des venelles désertes où je n'avais jamais mis les pieds. Nous ne croisâmes pas une seule patrouille, ne tombâmes pas sur le moindre barrage.

Il gagna ainsi la route littorale où il s'arrêta sans prévenir comme si un mur venait de s'élever devant lui.

« Regardez ! fit-il d'une voix qui dérailla. Regardez ! »

Je ne vis rien de frappant. Hormis une rangée de voitures stationnées, la rue était vide. Au loin, en direction de Punda, la route était barrée. De l'autre côté, la mer s'étendait jusqu'à l'horizon. Très haut dans le ciel bleu acier, une frégate flottait indolemment.

Je me suis tourné vers Max. Il tremblait de tout son corps. Je posai la main sur son avant-bras.

« Calme-toi.

— Ils étaient possédés, fit-il en secouant vigoureusement la tête. Possédés ! Regardez ! Là ! La Dodge ! »

Il avait tout simplement fait son travail. C'est ainsi qu'il voyait les choses. Consciencieusement, sachant que chaque *cent* comptait, que chaque florin le rapprochait de son but.

La veille au matin, il était à proximité du Post 5 où les manifestants s'étaient rassemblés. Bien vite, s'étant rendu compte qu'aucun client ne l'attendrait là, il avait gagné l'entrée côté Dam Negropont, de l'autre côté du site de l'usine.

Au Post 5, la foule s'était alors ébranlée et les violences avaient commencé. Ce que Max apprit à la radio. Il hésita entre rester ou partir. En attendant de prendre une décision, il laissait le moteur tourner.

De l'un des bâtiments de l'usine, un homme s'approcha de lui, un Blanc portant une chemise blanche et une cravate, un employé, peut-être un cadre. Quand il vit Max, il tourna dans un premier temps les talons.

« Parce que je suis noir. Il suffisait de l'observer, ça crevait les yeux. »

Peu après, l'homme se résolvait à lui demander de le conduire à Punda, au Sint Albertus College. Il somma Max de rouler aussi vite que possible, le payant sur-le-champ, bien plus que ce que Max aurait osé lui demander.

Max ne réfléchit pas plus longtemps et prit la direction de Punda. Willemstad n'était pas encore en feu.

Le passager ne prononçait pas un mot. Il était assis en travers de la banquette et, nerveux, ne cessait de regarder autour de lui. Max gardait lui aussi le silence, trop occupé à fixer la route, conduisant à une vitesse inhabituellement élevée.

Près du collège, l'homme lui demanda de l'attendre. De tous côtés, des parents arrivaient en voiture pour récupérer leurs enfants. Ils fuyaient comme si un tsunami menaçait de submerger la capitale.

L'homme revint sans sa progéniture.

« Quelqu'un est déjà passé les prendre. »

Il voulait que Max le conduise chez lui, à l'Asteroïdenweg, sans perdre une seconde, et cette fois encore contre une rétribution coquette.

« Une somme pareille, ça correspond, dans certains cas, à un mois de travail. Aussi ai-je fait demi-tour pour prendre le chemin le plus court, par Berg Altena puis Schottegatweg Zuid. »

Au niveau du monument de l'Autonomie, sur le Rijkseenheid Boulevard, il se retrouva bloqué. Une foule, comme il n'en avait encore jamais vue, avançait dans le sens opposé, rien que des garçons et des hommes noirs. Menaçants, ils brandissaient des bâtons et des barres de fer, et se passaient de grandes bouteilles d'alcool.

« Demi-tour ! Faites demi-tour ! » hurla l'homme assis sur la banquette arrière dans la nuque de Max.

Des manifestants s'étaient détachés de la foule. Ils avancèrent tout droit sur la Dodge.

Max descendit pour montrer qu'il était un des leurs.

Durant quelques secondes, il réussit à les stopper. Jusqu'à ce que retentisse ce cri : « Hé, aki, un *makamba* ! »

Venant de découvrir le Blanc dans le taxi, ils se mirent à taper sur la vitre, d'abord d'un doigt, puis du poing, enfin avec un bâton, avec lequel ils la brisèrent.

Max s'époumonait à leur beugler d'arrêter.

« Mais ils avaient les yeux tout blancs, frère Daniel. »

Au désespoir, Max se jeta sur l'un des agresseurs. Celui-ci le repoussa avec une telle force qu'il se retrouva projeté à quelques mètres en arrière avant de tomber par terre.

Un nouveau cri lui parvint : « *Traidó ! Traidó stinki !* » Que d'autres voix reprirent. Traître ! Sale traître !

Il entendit le bris d'une deuxième vitre, puis d'une troisième, ensuite celui des phares avant et des feux arrière. Quand il releva la tête, il vit deux gars, à peine plus âgés que lui, en train de sauter sur le toit de la voiture, pieds nus, bras en l'air. D'autres leur donnaient le rythme en frappant le capot et les pare-chocs chromés à coups de barres de fer, toujours plus fort, à une cadence toujours plus élevée.

Max dut son salut au fait que des émeutiers extirpaient le passager de la Dodge. Telles des hyènes, ils se jetèrent sur lui. Max saisit cette chance pour ramper jusqu'à la voiture et, toujours sans se faire remarquer, reprendre sa place au volant. Sans réfléchir, il enfonça immédiatement l'accélérateur, fit demi-tour et s'éloigna, sans plus se soucier de quoi que ce soit ni de quiconque, pas plus du client qu'il abandonnait à son sort que des jeunes qui balançaient des cailloux dans sa direction en criant : « *Traidó ! Traidó ! Traidó stinki !* »

## 19 JUILLET 2001 – 0 H 52

Dans les premiers jours ayant suivi la révolte, tristesse et incrédulité prédominaient, chez moi mais aussi chez nombre d'insulaires dont les vandales eux-mêmes. Je vis des hommes, grands et costauds, effondrés et en pleurs comme des gosses devant un jouet qu'ils ont cassés. Des mères sont retournées dans les magasins pour rapporter ce qu'elles ou leurs enfants avaient volé ; d'autres ont abandonné leur butin dans un endroit où le propriétaire le trouverait.

« C'était plus fort que moi, frère Daniel, pardonnez-moi, je savais pas ce que j'faisais. »

Au sein de la majorité de la population blanche, incompréhension et colère prévalaient. Il convenait de punir les coupables. Ouvriers et syndicats allaient devoir payer le coût des dégâts.

Heureusement, la raison reprit rapidement le dessus. Soudain, des choses qui paraissaient impossibles jusque-là se réalisèrent. Le gouvernement démissionna, les personnes arrêtées furent relâchées et on entama des négociations. Peu à peu, l'espoir grandit de voir certaines choses réellement changer, ce qui fut d'ailleurs le cas dans un premier temps. On augmenta le salaire des ouvriers, des élections se tinrent et, pour la première fois, toutes sortes de responsabilités et de fonctions furent attribuées à des Noirs, y compris dans les plus hautes instances administratives. Mais ensuite, ça se gâta. Ce que d'aucuns considéraient comme une forme croissante de respect mutuel se révéla n'être qu'un rapprochement illusoire. Le fossé entre Blancs et Noirs, pauvres et riches, qui existait depuis des générations, ne pouvait être comblé par quelques réformes couchées sur le papier. Ce que je constatais chaque fois que je tendais l'oreille en présence des parents de mes élèves ou de mes collègues. Les frères de mon ordre percevaient les mêmes signaux. La jalousie ne régressait pas, la suspicion augmentait et, encore des semaines et des mois plus tard, la haine rougeoyait. Le moindre souffle de vent pouvait relancer le feu.

À mon corps défendant, j'ai vu les enseignants rentrer les uns après les autres aux Pays-Bas, pour de bon, emportant avec eux leurs années tropicales et bien des silences révélateurs. Leur paradis était perdu. De même, de plus en plus de religieux quittaient l'île, à leur demande ou à celle de leur congrégation. La mission était en grande partie terminée, disait-on, la formation avait porté ses fruits, la population pouvait maintenant se débrouiller seule.

Or, il n'en était rien. Les besoins étaient plus criants que jamais. Liberté, indépendance, responsabilité – tout cela, c'était trop à la fois. En un rien de temps, l'estime de soi, acquise avec tant de mal, se transforma en excès de confiance et de vanité et en une absence totale d'autocritique. Ceux à qui on avait donné certains pouvoirs ne voulaient plus y renoncer. Corruption, mauvaise gestion, culture de la rapacité, tape-à-l'œil, rien ne changeait, avec ou sans Noirs aux postes-clés. Chaque nouveau gouvernement promettait des améliorations, aucun n'en a concrétisé au cours des années qui ont suivi.

Mais j'anticipe. Même après tout ce temps, je me laisse encore guider par ma déception parce que nous avons eu la possibilité de changer les choses et que nous l'avons galvaudée. Chaque fois. Ce dont je me rends à nouveau compte cette nuit, en narrant l'histoire de Max tout en m'efforçant de faire le point pour comprendre comment on a pu en arriver là : Max à bord d'un avion qui vole vers les Pays-Bas…

Le moteur de la Dodge tournait toujours au poil. Il était même en parfait état. Seule bonne nouvelle que le garagiste nous réservait à Max et à moi alors que nous lui avions fait évaluer les dégâts le lendemain de la révolte.

*The Super Red Ram*. Indestructible. J'entends encore Max me le dire le jour de son arrivée dans ma classe.

Puis vint la mauvaise nouvelle. La Dodge Matador n'a été produite que pendant un an par le constructeur, Chrysler. En conséquence, les pièces neuves étaient rares et chères, les pièces d'occasion quasiment introuvables. Sans compter que débosseler la carrosserie, ça allait coûter une fortune.

« Honnêtement, mon garçon, fit le garagiste, mieux vaut acheter une autre voiture. Pour cette épave, eh bien, je peux te donner, disons, quatre cents florins.

— Quatre cents ? » s'indigna Max.

Ce n'était pas même une fraction de ce qu'il aurait pu en tirer quelques jours plus tôt.

« Quatre cent vingt. Je peux vraiment pas aller plus loin. » Max me considéra d'un air désespéré.

À court terme, la meilleure solution consistait en effet, pour Max, dans l'achat d'une voiture d'occasion et la poursuite, pendant un certain temps, de son activité de taxi. Il devait faire une croix sur l'assurance, de même que toutes les autres victimes des destructions et des pillages. Les dommages causés par des violences n'étaient pas couverts.

Max se rendit compte qu'il n'avait pas le choix. Mais il entendait d'abord consulter son père. Après tout, c'était sa voiture. Il me demanda d'assister à cette conversation. De préférence dès le jour même. Impossible, de toute façon, de revenir en arrière.

La météo ayant annoncé de la pluie, nous avions calfaté les vitres brisées avec du plastique avant de nous rendre à Barber. L'île était encore sous le choc. Commotion, honte, insécurité, peur régnaient. À mesure que nous nous rapprochions de chez lui, Max n'était plus habité que par cette dernière. Il se mit à rouler de plus en plus lentement. De la sueur mouillait sa lèvre supérieure. Ses mains moites collaient au volant. Posés entre nous deux, sa casquette, sa cravate et ses gants. Des débris de verre couvraient encore la banquette arrière. Des taches de sang en souillaient le cuir.

Le plus souvent, Roy, entendant la Dodge arriver, soulevait la chute de tissu derrière la fenêtre où il passait ses journées alors que son fils abordait le dernier virage. Cette fois, Max roula en roue libre sur les dernières centaines de mètres. La tête de Roy n'apparut à la fenêtre que lorsque son fils eut garé la voiture et tiré le frein à main. Il cligna des yeux à quelques reprises pour mieux voir ce qu'il avait sous les yeux. Son visage se crispa comme si son cœur s'arrêtait de battre. À côté de moi, Max détourna le regard, gêné. Durant quelques secondes, on ne perçut que le vent qui jouait avec le plastique, en partie décollé des vitres. La voix de Myrna retentit alors. Elle surgit de derrière la bicoque, quelques épis de maïs dans les mains, qu'elle venait de cueillir et qui lui échappèrent des mains.

« Oh, mon Dieu ! »

Elle contourna la Dodge, gagna la portière du conducteur, l'ouvrit d'un coup sec, se pencha en avant et entreprit de tâter Max, son visage, ses épaules, ses bras, son torse jusqu'à être convaincue qu'il n'avait rien de cassé, qu'il ne saignait pas. À trois reprises, en l'espace de quelques secondes, elle lui demanda ce qui s'était passé. Max se contenta de répondre, mais d'une voix bien peu convaincante : « Tout va s'arranger, *mai*. T'inquiète pas. »

Nous entrâmes, puisque Roy n'avait pas trouvé la force de sortir. Il ne parvint pas non plus à prononcer le moindre mot pendant que Max faisait son récit. Pendant tout ce temps, il garda les yeux fixés sur ses doigts tout recourbés, serres secouées de brefs spasmes. Moi, je suppléais Max quand ses mots lui restaient dans le gosier.

Myrna et Roy ne savaient rien du soulèvement, ni des violences et encore moins de la débauche de destructions. Certes, Myrna avait vu de la fumée, mais elle provient de la raffinerie, s'était-elle dit, comme souvent. En l'écoutant, je prenais enfin conscience de ce qu'elle vivait sur un îlot, à peine plus grand que le corps se ratatinant de l'homme dont elle s'occupait jour et nuit, quand elle ne travaillait pas à l'école.

Max ayant terminé son récit, je me demandai si Roy avait bien toute sa lucidité d'esprit. Soudain, il mit fin au long silence en faisant tonner sa voix dans la pièce :

« Nègres de mes deux ! »

En partant, je me sentais soulagé. Il en était resté à cette brève explosion de rage. Demeurant calme et stoïque quand Max lui avait annoncé qu'il valait mieux acheter une autre voiture. Pour la Dodge, ils obtiendraient un certain montant.

Il n'avait pas même demandé combien.

Ce qui s'est passé par la suite, on me l'a longtemps tenu secret ; je n'ai d'ailleurs jamais su le fin mot de l'histoire. Roy n'en a jamais rien dit et Max n'a pu en parler qu'après plusieurs années, et encore, avec une extrême retenue. C'est Myrna qui fut la première à aborder le sujet après avoir, elle aussi, fait semblant de rien pendant un bon bout de temps. Lorsque je lui demandai si Max avait acheté une autre voiture, elle répéta ce que Roy lui avait fait accroire quand Max et lui étaient revenus d'une sortie destinée à en dénicher une d'occasion.

« Pendant la révolte, des dizaines de voitures ont été détruites. Les marchands en profitent, bien sûr. Même pour une caisse rouillée, y demandent une fortune. Rien que des sangsues. Y vivent sur la misère des autres. C'est pour ça que Roy a dit qu'il est préférable que Max attende un peu. »

Max, pendant un certain temps, je ne l'ai pas vu, si ce n'est une fois, par hasard, environ deux semaines après la révolte. Tôt le matin, alors qu'il faisait encore sombre et que j'attendais les premiers élèves à l'entrée, j'aperçus une voiture qui approchait, venant de San Pedro, à une vitesse relativement élevée. Tendant le bras, j'exhortai le conducteur à ralentir ; il obtempéra. Mais avant même d'arriver à ma hauteur, il accéléra, le moteur émettant un bruit d'aspirateur. La voiture passa à tombeau ouvert. Dans un éclair, je reconnus la Dodge et, à travers la lunette arrière, la silhouette de Max qui était au volant. J'eus beau agiter les bras, il poursuivit sa route, sans doute jusqu'à la bicoque de ses parents. L'incident me préoccupa quelques heures puis, au milieu de la matinée, j'ai pris conscience que les feux arrière ainsi que les phares étaient allumés. Certes, ils diffusaient une lumière faible, mais ils remarchaient.

Quand j'en parlai à Myrna, elle fut alarmée mais se ressaisit immédiatement.

« Dès qu'il arrive pas à dormir, il va faire une virée en voiture. » C'est pour ça qu'il avait fait réparer les phares. Uniquement les ampoules, précisa-t-elle. À la place du verre, il avait mis du plastique.

Je ne me posai pas plus de questions. Comme la fin de l'année scolaire et le branle-bas qui l'accompagne approchaient, je ne tardai pas à oublier l'épisode.

Peu de temps après, deux ou trois jours avant le début des vacances, je croisai Myrna dans le couloir. Dans le courant de la conversation, je lui annonçai que j'allais me reposer trois semaines en Hollande, dans ma maison mère. Ma longue absence ne parut pas l'enchanter. Néanmoins, elle me souhaita de bonnes vacances.

« Vous les méritez bien. »

Le lendemain, elle se tenait devant mon bureau. En train de remplir les bulletins de fin d'année, je ne l'avais pas entendue entrer. Elle commença par s'enquérir du résultat des élèves de ma classe, du nombre de ceux qui avaient réussi et des études que les meilleurs allaient suivre ; elle évoqua aussi la propreté de ma classe par rapport à celle de mes confrères, et ainsi de suite. Sans doute a-t-elle lu dans mon attitude que j'étais très occupé car, tout à coup, elle en est venue aux faits.

« C'est peut-être une demande un peu inhabituelle, frère Daniel, j'espère que vous m'en voudrez pas, mais… est-ce que vous pourriez me prêter de l'argent, pas pour longtemps, jusqu'à ce que vous rentriez de Hollande ? »

Elle a rapidement détourné les yeux pour les river, tête baissée, sur ses petits pieds.

Sa question me prit de court. Bien que j'eusse aimé connaître le pourquoi de sa requête, je me contentai de lui demander en premier lieu de combien elle avait besoin. Elle mentionna un montant qui correspondait plus ou moins à ce qu'elle gagnait en un mois.

Cette fois encore, elle ne fit que croiser mon regard avant de fixer de nouveau le sol, à croire que son attention était en permanence attirée par un flocon de poussière qu'elle avait oublié de balayer.

Je réfléchis un instant : « Je ne sais pas si j'arriverai à réunir cette somme. Je pourrais demander à frère Tinus qu'il te verse une avance sur ton salaire.

— Si vous pouviez faire ça, répondit-elle. Ça m'aiderait.

— Il voudra probablement savoir pourquoi tu en as besoin.

— Oh, je joue au *sam*, répondit-elle avec insouciance, comme s'il s'agissait de la chose la plus ordinaire au monde.

— *Sam* », fis-je en secouant la tête en signe de désapprobation.

Une expression de contrariété s'afficha sur son visage. Elle avait sans aucun doute escompté un peu plus de compréhension. Mais j'étais tout sauf un défenseur du *sam*. Par le passé, mon père avait perdu à quelques reprises de coquettes sommes à ce jeu. Laissez-moi expliquer en deux mots comment ça marche, le *sam*. Pendant une période donnée, un certain nombre de personnes déposent le même montant chaque semaine ou chaque mois dans une caisse commune, gérée par le détenteur du *sam*. Après chaque paiement, cette personne verse le montant total à l'un des participants, jusqu'à ce que tout le monde ait été servi une fois. En conséquence, certains reçoivent une grosse somme à un stade précoce, d'autres plus tard, en fonction de leur place dans l'ordre. En guise de commission, le détenteur du *sam*, qui ne verse pour sa part aucun montant, reçoit lui aussi une fois le même montant. On considère le *sam* comme une forme d'épargne, mais surtout, y compris moi, comme une forme de crédit pour les pauvres qui n'ont quasiment aucune chance d'obtenir un prêt de la banque ou d'un quelconque organisme. Solidarité et confiance jouent un grand rôle, de même, bien entendu, que l'assise financière des participants. C'est en raison de ce point que les choses tournent parfois mal. À deux reprises, mon père a perdu sa mise parce que des participants n'ont pas voulu ou pas pu continuer à payer après avoir reçu le montant de la cagnotte.

Mon attitude força Myrna à s'expliquer davantage et, s'excusant, elle commença à parler de Lola, sa cousine d'Otrobanda. Détentrice d'un *sam*, elle lui avait proposé de participer à un nouveau tour.

« J'me suis sentie honorée. Ça veut dire qu'elle a une grande confiance en moi. Elle a même pas demandé ma fiche de paie. Elle m'a cru sur parole, comme j'vous l'dis. Ça veut dire qu'on est quand même quelqu'un, hein ? »

Cette dernière phrase me surprit. Je n'étais pas habitué à l'entendre parler de la sorte. Elle n'avait jamais éprouvé le besoin de prouver quoi que ce soit aux yeux des autres. Ce qui avait toujours été sa force.

Elle poursuivit en passant à un registre plus sombre. À court d'argent, elle n'était pas en mesure de verser sa part d'ici quelques jours. Ni la suivante ni une semaine plus tard. Mais dans trois semaines maximum, c'était à son tour. Elle toucherait alors le montant de la cagnotte.

Sa cousine le lui avait promis. Dès lors, tous les problèmes appartiendraient au passé.

Elle parlait vite, de façon presque inintelligible par moments, son regard ne cessant de se porter sur la porte, à croire que quelqu'un l'attendait dehors. Je me suis souvenu de notre première rencontre, dix ans plus tôt, de la fougue et de la détermination avec lesquelles elle s'était alors exprimée, de la fierté qui ressortait à son attitude, de la ténacité qui transpirait de toute sa personne. De tout cela, il ne subsistait plus grand-chose. Un élève que j'aurais convoqué et qui aurait tenté de justifier par tous les moyens son comportement dans l'espoir de voir sa sanction adoucie ne se serait pas comporté différemment. Le respect spontané qu'elle avait toujours montré à mon égard prenait l'apparence de la soumission. Tout ça à cause de Roy, je m'en rendais compte. De même que les rhumatismes lui avaient harassé le corps, de même il avait broyé jusqu'à la moindre velléité de témérité chez sa femme : tout aussi progressivement qu'impitoyablement.

Quand elle en eut terminé, elle attendit en silence ma réaction. Dehors, les enfants poussaient des cris, se réjouissant de l'imminence des vacances. Mon regard se porta sur la fenêtre avant de revenir tout de suite sur mes mains, croisées devant moi sur le bureau.

« Je vais voir ce que je peux faire pour toi. Mais franchement, je ne comprends pas. Jamais je n'aurais… je cherchai à débrouiller les choses, mais levant les yeux je vis qu'elle était au bord des larmes. Myrna ?

— Max… Il a tout perdu. Toutes ses économies. Tout. »

Devant une tasse de café, elle me raconta ce qu'elle m'avait caché tout ce temps. On la sentait soulagée de ne plus avoir à mentir.

Lorsque Max et Roy étaient revenus de leur virée à la recherche d'une voiture d'occasion, Roy avait fait comme si de rien n'était. Max l'avait suivi dans le mensonge jusqu'au jour où il ne supporta plus la situation.

« N'en fais pas trop, Max », le gourmanda son père, mais c'était trop tard.

La dernière fois que Myrna avait vu pleurer son fils comme ça, me confia-t-elle, c'était des années plus tôt, quand sa chèvre était morte.

Au début, elle n'avait pu tirer de lui que quelques bégaiements, dont elle avait tout de même déduit qu'il avait perdu tout son argent. Volé ou perdu, ça restait pour elle une énigme. Jusqu'à ce que le mot « casino » lui échappe. Myrna avait alors reporté la colère qui montait en elle sur Roy, il en avait même gardé des bleus sans pour autant se rebiffer : sa fierté était à toute épreuve.

Le lendemain matin, il lui avait avoué, sans une once de honte : « J'ai essayé de donner un coup de main au sort, mais le sort a refusé mon aide. »

Max, en revanche, en plus d'éprouver de la honte, assumait toute la responsabilité de leur infortune, alors que je suis persuadé qu'il s'était dans un premier temps fermement opposé à son père, mais ce dernier lui avait fait miroiter des montagnes d'or, dont la hauteur augmentait à mesure qu'ils approchaient du casino.

« Je n'aurais pas dû l'écouter, *mai*. C'est moi qui conduisais. J'aurais pu faire demi-tour à tout moment. C'est ma faute, *mai*, ma très grande faute. »

Il avait mis à profit la nuit pour oublier sa tristesse, du moins pour la refouler, et pour s'interroger sur le proche avenir comme chaque fois que la situation était critique. Il lui semblait parfois que les deux hémisphères de son cerveau fonctionnaient de façon totalement indépendante, l'un dédié aux émotions, l'autre à la raison.

Cette même nuit, Myrna l'avait elle aussi passée en grande partie à réfléchir dans son lit. Au départ et dans les premières heures du jour, elle était déterminée à placer Roy en maison de retraite, mais à mesure que le matin approchait, elle s'était mise à douter. Écoutant la respiration de son homme endormi à ses côtés, elle avait été prise d'angoisse à l'idée qu'elle n'entendrait plus, plus jamais, ce son qui lui était devenu familier. Tendant le bras, elle avait senti la chaleur moite du corps couché à la place restée inoccupée pendant des années ; ça l'avait apaisée. Puis, s'étant glissée contre lui de façon pour ainsi dire imperceptible, elle s'était rendormie. Au réveil, quand Roy lui avait demandé de l'aider à sortir du lit, elle tut la décision qu'elle avait prise la veille et se leva en lui tendant les deux mains.

Pour sa part, Max avait pris une décision pour de bon. « Je vais chercher du travail, dit-il à sa mère le matin en question. Et dès que possible, je quitterai la maison. Je n'ai pas besoin de grand-chose. »

Cette résolution, couplée à une détermination sans faille, choqua Myrna. Moins d'une heure plus tard, il partait pour offrir ses services à des snack-bars, des revendeurs de pneus, des marchands ambulants, des entrepôts, des voileries, tous les endroits et toutes les personnes qu'il croisait sur son chemin. La raison a sans doute rapidement cédé la place au désespoir. L'île était encore en train de lécher ses plaies ; une grande défiance régnait au sein de la population. Là où on aurait pu avoir besoin de lui, on n'avait pas de quoi lui payer un salaire.

Myrna, après avoir avalé une gorgée du café presque froid : « C'est alors que son père a sorti une idée de son chapeau. J'étais pas d'accord, frère Daniel, j'tiens à c'que vous l'sachiez. »

*The night shift.*

Max comprit sur-le-champ ce que son père voulait dire. Aucun chauffeur de taxi n'aimait ramasser, au cœur de la nuit, des types bourrés devant un établissement louche d'Otrobanda ou à l'entrée de Campo Alegre. Pareils clients, il faut les faire payer à l'avance, Max le savait, par son père et par expérience, un montant bien plus élevé que pour un client normal, car ils souillent la banquette arrière quand ils n'en abîment pas le cuir, sans compter tous les reproches qu'il faut endurer quand on refuse de s'arrêter devant un boui-boui ou une boutique ouverte la nuit où ils souhaitent s'approvisionner en alcool. Avec un peu de chance toutefois, on s'en sort avec un joli gain.

« Suffit qu'tu fasses réparer les phares, de nouvelles ampoules, ça coûte quelques florins. De quoi le taxi a l'air, tu l'sais bien, ça n'a pas d'importance. Écoute, si tu veux, moi j'suis prêt à t'accompagner, hein.

— Tu mets plus un pied hors d'ici, Roy Tromp, si ce n'est entre six planches ! » le rabroua Myrna.

Max avait alors décidé de faire la nuit. Myrna me remit en mémoire le matin où je l'avais vu rentrer chez eux très tôt.

« Il revenait du boulot. Comme j'vous l'ai dit, j'étais pas d'accord, mais le gamin savait plus à quel saint se vouer, c'est pour ça que je le laissais partir soir après soir, avec une douleur dans le cœur. Et c'est pour ça, vous voyez, que j'suis allée voir Lola. Mon idée. Celle de personne d'autre. Max n'est au courant de rien. Toujours pas. J'veux lui faire la surprise. Quand j'toucherai la cagnotte, il pourra faire retaper un peu la Dodge, il s'ra pu obligé de s'faire insulter toutes les nuits par des alcoolos. Il reprendra le travail de jour et dans quelques années, qui sait, quand il aura gagné assez d'argent… peut-être qu'il pourra alors ? »

Repensant à cet après-midi-là, je revois la résignation avec laquelle j'ai écouté tout ce que Myrna me racontait. Cela dit, l'année scolaire touchait à sa fin, et comme toujours à cette période, je me sentais fatigué, vidé, cette fois-là plus encore que d'habitude. Les événements ayant trait au *trinta di mei* ne cessaient de me préoccuper. Plus j'y pensais, plus il m'était difficile d'accorder une place à cette explosion de violence. Chaque fois que je me rendais à Willemstad et que je voyais les décombres, j'éprouvais une profonde honte. La question de savoir si c'était bien mon peuple qui avait fait ça me tourmentait. Parallèlement, je prenais conscience de mon impuissance, ce que je supportais de plus en plus mal, au point qu'à la longue, j'en suis arrivé à douter de ma vocation.

Ma lutte intérieure n'avait pas échappé à frère Tinus. Quelques jours avant ma conversation avec Myrna, il m'avait fait appeler dans son petit bureau qu'il partageait, en tant que directeur, avec la grosse ronéo. Il ne supportait plus de me voir, commença-t-il sans tourner autour du pot, errer dans l'école comme le spectre d'un moine qui aurait perdu la tête.

Je feignis de ne pas saisir à quoi il faisait allusion, mais ma réaction ne l'impressionna en rien. Il croisa les mains devant sa poitrine, comme pour prier, s'inclina puis me regarda dans le blanc des yeux. Il formula une conclusion concise qui me plaçait face à mes contradictions.

« Tu ne peux pas sauver l'île entière. »

Pour toute réponse, je m'excusai d'un simple geste.

« Il faut que tu te détaches de tout ça, poursuivit-il, paternel, que tu prennes du recul, quelques semaines en Hollande. Ça te fera du bien. »

En tout et pour tout, je n'avais séjourné qu'une seule fois dans notre maison mère, deux semaines, l'été, après avoir décroché mon diplôme d'instituteur. Je me souviens y avoir été chaleureusement accueilli. Mes frères me prodiguaient de bons conseils tout en montrant une certaine curiosité relativement à mes origines. Mais à chaque seconde de mon séjour en Europe, j'avais langui après mon île. Je désirais me mettre au travail, ma vocation réclamait des actes.

« Je vais y réfléchir, frère Tinus. »

Cependant, il avait déjà convenu avec le supérieur de l'ordre que je m'y rendrais.

« Frère Laurentius et frère Jan partent la semaine prochaine. Tu pourras faire le voyage avec eux. »

C'est à cet entretien que je songeai lorsque Myrna eut terminé son histoire. Assise en face de moi sur un banc d'écolier, les deux mains enserrant sa tête vide, la figure qui s'éclairait à présent qu'elle m'avait tout confié.

*Tu ne peux pas sauver l'île entière.*

Voilà pourquoi je lui ai dit, quand bien même je concevais que tout l'argent du monde ne la soulagerait pas, elle, de son dénuement ni moi de mon sentiment de culpabilité : « Je vais m'arranger pour que tu touches cette avance. Ne t'en fais pas. Je ne pense pas que ça pose un quelconque problème à frère Tinus. »

## 19 JUILLET 2001 – 1 H 26

Ces quelques semaines hollandaises pendant les vacances de 1969 ont revêtu beaucoup d'importance pour moi. Elles m'ont laissé le temps de réfléchir. De prier. De plus, bien des questions démangeaient les autres frères sur la situation à Curaçao, à propos de laquelle ils ne rechignaient d'ailleurs pas à donner leur avis. Cela se produisait souvent à la table du réfectoire, avant ou après le dîner. L'une des discussions me reste en mémoire, mot pour mot, parce qu'elle m'a donné matière à réflexion pour le reste de mon séjour. C'est frère Bonifaas, lequel avait enseigné pendant près d'un demi-siècle au Suriname, qui se jeta à l'eau.

« Ils se sont comportés comme des gosses. Après avoir fait la tête, ils l'ont perdue et ont cassé leur joujou ; le lendemain, devant les morceaux, ils chialaient. Qu'ils prouvent à présent qu'ils sont capables de se comporter en adultes et d'assumer eux-mêmes les responsabilités. Et croyez-moi, j'espère vraiment qu'ils auront cette chance. Qu'en penses-tu, frère Daniel ? »

Sentant tous les yeux rivés sur moi, je pesai chacun de mes mots. Je n'avais pas encore un avis tranché sur la question.

« Vous êtes sévère, frère Bonifaas, commençai-je,

mais à mon plus grand regret, je dois admettre que votre comparaison comporte une bonne part de vérité. Et comme vous, j'espère que nous… qu'ils auront l'occasion de faire leurs preuves. »

Nous. Ils. J'étais surpris de m'être corrigé, pour ainsi dire inconsciemment, mais cela avait semble-t-il échappé aux autres, du moins ils ne prirent pas la peine de relever quoi que ce soit.

« Mais en sont-ils capables ? s'enquit frère Andreas. Ne les a-t-on pas pris par la main pendant trop longtemps ?

— C'est qu'ils se sont laissé faire, intervint à son tour frère Lambertus.

— De toute façon, notre main, ils l'ont à présent lâchée, et la question est de savoir comment procéder dorénavant, répliqua frère Andreas, après quoi tous les yeux se reposèrent sur moi.

— Honnêtement, je dois vous avouer que je n'en sais rien, fis-je après avoir pris le temps de songer quelques secondes à Roy, Max et Myrna. Ils vont assumer leurs responsabilités, cela ne fait aucun doute. Cette occasion, ils ne vont pas la laisser passer. Mais une fois qu'on a dit ça ? Ont-ils un projet ? Un objectif ? Parce que, franchement, ce qui m'inquiète le plus, c'est leur inclination à provoquer le sort et la résignation avec laquelle ils en acceptent les conséquences, quelles qu'elles soient.

— Mais si toi, tu n'en sais rien non plus, qui pourra nous le dire ? releva frère Andreas. Le bruit court, soit dit en passant, que d'autres ordres envisagent de rapatrier tous leurs membres.

— Ça se comprend, fit frère Lambert, car qu'est-ce que cela nous a rapporté ? Ils mordent la main qui les a nourris pendant des dizaines d'années. Ils ont même mis le feu au palais épiscopal. Rien ne saurait justifier de tels actes. »

Il me considéra avec insistance, comme s'il s'attendait à ce que j'assume la responsabilité des dévastations.

« C'est vrai, des choses se sont passées qui m'ont choqué. Qui n'auraient jamais dû se produire. C'est ainsi.

— Une honte, autrement dit, commenta frère Lambertus.

— On… on pourrait appeler ça comme ça.

— Je suis heureux d'entendre que toi aussi, tu partages cet avis », ajouta frère Lambertus alors qu'un murmure d'acquiescement avait accompagné ses derniers mots.

Sur le moment, ce « toi aussi » m'échappa en grande partie. Il fallut que frère Jan, resté silencieux jusque-là, fasse une remarque pour que je me rende compte combien je n'avais fait que caresser mes coreligionnaires dans le sens du poil.

« Je ne suis pas d'accord, intervint ce dernier avec un calme et une dignité qui conférèrent plus de poids encore à son propos. Moi, je vois cette attaque comme un cri du cœur qu'il nous faut prendre au sérieux. Monseigneur Holterman n'est là que pour les catholiques blancs ; les Noirs, il les tolère pour autant qu'ils la ferment. Je préfère dire les choses telles qu'elles sont. Pourquoi a-t-il banni le DP, un parti dans lequel beaucoup de Noirs pauvres se reconnaissent ? À franchement parler, l'incendie du palais ne m'a pas surpris. Si je ne l'approuve pas, je comprends la frustration qui a conduit à une telle action. »

Le silence s'abattit sur la tablée. Les regards, qui étaient passés de moi au frère Jan, glissèrent sur le prieur, assis au bout de la table. Celui-ci se racla la gorge.

« As-tu bien conscience de parler de l'évêque, frère Jan ?

— Je parlerais de la même façon du pape. »

J'étais choqué. Au sein de notre communauté insulaire, frère Jan s'était toujours montré avare de mots. Un travailleur taciturne, dur au mal. Autour de moi, des murmures s'élevèrent. Le prieur se redressa sur sa chaise, mais frère Jan ne lui laissa pas l'occasion de prendre la parole. Il dit à haute voix ce que j'avais tout au plus osé penser tout bas.

« Nous n'avons rien fait d'autre que chercher à faire d'eux des Blancs. De préférence des Hollandais. Notre langue, notre culture, nos normes et nos valeurs, elles seules comptaient. On a cru les former, mais en réalité, on était en train de les déformer. C'était une erreur. Une grosse erreur. Il est grand temps de le reconnaître. »

Ce soir-là, j'ai regagné ma chambre, partagé. Sans tarder, le prieur avait mis fin à la discussion en faisant servir le repas et en disant une prière. Cependant, la conversation n'avait cessé de me hanter. Chose pénible, les paroles de frère Jan, et plus encore son attitude, m'avaient mis en face de ma lâcheté. J'avais parlé de mon peuple comme s'il s'était agi d'une tribu m'étant étrangère. Je l'avais observé à la manière d'une frégate, depuis le ciel, et non du point de vue d'un lézard qui évolue entre les pieds des gens. Voilà pourquoi j'avais parlé en tant que frère privilégié et non en tant que Noir parmi les Noirs. Un constat amer, d'autant que je me rendais compte que j'agissais de la sorte depuis des années, par exemple avec Roy, Myrna et Max. J'avais refoulé mes origines et les leurs, essayant de les faire entrer dans un moule qui n'était pas fait pour eux. Frère Jan avait raison, incontestablement. Je ne m'étais pas consacré à former les gens, mais à les déformer.

Peu avant de retourner à Curaçao, je pris une décision que je me reprochais de ne pas avoir prise bien plus tôt : je remplaçai mon habit blanc par des vêtements civils. Un pas franchi par la plupart de mes frères hollandais depuis que l'Église l'avait autorisé quelques années plus tôt. Pour ma part, cela ne m'avait pas semblé nécessaire, je n'avais aucune raison particulière d'opérer ce changement, du moins c'est ce dont je m'étais convaincu jusque-là. Pendant mon séjour aux Pays-Bas, je compris pourquoi je n'avais cessé de repousser cette décision : dans mon habit, je me sentais moins noir. Moi aussi, j'avais souffert d'un manque d'estime de ma propre personne.

Je venais à peine de rentrer de Hollande quand j'appris que Roy était hospitalisé. Un matin, peu de jours après mon départ, en l'absence de Myrna, il était tombé en voulant aller aux toilettes, se blessant gravement à l'épaule. Pendant des jours, il avait gardé le silence, ravalant la douleur, y compris alors qu'une bosse de la taille d'une balle de tennis s'était formée à l'emplacement talé, selon les explications de Myrna, laquelle s'était laissée berner : Roy lui avait fait accroire qu'une telle bosse, ça apparaissait et ça disparaissait, une simple poche de liquide, symptôme propre à sa maladie. Le silence de Roy s'explique en partie par la crainte de ne plus jamais pouvoir rentrer à la maison – crainte qui s'avéra fondée.

Constatant que Roy passait ses journées au lit, Myrna s'était tout de même décidée à appeler un médecin. Sans tergiverser, celui-ci avait requis une ambulance d'où avaient surgi trois armoires à glace. Roy se laissa emmener comme un agneau. La douleur avait finalement eu raison de lui. À l'hôpital, on releva qu'il souffrait en outre de plusieurs escarres.

Quand je lui rendis visite, il avait l'épaule bandée, le bras en écharpe. Il m'apparut très affaibli. Le regard brumeux, il me considéra de la tête aux pieds ; il dut de toute évidence creuser dans sa mémoire pour mettre un nom sur ma personne, ceci bien plus à cause des puissants analgésiques qu'il avalait que de ma nouvelle apparence. Assise à son chevet, Myrna murmura : « Frère Daniel est ici. »

Roy hocha brièvement la tête.

« Comment ça va, Roy ? »

Son regard se porta sur Myrna.

« Il souffre encore beaucoup, fit celle-ci. Il a été opéré avant-hier. »

L'infirmière en chef m'avait mis au parfum. Non sans me confier que l'avenir du patient s'annonçait sombre. Pour la première fois depuis longtemps, j'éprouvai de la pitié pour lui.

« Si je peux t'aider en quoi que ce soit, Roy, il suffit de m'en toucher un mot. »

Une fois encore, il hocha la tête brièvement et ferma les yeux. Myrna posa sur moi un regard soucieux.

Un peu plus tard, dans le couloir, je pus lui parler à l'abri de toutes les oreilles.

« Tu as fait pour lui plus qu'aucune autre femme n'aurait été en mesure de faire.

— Ce n'est jamais assez, dit-elle. Mais on peut pas continuer comme ça. Je l'sais, frère Daniel. Les médecins me l'ont dit. Y peut pas rentrer à la maison. Va falloir que j'transforme mon cœur en pierre. »

Je gardai le silence. Soucieux de ne pas lui mettre plus

encore de pression sur les épaules. De ne pas répéter mes erreurs du passé.

« Comment c'était en Hollande ? Vous êtes bien allé en Hollande, hein ? C'est là-bas qu'vous avez acheté des nouveaux habits ? s'enquit-elle en montrant du doigt mon pantalon gris foncé et ma chemisette noire au col blanc.

« Frère Jan m'a aidé à choisir, répondis-je en souriant.

— Ça vous va bien. Vous auriez dû abandonner l'habit bien plus tôt.

— Merci, Myrna. Nous, les Antillais, on est toujours un peu longs à la détente, n'est-ce pas ?

— C'est vrai, frère Daniel. Moi aussi. Voyez ce pauvre Roy. Les chirurgiens ont passé des heures à l'opérer. Il a attendu trop longtemps. Et moi, j'aurais dû appeler un médecin beaucoup plus tôt.

— Tu as fait ce que tu as pu, Myrna, répétai-je. Tu n'as pas à t'en vouloir pour quoi que ce soit. De toute façon, il est entre de bonnes mains.

— Oh, ça c'est sûr. Et ici, toutes les infirmières sont gentilles. Et il y en a de très jeunes. C'est bien qu'elles lui donnent des cachets qui l'abrutissent un peu. Vous connaissez Roy, hein ? »

Je lui demandai des nouvelles de Max. Elle m'apprit qu'il s'était remis à travailler de jour. Avec une partie de l'argent qu'elle avait reçu de sa nièce, la détentrice du *sam*, il avait pu remplacer les vitres et acheter de nouveaux essuie-glaces. Pour l'instant, il n'avait pas besoin de plus pour prendre la route à n'importe quel moment de la journée.

« Mais les temps ont changé, les clients ne se bousculent plus pour monter dans la Dodge. Les gens ne viennent plus sur l'île. Ils ont peur. Max dit que ça va s'arranger. Que j'dois pas m'inquiéter. Mais bien sûr, je m'en fais, du souci. Vous savez, s'il se trouvait une petite amie, ce serait bien pour lui. Des papillons dans le ventre, ça chasse les tracas de la tête. Il aura bientôt vingt et un ans. Je connais des garçons de son âge qui ont déjà plusieurs enfants… »

Roy avait à peine quitté leur bicoque qu'elle éprouvait le besoin de combler le vide avec de nouveaux désirs. Une lueur traversa ses yeux, puis son regard erra jusqu'à la porte de la chambre de Roy. Les soucis assombrirent à nouveau ses traits.

Quatre semaines plus tard, Roy était admis à Huize Welgelegen, à la périphérie de Willemstad, à quelques encablures de la raffinerie. Trois années s'étaient écoulées depuis la première fois où j'avais pris le pouls des sœurs de Roosendaal au sujet d'une éventuelle admission. Entre-temps, le nombre de personnes âgées nécessiteuses ou infirmes – la plupart n'avaient ni toit ni biens – à s'être inscrites était tel que la maison de retraite se faisait trop petite. Pourtant, il était rare que les sœurs refusent d'en accueillir. Inlassablement, elles employaient force et ressources dont elles disposaient ; il leur arrivait souvent de faire des journées de seize heures et plus.

« C'est un combat perdu d'avance – combien de sœurs ai-je entendu le dire, plus sur le ton du constat que de la critique, car dans la foulée, elles ajoutaient sans manquer : Mais c'est ce que nous avons choisi. »

À cinquante-six ans, Roy devint le plus jeune résident de Huize Welgelegen. Au début, il s'était opposé à ce placement, mais une fois installé, il laissa entendre que la décision relevait de son propre choix. Après des premiers jours passés dans le silence et replié sur lui-même, il ne tarda pas à reprendre vie comme une plante sous un regain de lumière et d'eau, entouré qu'il était d'un nouveau public principalement féminin. Il se mit à couvrir les sœurs de compliments et de boutades, faisant des clins d'œil aux résidentes, y compris les plus âgées, à jouer aux dominos avec les hommes en gagnant presque chaque fois ; il mangeait bien, ne se plaignait jamais, priant à haute voix pendant les messes célébrées dans la chapelle, chantant tous les cantiques et tous les psaumes – un exemple pour les autres, selon les sœurs. Bref, en moins de rien, il réussit à se tailler une nouvelle image de soi sur mesure, laquelle ne coïncidait pas réellement avec sa vraie nature. Une grande différence avec les décennies précédentes : il ne pouvait plus faire de mal à personne et, tout bien considéré, se payait tout au plus la tête de lui-même puisqu'il se faisait passer sans cesse pour plus costaud qu'il n'était. Il était le clown qui cache ses souffrances quotidiennes sous une épaisse couche de grimage. Sa jovialité, ses bavardages, son courage – les mots de la supérieure – lui servaient dans une large mesure à ne plus penser à son corps maudit.

Sa virilité légendaire, moteur de sa fierté, l'abandonnait bien trop tôt ; il ne pouvait plus l'exprimer qu'en passant par les mots.

Ce n'est qu'au bout de bien des années qu'il consentit à me faire part de la peine et de la douleur qu'il ressentait.

« Dieu, j'lui en aurais pas voulu s'il m'avait pris beaucoup, un bras, une jambe, les deux jambes même, mais tout mon corps, non ! »

En une autre occasion : « J'aurais préféré devenir aveugle. »

Peu après son admission, Myrna renonça à son emploi. Lola, sa cousine d'Otrobanda, l'accueillait chez elle.

Grâce à l'argent qu'elle avait gagné comme détentrice du *sam*, elle avait ouvert une boutique de bijoux faits maison. Mère célibataire, elle élevait les cinq enfants qu'elle avait eus de trois hommes différents. Logée et nourrie, Myrna devait s'acquitter du ménage. Et elle ne vivrait pas très loin de Huize Welgelegen, m'expliqua-t-elle le jour où elle vint prendre congé.

Depuis un moment, je me doutais qu'elle franchirait ce pas, en réalité depuis ma première visite à Roy à la maison de retraite ; alors que j'approchais, je l'avais vue, appuyée contre lui, en train de passer la main dans ses cheveux, caresse d'une mère qui réconforte son enfant malade et non celle d'une épouse qui s'occupe de son vieux mari.

Et Max ? Pour lui aussi, elle avait trouvé une solution. En échange d'une somme hebdomadaire modeste, il allait dorénavant louer une chambre, dans le même quartier, pas très loin de chez elle. Un lit et des toilettes communes, rien de plus. Mais il pourrait se laver chez la cousine Lola et, contre quelques florins, partager leur table. Il ne tarda cependant pas à lui faire comprendre qu'il se débrouillerait seul quant à ses repas.

Dans trois jours, ils allaient déménager, ainsi en décida-t-elle.

Qu'elle ait réglé tout cela en aussi peu de temps ne manquait pas de me surprendre. Le départ de Roy lui rendait une bonne part de sa liberté ; elle semblait avoir retrouvé tant sa volonté de fer que sa détermination. Elle était venue non pour me demander ma bénédiction, mais pour m'annoncer quelque chose – ce qui n'allait pas, insista-t-elle, sans l'emplir d'un grand regret.

Avant mon séjour en Hollande, j'aurais peut-être essayé de la faire changer d'avis. Mais je lui dis que je la comprenais et que je lui souhaitais bonne chance, bien qu'une question me brûlât les lèvres : n'avait-elle pas pris sa décision à la va-vite ?

Plus que soulagée, elle me dit « merci » à trois reprises, de façon assez exubérante, tout en tapant chaque fois dans ses mains. À ce moment-là, je compris combien elle avait redouté ma réaction, et même, à vrai dire, combien sans doute je lui inspirais de la peur. Des années durant, j'étais resté perché en haut d'un rocher.

Myrna me promit de demander à Max s'il pouvait venir me chercher le lendemain, après l'école. Je tenais à le revoir avant qu'il ne quitte Barber pour de bon, tout simplement pour causer un peu et avoir de ses nouvelles. Cela faisait deux ou trois mois que je ne l'avais vu, depuis qu'on s'était rendus à la bicoque le lendemain de la révolte. Peut-être, songeai-je, n'allait-il pas se manifester. Quoi qu'il en soit, je devais me résoudre à le laisser suivre sa propre voie, sans m'en mêler ni m'y intéresser.

En réalité, il vint – à bord de la Dodge Matador qui portait encore bien des blessures. Toit et capot tout bosselés. Griffures tout le long de la carrosserie. À certains endroits, elle présentait déjà des traces de rouille. Les vitres avaient en effet été remplacées, mais, ainsi que je le remarquai plus tard, elles ne se fermaient plus complètement – elles provenaient d'un autre modèle de Dodge.

Quand Max descendit, je vis qu'il avait changé. Il s'était laissé pousser le collier, ce qui avait chassé toute juvénilité de son visage. Il avait les cheveux coiffés en arrière et plaqués, contre l'esprit du temps – les Noirs osaient enfin arborer des coiffures crépues exubérantes. Il avait également révisé sa tenue. Adieu casquette, cravate et gants ; un jean à la place du pantalon noir bien taillé de son père. En revanche, il portait encore les souliers laqués et la même chemise blanche, mais à moitié déboutonnée et les manches remontées à la diable. De loin, il ressemblait au chauffeur de taxi lambda de l'île et en rien à son père, peut-être un choix de sa part.

Je l'ai salué. Clignant des yeux, il me considéra de la tête aux pieds, ce qui me rappela que, moi aussi, j'avais subi une métamorphose. Je m'étais déjà habitué à mes vêtements civils.

« Seul l'emballage a changé, lançai-je pour tenter de briser la glace. Chez toi aussi, je vois. »

Ma remarque ne suscita aucune réaction de sa part. Son regard erra au loin jusqu'à ce qu'il se souvienne, apparemment, de la raison de sa venue.

« Je dois vous conduire au couvent ? » me demanda-t-il en tendant déjà la main pour ouvrir la portière arrière.

J'aurais préféré m'asseoir à l'avant, histoire de m'entretenir plus aisément avec lui, mais la direction qu'indiquait son bras ne me laissait pas le choix. Geste routinier. Ça me traversa l'esprit. Il agissait de façon routinière.

Dès qu'il eut pris place à son tour, il me jeta un bref regard par-dessus son épaule.

« Six florins, à payer à la fin de la course, annonça-t-il sur un ton qui oscillait entre politesse et réserve.

— Six florins, dis-je pour moi-même, paroles qu'il interpréta de travers.

— Les nouveaux tarifs. Décision du syndicat des chauffeurs de taxi. À cause du soulèvement, tous les prix ont augmenté.

— Ah ! Tu fais partie du syndicat ?

— Ensemble, on est plus forts, asséna-t-il, convaincu. En parlant d'une seule et même voix, on pourra amener le nouveau gouvernement à nous soutenir dans notre lutte.

— Votre lutte ?

— Contre les agences de voyage qui viennent chercher les touristes à leur descente de bateau pour les conduire en bus à leurs hôtels. Ça, c'est notre travail, voyez-vous. Eux, ils gagnent déjà bien assez comme ça. Le gouvernement précédent n'a rien fait pour nous. »

Il me parut évident qu'il ne faisait que répéter ce qu'on lui avait mis dans le crâne. Il avait adopté les vêtements et l'attitude des autres taxis, mais aussi leur langage.

Il mit le contact et démarra, radio allumée, plus fort que de coutume.

Je me redressai, décollant mes fesses de la banquette, en m'agrippant au siège : « Comment vas-tu ? Ça fait un moment, hein…

— Bien, bien, dit-il sans quitter la route des yeux. Les clients vont et viennent. »

Une réponse évasive qui aurait tout aussi bien pu provenir de la bouche de son père.

J'attendis un instant avant de reprendre, en mettant plus de conviction dans mes paroles : « Tu déménages. Demain ? Après-demain ?

— Demain, marmonna-t-il.

— Demain, déjà ?

— Demain.

— Si jamais tu as besoin d'aide…

— Non merci, non. Mon cousin va venir.

— Ton cousin ?

— Un petit-cousin en fait. Un fils de Lola, la cousine de ma mère. »

J'opinai du chef. Il reporta son attention sur la radio qui émettait des craquements. Au lieu de l'éteindre, il chercha une autre station. Je me recalai dans la banquette. Le soleil était déjà bas ; passant sous le pare-soleil, il faisait briller le menton de Max. Dans cette lumière, je constatai que les poils de son collier étaient tous de la même longueur. Myrna m'apprit qu'il les taillait avec des ciseaux à ongles pendant les moments interminables qu'il passait à attendre les clients.

Après son visage, je considérai ses mains posées sur le volant. Mes leçons de conduite, j'en voyais le bout ; j'allais bientôt passer mon permis. L'aisance avec laquelle Max prenait les virages en passant ses mains l'une sur l'autre, ou même en ne conduisant que d'une seule main, me fit comprendre que je manquais encore de beaucoup de pratique. Comme il m'avait promis, lors de l'une de nos dernières conversations, de me faire emprunter le parcours de l'examen, je lui annonçai, en espérant qu'il s'en souviendrait : « Je passe mon permis la semaine prochaine. »

Il se contenta à nouveau d'une réponse lapidaire : « Simple comme bonjour. »

On aurait dit qu'une paroi de verre se dressait entre nous, comme dans les taxis américains.

Nous arrivâmes sur la longue ligne droite qui s'étire entre Tera Kòrá et Grote Berg. Max descendit la vitre de son côté et laissa pendre son avant-bras dans le vide. Je songeai aux conversations que nous avions par le passé, au cours desquelles il s'était toujours confié à moi pour me demander aide ou conseil. Moins de trois mois plus tôt, il était même venu me chercher, paniqué, en pleine ville assiégée, entre les décombres des bâtiments incendiés. À présent, il faisait comme si j'étais un passager ordinaire.

Ingratitude – ce mot m'a traversé l'esprit, mais j'ai préféré le chasser. Il me fallait l'accepter tel qu'il était. Après avoir perdu tout son argent, il avait pesé le pour et le contre de toutes les possibilités pour en arriver à la conclusion qu'il n'y avait plus aucune issue. La Dodge et lui-même étaient condamnés l'un à l'autre, ainsi qu'il devait le formuler par la suite. Au bout du compte, il s'était résigné. Aucune larme, point de nostalgie, aucun regret. À chaque kilomètre parcouru, il s'éloignait un peu plus de son passé. Cela valait également pour notre passé commun. Sa vie n'était ni plus ni moins que la somme des circonstances du moment présent. Ce qu'a révélé, comme bien d'autres, le trajet en question.

« Frère Daniel ? »

Voilà qu'il m'adressait soudain la parole. Nous approchions du couvent. Il avait tourné à moitié le torse vers moi, un bras pendouillant sur le haut de son siège.

« Vous n'avez pas faim ? J'ai des *pastechis*. Vous en voulez un ?

— Un *pastechi* ? Non, non merci. On va bientôt…

— … J'en ai bien assez, vous savez. »

Il me considéra pendant un petit moment, les yeux imprégnés de cette légère supplication que je lui voyais autrefois quand il attendait que je l'autorise à essuyer le tableau ou à utiliser la ronéo. Je ne tenais pas à le décevoir, moins encore maintenant qu'il venait enfin de s'adresser à moi.

« Alors j'en veux bien un.

— Viande ou poulet ? J'ai les deux.

— Au poulet, ce sera très bien. »

Il hocha la tête avec enthousiasme, tendit la main pour ouvrir la boîte à gants et se mit à farfouiller dedans. De l'autre main, il maintenait la voiture sur la route. Puis il se redressa et me tendit, par-dessus son épaule, un accra emballé dans une serviette de table.

« Merci.

— Ça fera un florin.

— Oh ! »

Déconcerté, je gardai les yeux sur le pâté au creux de ma main. Je sortis mon porte-monnaie et lui dis, en me penchant en avant : « Donne-m'en un deuxième. À la viande. Frère Tinus en raffole. »

# 19 JUILLET 2001 – 1 H 57

Les années s'usèrent sous les pneus de la Dodge. Jour après jour, Max allait et venait sur l'île, de l'aéroport à Campo Alegre, de la baie de Caracas à Punda, de la raffinerie au Hilton. Sans faire pour ainsi dire le moindre profit. Quand cela arrivait malgré tout, une part revenait de toute façon à la banque. Il y avait trop de concurrence, y compris celle de taxis illégaux. Sans compter que la Dodge était gloutonne en essence ; parfois, quand un câble ou une courroie lâchait, Max ne pouvait se passer d'une réparation urgente et coûteuse ; une autre fois, c'était le pare-chocs arrière qui tombait. De temps en temps, une aubaine se présentait, qui compensait une mauvaise semaine. Un touriste qui lui demandait de lui montrer toute l'île en six heures. Un riche Américain ou Allemand qu'il reconduisait à son bateau et dont il héritait, en guise de pourboire, de tous les florins antillais qu'il lui restait. Un homme d'affaires qui, après une longue journée de négociations à Campo Alegre, se faisait choyer en souhaitant que Max l'attende jusqu'à ce qu'il en ait terminé, ce qui pouvait prendre pas mal de temps, les filles n'étant pas elles non plus avares d'astuces pour retenir le client. S'il vendait de surcroît tantôt des *pastechis* ou des brownies, tantôt des stylos à bille ou des tickets de loterie, cela tenait plus d'un choix conscient que d'une réelle nécessité : il vivait en effet chichement. Cependant, il tenait à ce que sa mère ne manque de rien, à présent qu'elle ne percevait plus de salaire. Myrna refusait par principe son argent, aussi l'entraînait-il de loin en loin dans une boutique de vêtements ou chez le coiffeur, où on lui vantait tel chemisier ou telle coiffure ; elle cédait, non tant pour se faire valoir que pour plaire à Roy qui appréciait qu'elle mette ses charmes en avant.

Compte tenu des circonstances, Roy se portait bien. Quand je me rendais à Huize Welgelegen, soit une fois par mois environ, je le trouvais habituellement au milieu de la salle principale, calé dans un fauteuil, les avant-bras sur les accoudoirs. Une infirmière prenait soin de ramener, un à un, ses doigts tout raides autour de ces petites rampes en bois. Autour de lui, presque chaque fois, quatre ou cinq résidentes en demi-cercle, à croire qu'il les disposait lui-même ainsi, auxquelles il racontait toujours les mêmes histoires du passé, qu'elles l'écoutent ou non. Une médication revue et de nouvelles techniques de massage ralentissaient son déclin. Chaque semaine, à trois reprises, on lui faisait prendre un bain chaud, un luxe qu'il n'avait pas connu depuis des années et qui le soulageait, pour une brève période, de ses douleurs aux articulations.

« Je ferai un beau centenaire », disait-il, aucune sœur n'osant le contredire, même si elles ne partageaient pas du tout ce point de vue.

Myrna lui rendait visite. Elle donnait un coup de main aux infirmières qui le soignaient et lui donnaient à manger. Parfois, tous deux faisaient une promenade dans le jardin ou autour du domaine. Au début, il était encore capable de marcher, s'appuyant sur le bras de

Myrna et sur une canne ; un an ou deux après son admission, elle le poussait dans un fauteuil roulant, même s'il aurait pu, pendant une certaine période, s'aider d'un déambulateur, mais c'était, selon lui, un appareil réservé aux personnes âgées.

Tantôt, Max conduisait sa mère à Huize Welgelegen, tantôt elle s'y rendait en bus, voire à pied. Malgré son insistance, Max l'accompagnait rarement à l'intérieur. Des clients l'attendaient, il avait un rendez-vous au garage, un bateau de croisière allait arriver… à l'instar de son père, dans ses périodes fastes, il avait toujours une échappatoire en réserve.

Dans ces années-là, je voyais peu Max, et toujours par hasard, lorsque nous nous croisions sur le pont mobile ou, plus tard, sur le haut pont Juliana, klaxonnant l'un et l'autre et nous faisant un signe de la main par la vitre. Je reconnaissais la Dodge de loin, lui la camionnette Volkswagen bleu clair de la communauté, que je conduisais à l'époque. À quelques reprises, je suis tombé sur lui dans un *toko* ou dans une station-service. Nos retrouvailles étaient toujours chaleureuses, mais il se contentait de répondre à mes questions en restant à la surface des choses. Il lui fallut beaucoup de temps avant de pouvoir regarder à nouveau sa propre vie dans le rétroviseur.

Ce que j'apprenais à son sujet, je le tenais de Myrna. Par exemple, qu'il déménagea deux fois en cinq ans, non parce qu'il était un mauvais locataire, bien au contraire, mais parce que le premier propriétaire, après un certain temps, exigea un loyer plus élevé que ce que Max estimait raisonnable – il demeurait un homme de principes –, et l'autre fois parce que, dans son nouveau quartier, on avait forcé à plusieurs reprises sa voiture, même en plein jour – d'abord pour lui voler sa radio, ensuite quelques malheureuses pièces de monnaie, moins de deux florins en tout – mais le prix d'une vitre cassée pour lui – et enfin, la goutte d'eau qui avait fait déborder le vase –, sa roue de secours, ce dont il s'aperçut lorsqu'il creva.

Pendant ce temps, Myrna continuait d'espérer le voir en compagnie d'une femme qui lui donnerait des enfants à lui et des petits-enfants à elle.

« Pour Roy aussi, ce serait un changement bienvenu, dit-elle, histoire de ne pas paraître trop égoïste. Je le vois chez les autres résidents de la maison de retraite. Ils revivent tout à fait quand des petits-enfants arrivent. »

Cependant, son attente n'était pas récompensée et une vieille crainte resurgissait régulièrement, qu'elle n'exprimait que rarement, au contraire de Roy, qui disait sans ambiguïté : « Tant qu'il est pas *mariku*. Si c'en est un, j'le déshérite. »

Max restait remarquablement calme lorsque Myrna cherchait à savoir ce qu'il en était.

« Trop occupé, *mai*. Et puis, je t'ai, toi. Un homme n'a pas besoin de femme tant qu'il a sa mère. »

Un discours qui lui valait chaque fois une bourrade affectueuse.

Et c'est vrai, son histoire avec Lucia n'a commencé qu'après la mort de Myrna. Pourtant, il connaissait la jeune femme depuis plus longtemps. Elle était la plus jeune des cinq enfants de Lola, la cousine de Myrna.

« De cette époque, je ne me souviens que de sa voiture, pas de lui, racontait-elle un jour. Il m'avait emmenée quelque part.

— À un anniversaire à Brievengat, se souvenait Max comme si c'était hier. Il pleuvait des cordes.

— Ah oui, c'est vrai, la pluie rentrait par les vitres.

Je me rappelle, je voulais m'asseoir devant, mais toi tu ne voulais pas.

— T'as passé tout le trajet à rouspéter et…

— Je suis descendue avant qu'on soit arrivés, et j'ai terminé à pied. Ouais, c'est comme ça que ça s'est passé.

— Déjà à l'époque, tu n'en faisais qu'à ta tête.

— J'suis arrivée trempée à la fête, trempée jusqu'aux os.

— Et après coup, c'est à moi que ta mère en a voulu ! »

En une autre occasion, Max dit à Lucia, avec un grand sérieux : « Je t'ai attendue. Ce n'est pas une plaisanterie.

— J'suis pliée en deux de rire, Max, répliqua-t-elle, rejetant sa confidence pour la considérer comme une sottise.

— Je suis sérieux », persista Max.

Il marmonna quelques phrases à propos de la première fois où il l'avait vue, elle, ses yeux sombres pleins d'entrain, dont il n'avait pu détacher son regard.

Lucia le dévisagea d'un air suspicieux : « Max, j'avais à peine dix ans à l'époque. Tu vas quand même pas me dire que tu… Que Dieu me vienne en aide ! »

Max se tut, comme souvent en présence de sa femme.

Lucia se tourna vers moi : « Ouais, quoi qu'il dise, si j'avais dû l'attendre, notre île aurait eu mille fois le temps de couler.

— Moi, j'attends depuis toute ma vie, assura Max. Je ne fais rien d'autre.

— Ah, y va nous faire son pathétique ! le rabroua Lucia. T'avais qu'à faire un autre métier que taxi. »

Ils s'aiment beaucoup, Lucia et Max, mais chacun à sa manière, Max avec trop peu de mots et trop peu de tempérament, Lucia avec bien trop de tout ça.

Lucia a été, comme on dit, une fille précoce. À quatorze ans, elle a commencé à fréquenter des garçons, souvent des copains de ses frères aînés. Max, elle n'en faisait pas encore cas. Plus tard, elle a elle-même reconnu que si, pendant ces années de passions déchaînées, elle n'était pas tombée enceinte, à la différence des autres filles de sa classe, cela tenait plus du hasard qu'à un quelconque bon sens. Et il lui arrivait de le regretter.

« J'aurais pas eu à attendre Sonny toutes ces années.

— Tu aurais gâché ta jeunesse, la raisonnai-je.

— Oh ! mais la mère de Max s'en serait occupée. Elle demandait pas mieux. »

Lucia connaissait donc elle aussi les désirs qui avaient habité Myrna.

Myrna n'a pas eu le bonheur de vivre l'arrivée d'un petit-enfant. Elle est morte beaucoup trop tôt, à l'âge de cinquante-six ans. Pendant huit ans, elle a vécu chez sa cousine. S'occupant des travaux ménagers tandis que Lola vendait les bijoux qu'elle fabriquait elle-même dans sa boutique établie chez elle. Ses gains lui permettaient à peine de joindre les deux bouts, et encore pas tout le temps. Bien que Myrna ait envisagé d'aller vivre seule, sans savoir comment elle pourrait s'en tirer, Lola avait toujours insisté pour qu'elle reste. Après tout, ses enfants quittaient un à un le nid, ce qui chaque fois la chagrinait tout en la soulageant – une bouche de moins à nourrir, mais surtout, un enfant de plus bien élevé, sans l'aide du père, une prestation dont elle pouvait être fière.

Finalement, il ne resta plus que Lucia. À dix-huit ans, elle quitta l'école, sans diplôme. Elle n'était plus du tout motivée. Et se mit donc à la recherche d'un travail alors qu'il n'y en avait pas. En attendant, elle aida sa mère au magasin et Myrna à tenir la maison.

C'est à cette époque, au début de 1978, que Myrna apprit qu'elle avait un cancer du pancréas, et que les métastases touchaient une bonne partie de son foie. Cela faisait des mois qu'elle se sentait fatiguée.

Les médecins ne lui donnaient que six semaines à vivre.

Le lendemain, elle téléphona au couvent pour me faire part de la mauvaise nouvelle. D'une voix en apparence calme, précise – elle n'avait pas encore pris toute la mesure de la situation. Sa plus grande préoccupation : comment annoncer cela à Roy ? Elle ne me demanda pas de l'épauler dans cette démarche, mais je compris à ses silences qu'elle escomptait mon aide.

Le même après-midi, nous nous trouvâmes aux côtés de Roy, avec qui nous avions gagné le dortoir alors désert.

Myrna prit ses mains dans les siennes et lui raconta ce qu'elle aurait préféré ne jamais avoir à lui raconter. Elle se montra forte, trop tout compte fait, car il aurait sans doute été préférable qu'elle laisse libre cours à ses larmes. Roy, dégageant ses mains, lui dit : « Six semaines ? Bah, tu sais bien qu'les toubibs racontent des salades. C'est n'importe quoi, Myrna. Tu vas devenir centenaire comme moi. C'est pas vrai, hein, frère Daniel ?

— J'ai bien peur que, cette fois, nous devions croire les médecins, Roy. Je suis désolé. »

Mais l'obstination qu'il avait mise à nier un temps sa propre maladie reprit le dessus. Il ne voulut plus entendre parler de celle de sa femme.

Myrna a ensuite fait ce qu'elle n'avait cessé de faire depuis des années. Elle alla lui rendre visite tous les jours, en prétendant que tout allait bien, même si les odeurs de la maison de retraite, et peu après celles de la nourriture, qu'elle n'était plus à même d'avaler, lui donnaient la nausée. Faiblissant de fait à vue d'œil, au bout de seulement deux semaines, elle n'eut plus la force de se lever le matin.

Max suggéra alors à son père de le conduire tous les jours chez Lola afin qu'il passe le peu de temps qu'il restait à Myrna à son chevet.

« Pas nécessaire, fit Roy. Demain ou après-demain, elle se pointera ici.

— Non, *pai*, elle se pointera plus ici ! Ni demain ! Ni après-demain ! Plus jamais ! hurla Max à travers la salle.

— On verra bien », répliqua Roy, imperturbable, inflexible, rocher sur lequel les vagues, même les plus hautes, se brisaient sans arrêt.

« C'est un lâche ! Comme tous les hommes ! » fulmina Lola quand on lui rapporta la scène.

Myrna se montra pour sa part résignée. Sur son lit de mort, elle donnait encore la priorité aux autres : « C'est au-dessus de ses forces. Et c'est peut-être mieux comme ça. Y prendrait peur s'il m'voyait comme ça. »

Elle avait la peau qui jaunissait, les joues creuses, les lèvres aussi fines que des rides.

Elle avait fini par accepter son sort après avoir été rongée les premières semaines par la colère. Elle ne voulait pas laisser Roy tout seul.

« J'lui ai promis que je s'rais toujours là pour lui. Jusqu'à sa mort. C'est pas juste.

— On ne décide pas toujours de tout, tentai-je de la consoler.

— Mais pourquoi Dieu s'en prend-il encore à moi ?

— Ça peut arriver à n'importe qui, Myrna. La puissance de Dieu réside dans son arbitraire. »

Elle n'avait retrouvé de la sérénité dans sa tête et sa souffrance que lorsque Max lui eut promis de rendre visite à Roy au moins une fois par semaine.

« Tant qu'il vivra, Max. En toutes circonstances. Promis ?

— Promis, *mai.* »

S'il ne tenait pas sa promesse, l'âme de sa mère errerait à jamais sur cette terre. Elle avait ajouté cela en passant.

Alors que je me trouvais seul avec elle, elle me confia que sa tâche ici-bas était terminée : « Esmeralda a besoin de moi. Je l'ai entendue me réclamer. Elle a été seule assez longtemps comme ça. »

J'eus besoin de quelques secondes pour me rappeler de qui elle parlait.

« Tu vas la dorloter, lui dis-je.

— Oh ! ça c'est sûr. »

La mort imminente de Myrna me rapprocha de son fils. Il fit ce que son père ne pouvait ou ne voulait pas faire, il passa des jours entiers auprès de sa mère. Pour ma part, je m'y rendis deux à trois fois par semaine. Quand j'étais à son chevet avec Max, elle nous forçait à parler du passé, dans l'espoir que sa disparition n'entraînerait pas de surcroît celle de quantité de souvenirs. Elle nous encourageait alors en disant : « Vous vous souvenez du jour où Max… », après quoi il nous fallait prendre le relais tandis qu'elle se contentait de compléter notre propos ou d'embellir nos impressions.

Nous avons parlé de l'enfance de Max, de sa scolarité, de la bicoque de Barber, de la chèvre Speransa.

« Je l'aurais jamais abattue, tu sais », assura Myrna à Max.

Au cours de l'une de ces conversations, Max évoqua

pour la première fois sa visite au casino avec son père. Myrna dormait à moitié. Au fur et à mesure qu'il progressait dans sa narration, Max parlait de plus en plus doucement, en arrivant même à chuchoter jusqu'au moment où Myrna s'exclama, sans lever la tête de son oreiller : « Un peu plus fort, Max, je deviens un peu sourde. »

Rien ne lui échappait. Jusqu'au dernier moment, elle a gardé le contrôle sur les choses. Une nuit, elle eut une longue conversation avec Lucia qui la veillait. À cette période, Lucia n'avait pas de petit copain, trop souvent déçue, expliquait-elle, les garçons ne veulent qu'une chose, elle recherchait un peu de sécurité, un gars qui resterait avec elle, même s'ils avaient des enfants. Tout cela, elle l'avait confié à Myrna.

Plus tard, elle témoigna : « Elle arrêtait pas de me poser des questions. Je pouvais quand même pas lui dire : c'est pas tes oignons. Il ne lui restait plus longtemps à vivre. »

Myrna avait attiré son attention sur Max, son fils, un gentil garçon, attentionné, un boulot, une voiture à lui, une chambre à lui.

Trop vieux, trop timide, trop bon, et son collier, ce qu'elle trouvait ça moche. Lucia pensait à tout ça. Mais aussi au fait qu'elle ne se priva pas de dire à haute voix : « Il est de la famille. »

Myrna lui répondit tout simplement : « À Curaçao, on est tous de la même famille. Que ça t'empêche pas de dormir, *dushi*. »

Cette histoire, Max, et beaucoup d'autres, l'ont entendue à maintes reprises après la mort de sa mère. Lucia aimait revivre ce moment. Auparavant, elle n'aurait pas voulu partager quoi que ce soit avec Max. Myrna lui avait ouvert les yeux.

Un dimanche, en fin d'après-midi, Max téléphona au couvent pour dire que sa mère déclinait à vue d'œil et qu'elle avait formulé le souhait de nous voir, moi et Roy. Il me demanda si je pouvais d'abord passer à la maison de retraite. Peut-être aurait-il besoin d'aide pour convaincre son père de venir.

« Ne lui parle pas de Myrna, lui suggérai-je. Dis-lui simplement que vous allez faire un tour. Il refusera sûrement pas.

— Un frère qui me dit de mentir… » releva Max, qui gardait malgré la situation un certain sens de l'humour.

Il estimait qu'il s'agissait d'une bonne idée. Je profitai de l'occasion pour le réconforter, me disant que je n'aurais peut-être plus la possibilité de le faire dans les prochaines heures.

« Ta mère est une femme forte. Je l'ai toujours admirée. »

À l'autre bout de la ligne, il resta silencieux. Puis j'entendis sa voix : « Merci. J'aurais aimé lui ressembler un peu plus. »

Il raccrocha avant que je n'aie pu répondre quoi que ce soit. Je suis monté sans plus tarder dans ma camionnette et ai pris la direction d'Huize Welgelegen. Là, Max patientait près de la Dodge tandis qu'à côté de lui, Roy s'excitait :

« Pas question, *no way*, je vais pas m'ridiculiser !

— N'en rajoute pas, lui dit Max.

— Non mais, et t'as osé me dire que tu l'avais fait réparer ! Et toi, regarde-moi à quoi tu ressembles ! Ta cravate, elle est où ta cravate ?

— Les temps changent, *pai*. Ah, frère Daniel, c'est gentil d'être venu. Vous pouvez me donner un coup de main ?

— Qu'est-ce que vous foutez ici ? me demanda Roy dont le regard venait de coulisser de Max à moi.

— Je passais dans le coin.

— Ah non ! s'exclama-t-il en secouant la tête. Ah non ! j'vous vois v'nir tous les deux. J'viens pas avec vous. *No way.* J'veux rentrer. Ramenez-moi… »

Max en eut assez de ses récriminations. Il me fit signe de prendre le fauteuil par les poignées, après quoi, sans hésitation, il saisit son père par les aisselles, le souleva comme s'il s'était agi d'une poupée géante, et, dans le même mouvement, l'assit dans la voiture.

« Je t'le pardonnerai jamais ! » cria Roy.

Max claqua la portière et la verrouilla. Nous pliâmes le fauteuil dans le coffre. Max prit place au volant, je m'assis derrière lui de manière à garder un œil sur Roy qui, entêté, fixait ses pieds, tournant à moitié le dos à son fils. De la commissure de ses lèvres courait un trait de salive jaunâtre, que Myrna aurait depuis longtemps essuyé si elle avait été là.

Max enclencha le contact. Le tremblement qui secoua la Dodge se répandit dans le corps de Roy. Une fois sorti du parking, Max mit les gaz. Roy haussa les sourcils le plus possible. Du coin de l'œil, il reluquait le volant sur lequel se mouvaient les mains de son fils.

Sur le périphérique, Max appuya à fond sur l'accélérateur. Peu à peu, Roy redressa la tête pour regarder à travers le pare-brise. Au milieu de son visage aux traits toujours figés, un scintillement apparut dans ses prunelles. Le vent, qui se faufilait par la vitre qui fermait mal, jouait dans sa chevelure crépue grisonnante. Il jetait régulièrement un regard sur le compteur, et la vitesse fit naître un sourire sur ses lèvres, qui ne cessa de s'élargir.

« Excellent moteur. J'en ai jamais douté », commenta-t-il, plus pour lui-même que pour nous.

Cependant, dès que nous quittâmes le périphérique pour entrer dans Otrobanda, le sourire disparut de son visage.

Il resta encore un moment silencieux, puis tonna : « Demi-tour, Max. J'veux rentrer.

— Roy, écoute, fis-je d'une voix calme après m'être penché en avant. Myrna te réclame. Elle veut te voir une dernière fois. Elle n'en a plus pour longtemps. »

Avant même qu'il ait pu me répondre, Max intervint, des sanglots dans la gorge : « Elle est mourante, *pai*. Tu comprends ça ? Mourante ! »

Je portai les yeux sur lui. Des larmes inondaient ses joues. Du revers de la main, il les essuya. Je posai la mienne sur son épaule.

« Ça va aller », dit-il en hochant d'un coup sec la tête.

Roy ne disait rien. Il fixait la route. Qu'il gardât le silence, c'était déjà un exploit en soi.

Nous arrivâmes à destination. Max gara la voiture devant la porte de Lola. Il avait à peine coupé le moteur que son père fit, sur le ton de quelqu'un qui doit résister à une armée entière : « Je reste dans la Dodge. Va pas t'faire d'illusions. »

Max serra les lèvres, ses mains pétrissaient le volant. Au même moment, Lucia apparut dans l'entrée. Elle fit signe à Max de se dépêcher. Il ouvrit brutalement la portière, bondit hors de la voiture et se précipita dans la maison.

Dans une ultime tentative de convaincre Roy, je me glissai au milieu de la banquette. Un trait d'amertume était gravé à la commissure de ses lèvres, là où pendouillait un filet de salive.

« Roy…

— Je r'viendrai pas sur ma décision, frère Daniel. Vous fatiguez pas. »

Je le laissai dans la Dodge et m'empressai d'entrer dans l'espoir de ne pas arriver trop tard.

Myrna était encore en vie, mais la lenteur de sa respiration révélait que ses dernières forces diminuaient rapidement. Malgré tout, elle perçut mon chuchotement quand je saluai Lola et Lucia.

« Frère Daniel… gentil d'être venu », fit-elle d'une voix faible sans lever les paupières.

Elle était allongée sur le dos, sous un couvre-lit fait au crochet, les mains ramenées sur le ventre ; ses doigts ne cessaient de remuer, on aurait dit qu'elle était en train de déchirer des feuilles de papier en mille morceaux. Ça faisait des heures que ça durait, souffla Max.

« De rien, Myrna. »

Je me suis incliné pour prendre pendant quelques secondes sa main dans la mienne. Son visage semblait fait de cire d'abeille foncée, tout lisse, sur lequel n'apparaissaient presque plus de rides sauf à chaque coin de la bouche.

Ses lèvres s'écartèrent à nouveau, tout doucement : « Roy ? Roy est là ? »

Lola, Max et moi nous regardâmes. Max prit l'initiative : « Il refuse de sortir de la voiture. »

Tendus, nous attendions sa réaction. Max échangea un regard avec moi. J'en déduisis qu'il traînerait son père hors de la Dodge si sa mère exprimait le désir de le voir.

Ce qu'elle ne fit pas. Elle s'adressa à moi : « Frère Daniel… on peut prier ensemble ?

— Bien sûr. Le Notre Père ? »

Elle secoua la tête presque imperceptiblement.

« J'l'ai… jamais trouvé beau. »

J'ai regardé Max. Il restait planté sur place, un coin de la bouche ouvert.

« Un Je vous salue Marie, alors ? » suggérai-je.

N'obtenant pas de réponse, je me dis que ça lui convenait.

J'adressai un signe de la tête à Max, Lola et Lucia et portai la main droite à mon front pour me signer.

« Au nom du… »

À ce moment-là, Myrna respira profondément, un râle s'échappa de sa gorge, puis le silence se fit. La main toujours dressée, j'attendis sans dire un mot.

À côté de moi, le visage de Lucia se crispa. Des larmes apparurent dans les yeux de Lola. Max déglutit. C'est alors que Myrna dit : « Continuez… j'attends. »

Nous poussâmes tous les quatre un soupir de soulagement. Plein de compassion, Max secoua la tête en souriant. Myrna, quant à elle, ne broncha pas. Seul le mouvement de ses doigts, pattes de crabes qui allaient et venaient sur son ventre, montrait qu'il y avait encore un peu de vie en elle. Je commençai à réciter lentement un Je vous salue Marie. Laissant aller par instants mon regard sur le visage de la malade. Toute la souffrance des dernières semaines avait disparu. Ne subsistait qu'une sérénité frappante, qui recélait du réconfort pour ceux qui allaient rester sans elle. Jusque dans sa mort, elle montrait la fierté et la volonté qui l'avaient accompagnée toute sa vie. On aurait dit qu'elle souhaitait la bienvenue à la mort, tout en la priant de patienter un peu sur le seuil jusqu'au moment opportun. Elle m'impressionnait au plus haut point.

Quand j'eus fini de prier, je relevai que ses doigts ne bougeaient presque plus, si ce n'est à la manière des pattes d'un insecte à l'agonie. Elle respirait toujours plus difficilement. Plus lentement.

Lola se pencha sur elle et prit ses mains dans les siennes.

« Vas-y, pars, lui dit-elle. Pars, Myrna. »

Sur le visage de Myrna, je lus qu'elle percevait les paroles de Lola. Une dernière ride, au coin de sa bouche, s'effaça, ses paupières semblèrent se fermer hermétiquement, l'intervalle entre chaque bouchée d'air s'espaça encore plus. Peu à peu, elle nous quittait.

« Vas-y, pars. Pars, Myrna », répéta Lola.

À côté de moi, Lucia se mit à sangloter sans bruit. Max se rapprocha et s'inclina à son tour devant sa mère.

« Vas-y, pars. Pars, *mai*. Je suis fier de toi, je l'ai toujours été. »

Ces dernières paroles, c'est à peine s'il parvint à les prononcer. Le silence se fit alors. Dix, vingt, trente secondes.

« Elle est… » murmura Lucia.

Myrna respira une dernière fois. Puis elle partit pour de bon. Comme si elle avait attendu cette voix qui avait tardé à venir.

Lola se pencha pour embrasser Myrna sur le front. Lucia éclata en sanglots. Max fixait le vide, hagard. Quant à moi, j'éprouvais un étrange mélange de tristesse et de soulagement. Je tendis la main et la serrai sur le bras de Max dans un geste de réconfort.

« Elle est morte, hein ? me demanda-t-il, dans l'espoir, qui sait, de me voir accomplir un miracle.

— Elle est entre de bonnes mains, maintenant. »

Max éclata à son tour en sanglots. Il retira brusquement son bras et gagna en pleurant le coin le plus éloigné de la pièce. Sans attendre, Lucia le rejoignit et, debout dans son dos, passa ses deux bras autour de lui.

Je me traînai jusqu'au côté opposé de la chambre, près de la fenêtre donnant sur la rue. Les lampadaires étaient allumés, ce qui me permit de voir Roy dans la voiture. Main tendue, il faisait passer les articulations enflées de ses doigts sur le logo chromé ornant la boîte à gants de la Dodge, lettre après lettre, courbe après courbe.

## 19 JUILLET 2001 – 2 H 20

Voici quelques semaines, quand je suis passé à Huize Welgelegen vers neuf heures du matin, Roy était encore couché. Aucune infirmière n'avait trouvé le temps de le sortir de son lit, de le changer ni de lui donner à manger. Dans la chambre, il faisait une chaleur moite, ça puait, des mouches gravissaient le front de Roy ; il n'avait d'autre ressource pour les chasser que de cligner des yeux. Il n'avait pas les idées claires, croyait qu'on était au milieu de la nuit. Il me demanda d'abord des nouvelles de Myrna, qui est morte depuis plus de vingt ans, puis des nouvelles de Sonny.

« Sonny est à l'école. On est mardi.

— À l'école ? Mais pourquoi ? Sonny sera lui aussi taxi. J'ai mis de l'argent d'côté pour lui. »

Avec les années, ses mensonges étaient devenus des tics de langage. Il n'avait pas fait plus d'économies pour son petit-fils qu'à l'époque pour son fils. Comment aurait-il pu mettre de l'argent de côté ? Sa maigre pension passait dans la maison de retraite, Max payait le reste de sa poche.

« C'est très gentil de ta part, Roy. Ça va ravir Sonny. Je t'aide à sortir du lit ?

— J'y arrive tout seul.

— Laisse-moi t'aider. C'est plus simple.

— Allons-y alors, *let the beast go.* »

À ce moment-là, une infirmière entra dans la chambre. Elle se confondit en excuses. Toutes sortes de tracas, le manque de personnel, sans compter que le service de désinfection venait d'arriver, un jour plus tôt que prévu, et qu'il fallait donc transférer tous les résidents dans la grande salle. Elle me demanda de me représenter plus tard dans la journée.

Je pris congé de Roy et partis. Dans le hall, quatre hommes attendaient, pulvérisateur de poison sur le dos, masque buccal autour du cou, prêts à tuer toute la vermine, y compris de façon préventive. Deux fois par an, ils pulvérisent leur produit dans chaque fente et fissure de chaque pièce ; l'odeur désagréable persiste dans tout le bâtiment pendant des jours. Moins d'une heure après l'intervention du service, les résidents peuvent regagner leur chambre : il faut en effet débarrasser aussi la grande salle des cancrelats, des mille-pattes, des araignées, des cloportes et de toutes les autres bestioles qui vivent la journée dans les recoins les plus sombres et surgissent la nuit. La plupart des résidents ne les remarquent même pas ; leur cerveau présente plus de fissures et de trous que les espaces dans lesquels ils passent leur temps.

Au personnel soignant, on ne peut rien reprocher. Ils remplissent leurs tâches avec beaucoup de dévouement. Cependant, les seuls éloges et respect, ça ne permet pas de faire grand-chose ; ils manquent de moyens, d'argent, de l'aide des bonnes sœurs qui sont toutes parties. De ce fait, ils sont toujours en sous-effectif, les bâtiments ne sont pas entretenus, l'équipement est obsolète et le matériel en mauvais état. D'autres foyers et institutions publics doivent faire face aux mêmes problèmes, tout comme les écoles – à Barber, nous comptons plus sur les dons de particuliers que sur les aides gouvernementales. Curaçao est devenu un patient, couvert d'escarres à force de s'être maltraité et d'avoir refusé tout soin.

Max et Lucia se sont mariés en septembre 1979. Max avait alors rasé son collier. Il avait trente ans, Lucia dix-neuf ans. La cérémonie s'est déroulée dans l'église Santa Famia d'Otrobanda, où l'on avait dit adieu à Myrna un an et demi plus tôt. J'avais demandé au père Römer de bénir le mariage. Max m'avait demandé d'être son témoin. En me disant qu'il se sentirait honoré.

« C'est moi qui me sens honoré, Max. »

À l'époque, les affaires de Max n'allaient pas bien, celles de la mère de Lucia non plus. La crise pétrolière mondiale qui a éclaté cette année-là les touchait l'un et l'autre. De moins en moins de pétroliers et de bateaux de croisière accostaient à Curaçao ; les touristes dépensaient moins d'argent. Lola ne vendait presque plus de bijoux. Certains jours, Max comptait le nombre de ses clients sur les doigts d'une main. Par ailleurs, les funérailles de Myrna lui avaient coûté un bras.

Le jour du mariage, on ne remarquait rien de toutes ces difficultés. Lola était soucieuse d'entretenir sa réputation de commerçante et d'ancienne détentrice du *sam*. Qui plus est, elle confiait son dernier enfant à un tiers. De son côté, Max avait pour une fois écouté son père, lequel estime, sans préciser le prix à payer, que le bonheur d'une femme, ça s'achète. De fait, Lucia portait une splendide robe de mariée ainsi que des bijoux de corail rouge créés par sa mère, Max un costume sur mesure et des chaussures neuves. La cérémonie avait été suivie d'une grande fête qui s'était prolongée longtemps après le départ traditionnel, à minuit, des jeunes mariés, dans la Dodge Matador, en grande partie rabibochée pour l'occasion. Max avait même fait installer une nouvelle radio et un nouveau pare-chocs arrière – la banque lui avait accordé un prêt.

Lors de la fête, j'avais évalué le nombre des invités à au moins deux cent cinquante, bien des visages que j'avais vus aux funérailles. Il y avait un repas chaud pour tout le monde, un gâteau blanc de cinq étages, un groupe qui jouait de la musique antillaise, et, pour chacun au moment de quitter les lieux, un morceau de *bolo pretu* emballé dans du papier cellophane, autre gâteau, de couleur noire celui-ci, contenant une bonne dose d'alcool et qui reste bon des années, de même, espère-t-on, que le mariage. Du début à la fin, les yeux de Max scintillaient comme s'il avait regardé un feu d'artifice – le plus beau jour de sa vie, qui ne devait être relégué à la deuxième place que par la naissance de Sonny.

J'ai quitté la fête peu de temps après l'ovation qui salua le départ de Max et Lucia. Pendant toute la soirée, je n'avais pu éviter de penser au fait que toute cette générosité allait tôt ou tard se venger. Quand je suis parti, Lola m'a demandé combien il y avait de frères au couvent puis elle m'a donné le nombre correspondant de parts de *bolo pretu*.

Au cours de la première année de son mariage, Max m'a invité plus d'une fois à venir manger chez eux. Lucia aimait recevoir des visites, me disait-il. Il louait le grenier d'une vieille maison de maître d'Otrobanda. Le loyer mensuel s'élevait au double de celui de la chambre qu'il avait occupée jusque-là. Dès la première fois, je remarquai le réfrigérateur neuf. Il ne fonctionnait cependant pas : dans la vieille bâtisse, l'électricité était trop faible. Max savait néanmoins que l'appareil rendait Lucia heureuse, plus attachée à l'effet qu'il pouvait produire sur les invités qu'au froid qu'il était censé produire dans ses entrailles.

J'avais beau souligner avant chacune de mes visites que j'appréciais les repas sans chichis, Lucia concoctait trois à quatre mets suivis d'un dessert. Myrna lui avait appris à cuisiner, elle ne manquait jamais de le rappeler. À table, elle parlait sans discontinuer, disant combien elle était gâtée, combien elle était heureuse, tandis que Max ne cessait d'opiner du chef. Elle portait soit un nouveau bracelet, soit une nouvelle robe, soit de nouvelles chaussures ; le vernis rouge sur ses ongles longs la dispensait de faire la vaisselle.

À chaque bouchée, je me sentais de plus en plus mal à l'aise, et même coupable à la fin du repas. Soucieux de ne pas troubler leur prime bonheur, je n'en laissais toutefois rien voir. Malgré tout, à la longue, je me surpris à inventer des échappatoires pour refuser leurs invitations, si bien qu'un jour Max me demanda si, lui et Lucia, n'étaient pas assez bien pour moi, une sortie qui l'amena, après coup, à se confondre en excuses. Il n'y eut plus de dîners par la suite, Max reportait toujours le rendez-vous, trop de boulot, Lucia ne se sent pas bien, jusqu'à ce que j'apprenne ce que je redoutais depuis longtemps.

Propriété vicieuse : la pauvreté se fait visible lorsqu'il est déjà presque trop tard pour y échapper. Dans le cas de Max et Lucia, cela survint environ deux ans après leur mariage. Un jour, frère Jan m'aborda. Pendant les vacances estivales. Il avait vu Max se rendre à trois reprises à une distribution de nourriture. Au cours d'une tournée à Fuik, le jeune homme l'avait accosté une première fois. Il venait chercher un colis pour un cousin qui n'osait pas le faire lui-même. Sa famille n'avait presque rien eu à se mettre sous la dent depuis une semaine.

« Bien entendu, c'était pour lui, m'assura frère Jan. Le mensonge ne lui sied pas. »

Il n'avait pas le talent de son père, absolument pas.

Dans les jours suivants, Max était venu le trouver deux fois de plus, toujours en avançant la même histoire.

La révélation de frère Jan m'attrista. Le même jour, je me mis à la recherche de Max, aux endroits où il attendait habituellement ses clients.

Je le trouvai assis sur un banc, à l'ombre d'un *wabi*, sur la route de la baie de Caracas. Penché en avant, coudes sur les genoux, il tuait l'ennui en jouant avec un caillou rond qu'il lançait en l'air d'une main pour le rattraper de l'autre. Il n'eut même pas l'air surpris de me voir m'arrêter à sa hauteur et lui demander s'il avait le temps de causer. Il me proposa d'aller faire une petite virée. Je l'invitai dans ma camionnette, le réservoir étant plein, de quoi faire trois fois le tour de l'île.

Ça lui convenait. Après avoir fermé la Dodge, il prit place à côté de moi. Pour en juger la qualité, il tâta le tissu qui tapissait l'intérieur, le sommaire tableau de bord, le bouton du levier de vitesses.

« Dieu n'a pas voulu d'une automatique, expliquai-je. Il n'aime pas déléguer les choses. »

Max eut un petit rire. Le haut de sa tête touchait presque le toit. Dans la Dodge, le siège était beaucoup plus bas.

J'échouai à deux ou trois reprises à démarrer. Max fronça les sourcils. La camionnette avait plus ou moins onze ans et, contrairement à la Dodge, le moteur Volkswagen n'était pas fait pour durer éternellement.

« On va à Barber ? » demanda Max spontanément.

Cela me parut une bonne idée. Je lui suggérai de visiter

mon école, son ancienne salle de classe, qui n'avait guère changé – pas plus alors qu'aujourd'hui d'ailleurs.

Ça lui convenait. L'enchantait.

« Et la ronéo, vous l'avez encore ?

— Elle crache toujours de l'encre. »

Il applaudit de plaisir, son rire remplit ma camionnette.

Dès que nous partîmes, il m'interrogea sur l'année scolaire écoulée. Je lui en parlai, disant au passage que j'avais dans la classe des fils de quelques-uns de ses anciens camarades de classe.

« Ils étaient pressés, eux, conclut Max.

— Plutôt un manque de bol », le corrigeai-je.

Nous passâmes d'un souvenir à l'autre – « Mon exposé sur la frégate, puisque vous m'en parlez frère Daniel, je ne m'en rappelais plus » –, des souvenirs qui lui faisait oublier ses préoccupations, du moins pour quelques instants, car après un moment, nous comprîmes l'un et l'autre que nous ne pouvions pas faire plus longtemps comme si nous étions de vieux amis qui venaient de se retrouver par hasard.

Les yeux agités, Max balaya du regard ce qui nous entourait.

« Tu es passé voir frère Jan, me lançai-je en songeant à un souvenir que nous n'avions pas encore évoqué. Tu avais faim ?

— On est dans une mauvaise passe, frère Daniel, m'avoua-t-il, les yeux baissés, après m'avoir accordé un sourire timide.

— Mauvaise ? À quel point ?

— Très mauvaise. J'arrive plus à payer le loyer ni l'assurance de la voiture. La banque a envoyé un huissier. Il aurait voulu confisquer la Dodge, mais c'est pas possible, elle représente notre seul revenu, donc il a pris le frigo… et la télé.

— La télé ? fis-je en ralentissant automatiquement.

— Les voisins en ont une. Lucia en a donc voulu une… »

Elle était trop jeune, elle ne connaissait pas le coût de la vie.

Gâtée qu'elle avait toujours été par sa mère. Max n'agissait pas autrement avec elle. Il était trop amoureux d'elle. Resté trop longtemps seul. Désormais, il essayait de survivre, de sauver ce qu'il pouvait. Le problème, c'est qu'il n'y avait plus grand-chose à sauver, il s'était mis dans de sales draps, dans un sale pétrin, pire que ce que j'aurais pu imaginer.

« *Sam*. Nous avons acheté la télé avec l'argent d'un *sam*… Je sais, frère Daniel, je sais. Mais voilà, la mère de Lucia a repris le *sam*. Elle aussi a besoin d'argent. Et comme elle jouit d'une grande confiance auprès des gens… Ceux des fois précédentes. Elle nous a demandé si on voulait participer. Lucia a dit qu'on pouvait pas refuser. Entre membres de la même famille, il faut s'aider. D'ailleurs, tous croyaient qu'on avait de quoi payer. Et puis, ça nous arrangeait, on allait recevoir l'argent du *sam* assez tôt, d'abord Lola, puis nous. »

Je ne ressentis pas le besoin d'ajouter quoi que ce soit. Ni de lui poser la moindre question. La façon dont il s'exprimait, phrases courtes, simples bouts de phrases parfois, me rappela sa mère lorsqu'elle racontait une histoire qu'elle avait gardée trop longtemps pour elle.

« On pouvait plus payer Lola, plus après avoir reçu l'argent du *sam* et avoir… comme je vous l'ai dit, la télévision que j'ai achetée. Je veux dire, on avait déjà des dettes de toute façon, et qu'on en ait pas mal ou beaucoup, a dit Lucia, qu'est-ce que ça peut faire, voilà pourquoi on l'a achetée, la télé. Mais Lola comptait sur notre contribution, elle en avait besoin pour payer la sienne et donc… »

J'ai entendu grincer ses dents. Il essayait de broyer sa douleur, sa colère, son sentiment de culpabilité.

« La famille de Lucia l'a laissée tomber. Ses frères, ses sœurs, même ses cousins et cousines, tout le monde lui en veut, elle a tourné sa mère en ridicule, une tache sur sa réputation, sur celle de toute la famille, puisque beaucoup ont perdu de l'argent à cause d'elle. Lucia n'ose plus se montrer dehors, elle n'ouvre plus la porte à personne. C'est moi qui fais les courses, mais on n'a pas de sous pour acheter quoi que ce soit, et ça elle le sait pas encore. Le contenu des colis de frère Jan, je le mets dans des sachets. Comme si j'arrivais du magasin, vous voyez. »

Il répéta la dernière phrase, à croire qu'il ne parvenait pas lui-même à admettre qu'il était tombé aussi bas. Il baissa la tête, fixa pendant un court instant les lignes de sa main droite, où s'annonçait un avenir plus sombre encore.

« On va être expulsés, reprit-il en levant les yeux. Dans une semaine. Si on n'a pas payé d'ici-là… Là ! Là, à droite, frère Daniel, s'écria-t-il tout à coup, c'est par là qu'est notre maison, vous vous souvenez ? Allons voir ! »

Sans que je m'en sois rendu compte, nous approchions du chemin qui menait à la bicoque où il avait vécu près de dix ans avec sa mère. Toutefois, son enthousiasme était trop manifeste, le timing trop parfait. Je devinai sur-le-champ ce qu'il se proposait de faire.

« Max, la maison est délabrée, fis-je pour le tirer de ses illusions. Après ta mère, plus personne n'y a vécu. Seuls les rats et les chèvres l'habitent de temps en temps.

— Mais si, mais si, c'est possible, je suis allé voir y a pas si longtemps, soutint-il, excité comme un gosse. Ici à droite. Ici ! »

À moitié à contrecœur, j'obtempérai. Des branches de *wabis* encombraient le chemin ; elles râpaient la carrosserie de ma camionnette. Max se pencha en avant au point que son nez toucha presque le pare-brise.

La baraque était dans un état de délabrement pire encore que lors de mon dernier passage. Toit de tôles ondulées complètement effondré, dernière vitre cassée par quelqu'un qui avait jeté un gros caillou. Planches de la façade couchées par terre. Éolienne fournissant l'eau orpheline de ses pales.

Max descendit du véhicule. Il considéra son ancienne demeure depuis une certaine distance, bras fichés sur les hanches, jambes écartées. Sa tête montait et descendait en signe d'approbation, à croire qu'il avait enfin, après une longue recherche, trouvé la maison de ses rêves. La minuscule étincelle d'espoir qu'il voyait au fond de sa misère revêtait pour lui l'éclat d'un feu de joie.

Je le rejoignis et l'entendis énumérer pour lui-même les choses à faire pour la rendre habitable. Dans son enthousiasme, il lui semblait que cela ne lui prendrait que quelques jours. Quelques planches par-ci, une tôle ondulée par-là ; l'eau, dans un premier temps, il l'apporterait dans des bouteilles ; pour l'électricité, comme tout le monde, il se brancherait quelque part illégalement.

Je lui posai deux questions très simples. Qui allait payer tout ça ? Il n'avait pas un *cent*. Et qui allait rénover la baraque ? Il n'avait que rarement tenu un marteau dans ses mains et, ainsi qu'il l'avait dit, tout le monde les avait laissés tomber, Lucia et lui.

Il me devançait à nouveau de quelques pas. Il avait déjà réfléchi à la question, comme chaque fois qu'il avait des ennuis. Sans rien laisser au hasard. Nos retrouvailles, dont je pensais avoir pris l'initiative, il les avait apparemment organisées, avant même d'aller mendier auprès de frère Jan dans l'espoir que ce dernier m'en informerait tôt ou tard.

« Il y a bien deux frères dans votre couvent, commença-t-il en se grattant la nuque et en détournant le regard. Comment ils s'appellent déjà ? Ils rénovent des maisons, ce genre de boulot… et ils travaillent bien… j'ai vu le résultat. Les gens sont élogieux sur leurs assistants. Ils savent tout faire, on m'a dit, maçonner, poser un toit… »

Alors qu'il poursuivait, sans gêne, je sentis une forme d'aversion m'envahir. Dans sa façon d'opérer, je reconnaissais la ruse de son père. Je dus presque me faire violence pour ne pas l'interrompre et lui dire sans détour ce que j'en pensais.

« Ils font tout cela pour rien, bénévolement, paraît-il, c'est… comment dites-vous ça… noble ? Noble, oui. Je voulais donc vous demander… (la main passa de sa nuque à son cou, il me montra enfin son visage, son front brillait de sueur) si vous pouviez voir avec les deux frères, leur expliquer ce qu'il en est, peut-être qu'y pourraient… »

Je secouai lentement la tête de gauche à droite. Son flot de paroles s'interrompit d'un coup. Il posa sur moi un regard interrogateur. L'idée que le désespoir l'animait me retint de m'emporter contre lui.

« Ce n'est pas possible », répondis-je avec calme.

Il se montra piqué au vif, comme si je venais de porter une accusation contre lui : « La maison n'appartient plus à personne ! Le bonhomme est mort depuis longtemps, m'a dit *pai*. Et il avait pas de famille !

— Ce n'est pas ce que je voulais dire, Max. Ce n'est pas possible parce que frère Bertus et frère Harrie doivent faire des choix. S'ils le pouvaient, ils rénoveraient tout Curaçao, une maison pour chaque habitant, mais pour cela, l'argent manque. Ils sont condamnés à la débrouillardise, une pierre ici, une planche là, l'administration ne leur accorde qu'une subvention de misère.

— Moi, j'peux me débrouiller pour récupérer le nécessaire, rétorqua Max qu'il était vain de tenter de raisonner. Je sais qui peut…

— Max, merde alors, mais qu'est-ce que tu as dans le crâne ? m'exclamai-je, la colère prenant le dessus. (Il sursauta, mais je ne m'arrêtai pas pour autant :) Comment peux-tu attendre des autres qu'ils résolvent les problèmes que tu t'attires toi-même ? Ici, il y a des dizaines de familles qui n'ont pas demandé à être misérables, mais qui vivent dans des taudis depuis des années, avec des bébés, et personne, pas un père qui lève le petit doigt. Tout ça, j'ai même pas besoin de te l'expliquer. T'as eu un père comme ça. Ce sont ces familles qu'il s'agit d'aider en premier lieu, tu peux le comprendre, non ? »

Max posa sur moi un regard tourmenté. Il semblait désireux de dire quelque chose, mais détourna la tête et contempla la bicoque en silence.

En moi, la colère se dissipa tout aussi rapidement qu'elle avait surgi.

« Ne prends pas mal mes propos, Max. Je veux juste que tu comprennes…

— Lucia est enceinte.

— Quoi ?

— Elle est enceinte. »

Dans sa bouche, la joyeuse nouvelle retentit comme l'annonce d'un grand malheur. Il essuya la sueur de son front et redressa le nez en reniflant.

« Depuis quand ?

— Trois mois.

— Sa mère est au courant ? »

Je venais soudain d'entrevoir une issue à sa misère.

« Personne n'est au courant.

— Peut-être voudra-t-elle vous venir en aide, Max. Et le reste de la famille aussi. Vous pourriez vous installer chez elle.

— Lucia voudra pas ! Elle veut quitter Otrobanda », s'emporta-t-il en secouant la tête.

Il fit deux pas en avant et ramassa l'une des planches de la façade tombée par terre. Son regard passa sur la bicoque comme sur un puzzle. Puis il se retourna et dit d'une voix décidée : « Je vais la retaper, frère Daniel, avec ou sans aide. Pour Lucia et pour notre enfant. Je veux qu'ils puissent être fiers de moi. Et moi d'eux. Pour ça, je suis capable de tout donner. »

Puis il détourna à nouveau la tête. Je songeai à Myrna, à notre première rencontre, en cet endroit, à la façon dont elle avait alors parlé, à la volonté dont elle avait fait preuve pour lutter contre le sort. Je me souvins en outre de la conversation téléphonique avec Max, peu avant la mort de sa mère, à laquelle il avait brusquement mis fin.

« Hé ! criai-je à Max qui se tourna à moitié. Tu ressembles plus à ta mère que tu ne l'imagines. Sache-le. »

Il fronça les sourcils avant qu'un sourire ne perce sur son visage.

## 19 JUILLET 2001 – 2 H 41

Avec la bicoque, ça allait s'arranger.

« Tu n'as pas à te justifier. » Frère Bertus apaisa ma conscience alors que je venais d'évoquer le cas de Max. Épaulé par quatre gars, il se mettrait au boulot la semaine même et, au bout de trois jours, Max serait à l'abri du vent et de la pluie, il n'en demandait pas plus. De son côté, il avait dégoté des poutres et des planches, le coffre et la banquette arrière de la Dodge en débordaient. J'ignorais comment il s'y était pris, je préférais ne pas le savoir, tout comme le frère Bertus s'abstint de poser la moindre question à l'un de ses hommes qui déroula un long câble entre la bicoque et le lampadaire le plus proche, pour la connecter en un rien de temps au réseau électrique.

Au début, Lucia m'inspirait des doutes. Passer d'un logement de la partie la plus animée d'Otrobanda à une ruine perdue dans le *kunuku* de Barber représentait un grand pas en arrière. Mais la joie qu'elle montrait devant tous les efforts que déployait Max se révéla infiniment supérieure à la déception que lui procura son nouveau domicile. Elle ne savait que trop bien comment les hommes se comportent dès qu'ils apprennent qu'ils ont conçu un enfant. Dieu merci, Max n'était pas comme eux, constatait-elle, et elle remerciait le ciel de tant de bienfaits. Ce sont des larmes de bonheur qu'elle versa quand elle découvrit la bicoque.

Ils déménagèrent après le coucher du soleil, pareils à des voleurs au milieu de la nuit. Max entendait que tout soit en ordre pour l'arrivée du bébé. Ses dettes, il s'en occuperait après.

Une fois livrée à la solitude de Barber, Lucia compta les jours. Chaque matin, et même certains soirs, elle mesurait la circonférence de son ventre, me raconta Max. Lui travaillait sept jours sur sept, se battant pour chaque client, quelquefois au sens propre, tout à fait contre sa nature, bien que sa carrure dissuadât en général les autres d'en venir aux mains – quand les histoires sur son père ne suffisaient pas à les effrayer.

Il passait les nuits auprès de Lucia, bien que faire le taxi à ces heures lui eût rapporté plus. Une fois couché, il aimait poser le bras sur le ventre de sa femme dans l'attente des premiers mouvements que ferait leur enfant.

Lucia voulait une fille qu'elle pourrait maquiller et habiller plus tard. Elle avait déjà fabriqué des bijoux pour la petite, se surprenant à étaler la même habileté que sa mère. Max n'avait aucune préférence, il souhaitait juste que le bébé soit en bonne santé.

Je les aidais dans la mesure de mes moyens. De temps en temps, je leur apportais de la nourriture ou des vêtements. Un jour, j'ai obtenu un rendez-vous chez un médecin qui a examiné Lucia gratuitement – elle n'avait toujours pas senti le bébé bouger. Le médecin les rassura et leur fit entendre, avec son stéthoscope, les battements du petit cœur. Ils étaient au comble du bonheur. Max se décida enfin à annoncer la nouvelle à son père.

Depuis le décès de Myrna, ses rapports avec lui s'étaient sensiblement améliorés. Respectant sa promesse, il lui rendait visite une fois par semaine à Huize Welgelegen, parfois plus, quand il avait un client dans le quartier. La santé de Roy s'était stabilisée depuis qu'il avait souffert d'une pneumonie, peu après la mort de sa femme.

« De l'eau dans les poumons, avait dit le médecin.

— C'est ce qui arrive quand on ravale ses larmes », avait commenté Lola.

Il avait été contraint de garder le lit près de six mois. Pendant cette période, on avait redouté qu'il ne se remette jamais.

« Il a perdu le goût de se battre », estima l'infirmière en chef alors que Max venait de passer une heure au chevet de son père sans que celui-ci n'ouvre la bouche.

Malgré tout, on avait constaté une lente amélioration, en réalité depuis le jour où Max lui avait annoncé qu'il allait se marier.

« Il ne l'a pas montré, mais je pense que ça lui a fait quelque chose. »

Deux semaines plus tard, Roy pouvait se tenir assis dans son lit et, quinze jours après, il réclamait son fauteuil roulant pour qu'on l'emmène dans la grande salle. Et quand Max lui avait dit qu'il avait fait retaper la voiture pour le mariage, Roy affirma avec conviction : « Ah ! comme ça je pourrai conduire les jeunes mariés !

— Je veux me marier, *pai*, pas mourir. »

Quand il apprit qu'il allait devenir grand-père, il manifesta de l'enthousiasme, voire une certaine exubérance.

« *Mi ta bira padushi !* » s'écriait-il au milieu de la salle. Il allait devenir grand-père !

Les infirmières le félicitèrent, les autres résidents l'applaudirent, à croire que c'est lui qui avait pris la part la plus active dans la conception de l'enfant. Un large sourire lui barra la figure. Il avait soixante-huit ans, un bel âge pour devenir grand-père, estima-t-il.

Il demanda à Max s'il s'agissait d'un garçon. « Car les filles, ça coûte bonbon. Et on a à peine le dos tourné qu'elles sont déjà en cloque. »

Max maintint qu'il voulait un bébé en bonne santé, et que le sexe lui importait peu.

« Un garçon, insista Roy. Plus tard, il pourra conduire la Dodge. Trois générations de taxis. J'parie que ça s'est encore jamais produit.

— On verra, *pai*.

— Tant qu'il est noir, Max, fit Roy après l'avoir invité à se rapprocher. Tu s'rais pas le premier nègre à être le dindon de la farce.

— Lucia n'est pas comme ça, *pai*, assura Max en souriant. J'en mets ma main au feu.

— Prends garde, fiston, répliqua son père en plissant les yeux en deux fentes. Tu pourrais bien t'brûler les doigts. »

Le bébé était noir. Aussi noir que la nuit où il vint au monde beaucoup trop tôt.

Le matin, j'étais passé voir Lucia pour lui apporter du jus de fruits, du pain et des conserves. Si elle avait cherché à dissimuler sa grossesse, elle n'y serait pas parvenue. Comme elle avait coiffé ses longs cheveux rebelles en centaines de fines tresses, une prouesse qui avait dû lui prendre des heures, on ne pouvait pas non plus ne pas voir que sa figure s'était elle aussi empâtée. Pour la première fois, je reconnus sur son visage certains traits de Myrna.

Elle était chaleureuse. Reconnaissante. Elle parlait calmement, en adulte. L'enfant à naître avait déjà fait d'elle une mère.

« Encore trois mois ?

— Trois longs mois.

— Ça se passe bien ?

— J'pense que oui. Je n'ai ni nausées ni rien d'autre. Max m'a raconté qu'il avait fait souffrir sa mère jour et nuit quand elle était enceinte.

— Oui, Myrna m'en a parlé. "Le fils tout craché de son père" », disait-elle.

Elle m'invita à entrer boire une tasse de thé. Leur couche consistait encore en un matelas posé à même le sol. Le tabouret que Max utilisait naguère pour traire sa chèvre faisait office de table de nuit. Posées dessus, une lampe et une photo encadrée de Myrna, la même que celle accrochée au-dessus du lit de Roy. Pour leur toilette, ils utilisaient l'eau d'un seau, qui servait aussi à faire la vaisselle. Avec des pierres et des planches, Max avait fabriqué une étagère où ils entreposaient vêtements et ustensiles de cuisine. Avec des chutes d'un tissu gai, Lucia avait cousu des rideaux qui pendaient devant, tout en procurant une touche de couleur à l'espace grisâtre. À mon arrivée, elle était en train de reprendre une robe qui lui serrait un peu trop la taille. Dans un coin de la pièce, sur un réchaud à deux feux, elle mit de l'eau à chauffer pour le thé. Rosa, sa voisine, lui avait donné des herbes séchées. Cette mère célibataire vivait avec ses quatre enfants à une centaine de mètres de chez eux, dans une bicoque presque identique à la leur ; les trois filles allaient à l'école de Barber, le garçon n'avait que quelques mois. Lucia passait beaucoup de temps chez Rosa où elle gardait les enfants. Avec des perles de bois, elle avait confectionné des bracelets pour les filles, et avec du fil de fer et des cailloux, des boucles d'oreilles.

Quand elle m'eut raconté cela, elle se tut.

« Ta mère te manque ? »

Je croyais encore que le bébé allait rapprocher les deux femmes.

« Je n'ai plus de mère », répondit-elle, lapidaire.

Dans sa voix, je perçus l'écho de celle de Roy lorsque je l'avais interrogé pour la première fois sur son père.

Je demandai à Lucia s'ils avaient trouvé des prénoms pour le bébé.

Elle me dit que Max préférait ne pas en parler, cela portait malheur.

Ses paroles me surprirent. Je n'avais jamais relevé de relents de superstition chez Max.

« Mais si c'est une fille, moi je sais déjà comment l'appeler, précisa-t-elle avec conviction. Luna.

— Luna. Joli prénom. »

Luna. Lucia. Lola. En tout cas, elle ne renonçait pas à la tradition familiale.

Quand je suis parti, elle se tenait dans la porte, les bras sur son ventre gonflé. Le bébé était alors déjà probablement mort.

Le lendemain matin, Max vint me chercher dans ma classe. Je ne l'avais pas vu ni entendu arriver. Il frappa et attendit que j'ouvre la porte.

« Max ? »

Il restait planté sur place sans prononcer le moindre mot, me fixant de ses yeux vitreux. Sa grande carcasse oscillait légèrement. Derrière moi, les écoliers se mirent à chuchoter et à glousser. Je m'avançai dans le couloir et fermai la porte.

« Max, qu'est-ce qu'il y a ? »

Pendant un instant, je crus qu'il allait tomber, tel un arbre qu'on abat. Dans un sursaut, il se reprit et me dit en secouant la tête : « Le bébé… »

Il leva les yeux sur moi. Dans son regard perçait une infinie tristesse.

« Cette nuit, se mit-il à gémir. Lucia… elle a dit… »

Il était sur le point d'éclater en sanglots. Dans la salle de classe, les murmures s'amplifiaient. Je lui demandai de m'attendre, le temps de donner à mes élèves une tâche qui allait les occuper pendant un petit moment. Cela fait, je conduisis Max dehors.

Nous nous assîmes sous le grand manguier, là où, enfant, il patientait jusqu'à ce que sa mère eût fini le ménage. De l'autre côté de la cour de récréation, des élèves revenaient de leur leçon de gymnastique. Max ne releva pas même leur présence. Il se tenait penché en avant, les mains sur les genoux, les yeux rivés sur le sol. Et respirait bruyamment. Dès que les élèves eurent disparu, je posai une main dans son dos et lui fis part de ma consternation. D'un bref hochement de la tête, il m'exprima sa gratitude.

Je lui demandai comment se portait Lucia.

« Elle a perdu beaucoup de sang, mais le médecin assure qu'elle va se remettre. »

Il me raconta qu'elle l'avait réveillé au milieu de la nuit. Le matelas était tout mouillé. Elle croyait qu'elle perdait les eaux. Il avait allumé la lampe.

« Du sang, du sang partout… »

Il l'avait conduite aussi vite que possible à l'hôpital. Durant tout le trajet, elle avait crié qu'elle ne sentait plus de vie dans son ventre. À l'hôpital, ils l'avaient tout de suite emmenée en salle d'opération. Il n'avait pas été autorisé à l'accompagner.

Deux bonnes heures plus tard, le médecin lui avait fait part de la mauvaise nouvelle et l'avait conduit dans la chambre où Lucia était alitée.

Il se tourna vers moi. Un mince sourire de regret passa sur sa bouche.

« Un garçon. C'était un garçon. »

Je baissai la tête. Ses paroles m'émouvaient au plus profond de mon être. Mais je perçus aussi un début de colère à cause du sort qui le frappait une nouvelle fois. Il n'était pas mieux loti que Job dans la Bible. Lui aussi devait renoncer à tout, y compris à ses enfants.

« J'aurais aimé que les choses se passent autrement, Max. » Par ces mots, j'entendais tout, toute sa vie, depuis que je le connaissais, le jour où son père en le déposant à l'école de Barber – *Su nòmber ta Max.* Max Tromp – avait déterminé son futur.

« Merci, frère Daniel, fit-il en hochant la tête.

— Si jamais je peux t'être utile… »

Mes paroles lui rappelèrent apparemment ce pour quoi il était venu me voir en premier lieu. Tout à coup, en effet, il m'agrippa par le bras : « Faut que je l'enterre. Je l'ai promis à Lucia. Mais ils n'ont pas de cercueil pour lui. Faut que je le… que je le… »

Les mots ne franchissaient plus son gosier. Il jetait des regards angoissés à la ronde ; ses yeux s'arrêtèrent sur la Dodge, garée sous un arbre devant l'école, et se raccrochèrent à elle. Une sensation d'oppression m'envahit.

« Max, le bébé ? Il est où ? »

Il n'avait pas l'air de m'entendre. Il me dit : « Je ne sais pas ce que je dois faire, frère Daniel. Je ne sais pas. »

On leur avait donné le choix : emporter le bébé ou le laisser à l'hôpital.

« Qu'est-ce que vous allez en faire ? » avait demandé Lucia.

Le gynécologue lui avait expliqué que le bébé étant

mort avant la naissance, il n'avait jamais existé aux yeux de la loi. Pour cette raison, il ne pouvait être baptisé.

« Et alors ? » avait-elle insisté.

La réponse, si elle manquait de tact, avait le mérite d'être honnête. « Cela part avec les déchets. Comme un membre amputé. »

Lucia avait supplié Max d'enterrer le bébé. Il avait emporté le cadavre et, à l'aube, s'était rendu chez un entrepreneur de pompes funèbres. Celui-ci n'avait que de grands cercueils en stock. Et puisque le bébé ne pouvait de toute façon avoir de tombe, avait précisé le bonhomme à un Max qui n'avait pas besoin de ça pour être désespéré : « Dans un cas comme ça, on le met directement dans un trou. »

Comme s'il s'était agi d'un chien crevé. Max avait quitté les lieux sur-le-champ. Pendant une heure, il avait roulé sans but.

« Vous voulez le voir ? »

Nous nous étions approchés de la voiture. J'avais rassuré Max. Je les aiderais à enterrer dignement leur enfant.

« Dans un cercueil ?

— Dans un cercueil, Max. »

Il ouvrit la portière, se pencha de tout son corps et réapparut en tenant le cadavre, enveloppé dans un linge blanc bien trop grand. Max était tout aussi précautionneux que maladroit. Le linge s'écarta alors qu'il se tournait vers moi.

Un vrai bébé, un vrai petit garçon. Mais terriblement petit. Et dans les paluches de Max, il paraissait bien plus petit encore.

« Il a tout ce qu'il faut, chuchota Max, comme s'il

avait peur de réveiller le bébé. Deux bras, deux jambes, dix doigts, dix orteils…

— Ton nez. »

Ma remarque lui tira un sourire éphémère.

Du pouce, je traçai une croix sur le front de l'enfant. Max suivit ce geste avec un léger étonnement dans son regard.

« De toute façon, il va aller en enfer, non ? »

Quelqu'un avait dû lui glisser cette idée. Or, rien de plus faux. L'Église enseigne qu'un enfant mort-né reste, jusqu'au jour du Jugement dernier, dans les limbes, un lieu entre ciel et enfer. Il ne peut en effet voir Dieu en face puisqu'il est chargé du péché originel.

Mais cela, je n'en fis pas part à Max. Je secouai la tête de droite à gauche et lui assurai : « Il va au ciel. C'est ce que Jésus a dit. Il a dit : "Laissez les enfants venir à moi, car le royaume de Dieu est à ceux qui leur ressemble." Voilà ce qui figure dans la Bible, Max. »

Du soulagement passa sur son visage, comme s'il se trouvait lui-même libéré d'un péché.

Je jetai un dernier regard sur celui du bébé et rabattis le linge sur lui.

« Je passe quelques coups de fil. Pour voir ce que je peux faire. Tu m'attends ici ?

— Je ne pars pas sans vous, frère Daniel. »

J'appelai d'abord le curé de Barber et lui expliquai la situation. Mais ce vieux dominicain se refusait à faire une exception. Pour de tels cas – c'est le mot qu'il a utilisé –, il existait un endroit spécial juste en dehors de l'enceinte du cimetière, une terre qui n'était pas consacrée. Il ferait creuser un trou.

Je contactai dans la foulée frère Bertus pour lui demander de confectionner un cercueil de toute urgence. Quand il me demanda les dimensions, je fus tellement ému que je dus respirer profondément à plusieurs reprises avant de pouvoir prononcer un mot.

Nous allâmes chercher le cercueil à Seru Grandi, où frère Bertus, épaulé par des garçons de l'école technique, transformait une habitation. J'étais au volant. Max se tenait tout raide sur le siège passager, le bébé sur ses genoux.

Frère Bertus nous invita à entrer dans la maison où il avait entreposé le cercueil. Quand Max s'avança sur le terrain, les garçons perchés sur les échafaudages posèrent leurs outils et joignirent les mains.

« Les voir là, ces gars, ça m'a fait quelque chose », reconnut Max par la suite.

Le cercueil était fait de planches de façade poncées. Beau bois blanc. Max ralentit le pas et ouvrit la bouche à la recherche d'un peu d'air. Frère Bertus lui demanda s'il devait l'aider à fermer le cercueil. Max répondit qu'il se chargerait de tout lui-même.

Je l'attendis dehors. L'entendant clouer le couvercle, j'eus du mal à retenir mes larmes. Je fermai les yeux et marmonnai une prière.

En rentrant à Barber, je lui demandai si Lucia et lui avaient pensé à un prénom pour le bébé. Il répondit par la négative ; or, il était à présent trop tard d'autant qu'on ne pouvait le faire baptiser.

« Mais un prénom pour vous deux, insistai-je. Quand vous voudrez penser à lui. »

Il en parlerait à Lucia. Il dit cela sans guère de conviction.

Le fossoyeur nous attendait. Il nous conduisit sur un terrain derrière le cimetière, qui n'était pas même délimité. Seul repère, un *wabi* tout sec. Pour le reste, ni croix ni pierres tombales.

Le trou était large mais peu profond. Un chien n'aurait eu aucun mal à déterrer un corps. Le fossoyeur se plaça à côté de la fosse, mains appuyées sur sa pelle. Je dis à Max que rien ne l'obligeait à se dépêcher, mais apparemment, il n'aspirait pas lui non plus à traîner. S'agenouillant, il déposa le cercueil dans le trou puis se releva lentement. Le fossoyeur se redressa. Je lui fis signe d'attendre une seconde.

« On dit une prière, Max ? »

Il esquissa un haussement d'épaules. Aussi, je pris moi-même la décision. Je me signai et joignis les mains. Max m'imita et nous priâmes ensemble le Notre Père. Au début, Max hésita, mais sa voix gagna bien vite en force, il pria de plus en plus fort, comme s'il tenait à annoncer à Dieu, là-haut dans le ciel, la venue de son fils.

Quand nous eûmes terminé, je vis des larmes sur son visage, qu'il s'empressa d'essuyer du dos de la main. Il hocha la tête en direction du fossoyeur, lequel jeta une première pelletée dans la fosse. Les grumeaux de terre sèche tombèrent sur le couvercle du cercueil dans un tambourinement.

## 19 JUILLET 2001 – 3 H 05

Dans deux heures exactement, l'avion de Max atterrira. C'est le moment où frère Bertus et frère Jan se lèvent, comme moi d'habitude. Tous les matins à cinq heures et demie, nous commençons par prier ensemble, puis prenons le petit déjeuner et, à six heures et demie, chacun se met en route vers une destination différente, en ce qui me concerne l'un des nombreux quartiers défavorisés pour y distribuer des vêtements et des jouets, quant à frère Jan le centre d'accueil pour les drogués à Otrobanda et, pour frère Bertus, la énième maison qu'il rénove.

Le gynécologue avait dit à Lucia qu'elle pourrait retomber enceinte. Aussi refoula-t-elle son chagrin en choyant son désir d'avoir un deuxième enfant. Pour Max, cela ne pressait pas. Il entendait d'abord achever de mettre en état la maison. Peut-être rembourser certaines de ses dettes. Ils n'avaient plus de loyer à payer, l'eau que donnait le sol ne coûtait rien, ils captaient illégalement l'électricité. Si les choses tournaient un peu en leur faveur, il parviendrait même à mettre un peu d'argent de côté. Cette fois, il tenait à bien préparer la venue d'un enfant. Lucia avait d'ailleurs déjà laissé entendre qu'elle aimerait avoir un appareil photo au moment où l'accouchement s'annoncerait.

« Je suis prudent, frère Daniel, j'ai retenu la leçon », me rassura Max.

En attendant, il faisait à nouveau de longues journées. Et parfois même, les nuits. Il n'avait pas le choix. La crise perdurait. En outre, la Shell avait quitté l'île. De nombreux Blancs fortunés étaient retournés aux Pays-Bas. La vieille raffinerie avait été transférée au gouvernement, qui la louait, mais à un prix trop bas, à une entreprise étatique vénézuélienne, laquelle était qui plus est dispensée de payer l'impôt sur les bénéfices. Cet accord n'avait fait qu'appauvrir toute l'île.

« Et pendant ce temps, les politiciens se remplissent à nouveau les poches, soutenait Max. Et comme ils sont en plus au conseil d'administration de la raffinerie ISLA, ils prennent leur part de bénéfices avant que ceux-ci soient versés au Venezuela. Tandis qu'moi, je vais et viens toute la sainte journée pour une poignée de florins. Heureusement que ma petite affaire marche bien. »

Il voulait parler des bijoux que Lucia fabriquait en verre, perles, coquillages et morceaux de corail, qu'il offrait à la vente à ses clients. À la fin de certaines journées, ça lui rapportait plus que les courses en taxi.

« Ce sont des pièces uniques et bon marché. C'est ce que veulent les touristes. Ils rechignent à ouvrir leur porte-monnaie, sauf parfois pour un souvenir original. »

Pour Lucia, fabriquer des bijoux, ça lui permettait d'échapper à l'ennui et à la solitude, car elle ne sortait jamais de Barber. Si elle se risquait ailleurs, elle craignait de croiser sa mère ou un autre membre de la famille. Max lui avait suggéré de rembourser peu à peu ce qu'ils devaient à Lola, mais elle avait catégoriquement refusé. Il n'avait pas insisté davantage.

Max tint sa promesse et retapa la bicoque. Chaque fois que je me rendais chez eux, il avait avancé, souvent avec plus d'enthousiasme que de compétence, à moins qu'il n'eût investi dans des choses qui amélioraient considérablement le confort. À l'intérieur, il avait placé un évier et un plan de travail ; au plafond, un ventilateur apportait de la fraîcheur ; dans la chambre à coucher, ils dormaient désormais dans un lit en fer ; dans l'autre pièce, il carrela la moitié du sol. À l'extérieur, il avait fabriqué des volets et réparé les pales de l'éolienne si bien qu'il n'avait plus besoin de transporter de lourds jerrycans d'eau. Dans l'ancien potager de sa mère, il avait arraché les mauvaises herbes et les buissons et épandu du fumier. Lucia y faisait pousser avec succès des haricots, des citrouilles et des pastèques. Ce qui n'entrait pas dans leur propre consommation, Max le mettait dans le coffre et le vendait à un marchand, parfois à un client.

Mais entre-temps, les mois passaient, une année s'écoula, puis une autre, et plus la maison s'améliorait, plus il devenait évident qu'il leur manquait quelque chose d'essentiel.

« Faudrait pas qu'il se fasse encore attendre trop longtemps, hein. »

Une phrase de Max. Il me dit ça en s'efforçant de sourire, ce qui lui en coûtait de toute évidence. Je savais pourquoi. Chez Lucia, le désir d'avoir un enfant s'était transformé en désespoir. Quand j'évoquais le sujet avec elle, elle se montrait avare de mots, lesquels me rappelaient cependant ceux de Myrna : une femme, c'est fait pour avoir des enfants. Cette idée faisait peser une grande pression sur la jeune femme. Elle se mit à se méfier de Max. Pourquoi rentrait-il si tard ? Fréquentait-il d'autres femmes ?

« Elle a peur que je la laisse tomber, me confia Max. Ça ne fait pas sens, bien sûr.

— Tu le lui as dit ? »

Son regard erra dans le vide.

« Parle-lui, Max, repris-je. Également du bébé que vous avez perdu.

— Ça remonte déjà à un bout de temps.

— C'est une blessure qui ne guérit jamais. Parle-lui. »

Il ne trouvait pas les mots pour exprimer ce qui se passait en lui. Du moins pas devant elle. Avec moi, il parlait.

Il passait me voir environ une fois par semaine à l'école, les leçons finies, quand il constatait que ma camionnette était encore garée dans la cour de récréation. Dans la salle de classe, il pliait sa carcasse en deux pour prendre place sur l'un des bancs où il avait usé quelques fonds de culotte, reconnaissait l'une des cartes accrochées au mur ou l'un des exercices au tableau. Il ne s'attardait jamais plus de vingt minutes. Nous causions de son travail, de l'école, de politique, de l'île, n'évitant aucun sujet, et quelquefois il en venait, comme s'il s'était agi d'un fruit mûr qui tombait inopinément au milieu de la conversation, à Lucia.

« Mais je l'aime. Ne croyez pas que…

— Je ne le crois pas.

— Elle, oui.

— Tu t'attends vraiment à ce qu'un frère te conseille en matière d'amour ? »

Une expression amusée sur la figure, il secouait la tête en signe de dénégation.

« Non, vous, vous m'écoutez. C'est déjà bien.

— Parle-lui, Max. C'est tout ce que je peux te dire.

— J'vais essayer, frère Daniel. »

Ces paroles prononcées, il tambourinait avec ses

doigts sur le banc, mettant de la sorte fin à notre discussion puis s'en allait pour privilégier à nouveau le silence.

Depuis que Max avait appris à son père la fausse couche, leurs rapports s'étaient fortement détériorés. Roy ne semblait à même d'exprimer sa déception que d'une façon : faire des reproches à son fils à chacune de ses visites.

« À quelle vitesse t'as roulé ? J'suis sûr que t'as pas roulé assez vite pour aller à l'hôpital. »

« T'aurais dû la faire examiner plus tôt. T'as trop attendu. »

Max se montrait sage en s'abstenant de toute réplique. Il regardait sa montre et comptait les minutes jusqu'au moment de prendre congé. À l'origine, sa visite hebdomadaire durait une heure, puis cela passa à trois quarts d'heure et enfin à une demi-heure.

L'infirmière en chef m'avait dit que Roy était constamment grincheux. Voire désagréable. Il se plaignait de tout. La chaleur dans le bâtiment : insupportable. Son lit : mal fait. La nourriture : trop froide ou trop chaude. Les infirmières : pas gentilles. Les autres résidents n'échappaient pas non plus à ses critiques. Il les accusait de le voler et de répandre des racontars à son endroit. Dans le dortoir, il râlait contre ceux qui ronflaient ou qui se tournaient et se retournaient dans leur lit. Plusieurs fois par nuit, il actionnait la sonnette accrochée au-dessus de son lit pour appeler l'infirmière de nuit. Il réclamait des pilules car il avait trop mal.

Seule cette dernière chose correspondait peut-être à la réalité. Les rhumatismes avaient atteint sa nuque. Le moindre mouvement qu'il faisait de la tête lui causait une vive douleur, du cou à l'épaule gauche, comme si une lance lui avait transpercé le haut du dos.

Finalement, les infirmières décidèrent de l'installer dans une chambre à part, même si sa maigre pension ne pouvait lui permettre de la payer.

Les choses allèrent alors un peu mieux pendant un certain temps.

« Une promotion, disait-il à qui voulait l'entendre. Le roi d'Huize Welgelegen.

— Le bouffon », répliquaient les infirmières.

Il croyait qu'elles blaguaient.

Après quelques mois, le venin fit son retour. Max eut à en souffrir, plus que quiconque, cette fois parce qu'il n'arrivait pas à mettre Lucia enceinte.

« T'es sûr, t'as pas besoin d'aide ? »

« Tu vas pas m'dire que t'es un *mariku*, hein ? »

Et d'autres gracieusetés que Max n'osait pas me répéter. Comme par le passé, il laissait les choses glisser sur lui. Jusqu'au jour où Roy lui dit : « Si tu veux m'dépasser, va falloir que tu te grouilles. Quel âge t'as ? Trente-quatre ans ? Aïe aïe ! J'en ai fait onze, moi, onze. Plus que ce que tu peux compter sur les doigts de tes deux mains. Ha ! »

Max fut incapable de se contrôler plus longtemps. « Ils sont où, *pai* ? Les dix autres ? Ils viennent te rendre visite ? Moi, je les ai jamais vus. Et toi ?

— Ils sont ingrats, se défendit Roy.

— Non, ils ne sont pas aussi fous que moi. Ils te laissent pourrir ici comme un chien galeux. Et ils ont bien raison.

— Je leur crache à la gueule. Tiens. Pfuut.

— Merde, *pai* ! fit Max qui s'empressa d'essuyer avec son mouchoir la salive échouée sur le carrelage. Si je n'avais pas fait cette promesse à *mai*, moi aussi je te laisserais crever, sache-le ! »

« Ah, frère Daniel, ce sont des taquineries, rien de plus. Comme autrefois, avec mes collègues. Autrement, la vie ici serait d'un ennui…

— Si Max te laisse tomber, tu n'auras plus personne.

— Bah. Max.

— Les infirmières elles aussi préféreraient être débarrassées de toi.

— Elles touchent la totalité de ma retraite ! Moi, j'en vois même pas la couleur. Pas un *cent*. En échange, elles peuvent se décarcasser un peu pour moi, croyez pas ?

— Tu as déjà une chambre à toi.

— C'était pas trop tôt. Ça fait plus de dix ans que j'suis ici. »

Impression de parler à un mur.

Lucia maigrissait à vue d'œil. À Max, elle assurait manger bien assez, ce qui ne pouvait en réalité être beaucoup. Il ne voulait pas qu'elle pense qu'il cherchait à la contrôler ; aussi évitait-il de se lancer dans une discussion à ce sujet avec elle. Il en fallait tellement peu pour l'émouvoir. Quand elle ne pleurait pas pour la moindre raison. Et la nuit, elle frissonnait comme un tout petit animal.

Craignant que les choses empirent, il tenait à passer plus de temps avec elle. Voilà pourquoi il prit une décision que son père, savait-il, désapprouverait. Il allait louer ses services comme coursier auprès d'une société de transport. Cela lui éviterait de rouler au hasard à la recherche de clients ou d'attendre des heures en vain sur la place Brión, dans le port ou ailleurs sur l'île. Six matins par semaine, il devrait se présenter au siège social de Punda, où il recevait des ordres pour le reste de la journée. Il gagnerait moins, devant renoncer à une bonne part des commissions, mais bénéficierait en revanche de la sécurité de l'emploi. Lucia était contente, m'assura-t-il. Elle n'aurait plus à se faire de souci au sujet des lieux où il se rendait.

Comme prévu, Roy, lui, n'était guère enchanté.

« Livrer des paquets avec la Dodge, fit-il à Max sur un ton méprisant. *Shame on you.* Tu déshonores la profession. Et moi en même temps.

— C'est la crise, *pai*, répondit Max en gardant son calme. J'ai pas le choix. À ton époque, les clients faisaient la queue.

— Mon époque n'est pas encore révolue.

— Non, bien sûr que non. Ici, le temps s'est arrêté pour l'éternité. »

Roy souffla à quelques reprises par le nez comme un taureau, l'ultime façon pour lui d'évacuer physiquement son irritation. Puis il aboya : « Tu renonces à ta liberté. Tu n'es pas plus à envier qu'un esclave.

— À l'heure actuelle, *pai*, je suis l'esclave du hasard. Je vais travailler comme coursier, quoi que tu en penses. Je le fais pour Lucia. »

Dans la défaite, Roy se montra mauvais joueur. Il fit aller son regard de gauche à droite à toute vitesse, puis lança : « Pour une femme qu'est pas capable de t'donner des mioches. Pfff, laisse-la donc tomber. Elle te mérite pas. »

La seconde suivante, Max lui décochait une gifle sur le côté droit du crâne. Roy en resta bouche bée. Puis il s'écria, avec une satisfaction presque sardonique : « Toi aussi, tu l'as, hein ? Il est aussi en toi, le mal. Je l'savais. C'est dans nos gènes, Max. Dans la famille ! » hurla-t-il, car Max venait de quitter la pièce.

Peu de temps après, j'ai tout raconté à Max : son grand-père originaire de Saba, l'alcool, l'agressivité, son père, les coups qu'il prenait, sa fuite à Aruba, le mal dont il croyait avoir hérité.

« Ça me semble plutôt une excuse pour se soustraire à sa responsabilité de père, ajoutai-je. Même s'il croit dur comme fer dans son histoire.

— Il croit tous ses mensonges. »

Max fixa le vide pendant un moment, le menton posé sur ses mains croisées, et finit par dire : « Mon père est donc fils unique. »

Je lui dis que oui et, dans une tentative de soutirer un sourire à son visage soucieux, j'ajoutai : « Ta mère disait même que c'était un miracle si de la vie est sortie des couilles de ton grand-père. »

Ma phrase s'écoula sur lui comme du plomb. Il se figea de la tête aux pieds. Je compris trop tard ce qui le choquait à ce point.

J'aurais pu me gifler.

« À cause de l'alcool, bien sûr, c'est ça qu'elle voulait dire », m'empressai-je de préciser.

Un commentaire inutile. Max ne semblait plus m'écouter.

« Et moi, frère Daniel ? me demanda-t-il en me regardant dans le blanc des yeux. J'en ai combien de frères et de sœurs ? »

Même si j'avais voulu mentir, j'en aurais été incapable. Je secouai lentement la tête de gauche à droite. Cela suffisait.

Lui hocha la sienne de bas en haut. Puis plusieurs fois de suite. En des mouvements secs. En même temps, les commissures de ses lèvres s'abaissèrent. J'eus l'impression qu'un fluide quittait son visage, son corps.

« Merci pour votre temps, frère Daniel. »

Il quitta alors le banc et se dirigea directement vers la porte sans plus m'accorder le moindre regard.

Nous ne nous revîmes que deux mois plus tard. Je m'étais absenté trois semaines en Hollande et, à mon retour, avais croulé sous les paperasses correspondant à mes nouvelles fonctions de directeur. Frère Tinus prenait sa retraite, on me demandait de lui succéder. J'avais enseigné pendant plus de vingt ans, toujours avec plaisir, mais je me sentais prêt à relever un nouveau défi. J'avais vu bien trop de talents se perdre, non à cause de la mauvaise volonté ou de l'ignorance, mais de la pauvreté, de la faim, de la maladie et de parents indifférents, absents ou drogués, ces trois choses à la fois dans certains cas. Cela n'avait jamais changé, bien au contraire ; un nombre toujours plus élevé de mes anciens élèves ne finissaient pas leur secondaire et se retrouvaient livrés à la rue sans diplôme. En tant que directeur d'école, j'espérais pouvoir améliorer les conditions dans lesquelles les enfants grandissent, entre autres en impliquant plus étroitement les parents dans la vie scolaire et ainsi éveiller leur enthousiasme et leur intérêt. Je voulais aussi organiser des cours pour les éclairer, des soirées d'information, plus de journées portes ouvertes ; peut-être pourrait-on inaugurer une cuisine dans l'école.

Frère Tinus fit l'éloge de mon état d'esprit, mais me mit en garde : les tâches quotidiennes n'allaient pas tarder à me ramener les deux pieds sur terre. Au bout d'une semaine, alors que l'année scolaire n'avait pas même commencé, je compris ce dont il avait voulu parler. Documents, formulaires, factures, rapports, diagrammes – pour chaque florin du peu d'argent que nous recevions du gouvernement, nous devions justifier de tout en plusieurs exemplaires. Je perdis courage. Je m'étais attendu à passer plus de temps au milieu des gens, et bien moins entre quatre murs.

Pendant mon séjour dans la maison mère, frère Tinus avait vidé son bureau et l'avait fait repeindre. Il disposait d'assez d'argent pour remplacer la ronéo à bout de souffle par une photocopieuse, qui occupait moitié moins de place.

Fier, il m'a montré le nouvel appareil : « Nous sommes enfin entrés dans le XX^e siècle. Bienvenue. »

Je me trouvais là quand Max passa à l'improviste à la fin août. Il se tenait dans la porte. Sa carcasse projetait une grande ombre sur mon bureau. Je sursautai, surtout par honte. Après notre dernière conversation, je n'avais pas pris le temps d'aller le voir. Trop de travail à cause de mes nouvelles fonctions. Pris au dépourvu par toute la paperasse. Excuses bon marché qui me servaient à peine à tenter d'apaiser ma conscience. Pour être honnête, ne sachant pas comment je pouvais reprendre avec lui le fil de nos conversations, j'avais chaque fois repoussé le moment de lui rendre visite.

Chez lui, je ne décelai ni honte ni réserve. Il siffla entre ses dents : « Ça alors, frère directeur, vous vous êtes bien débrouillé ! »

Je le connaissais depuis assez longtemps pour voir tout de suite que sa gaieté n'était pas feinte. Cela évacua sur l'instant une bonne partie de mon malaise.

« Je m'appelle toujours frère Daniel, souris-je. Les titres honorifiques, ce n'est pas pour moi.

— Ne faites pas le modeste. Après toutes ces années, vous l'avez bien mérité. Et vous avez déjà un remplaçant, j'ai vu. Je viens de passer dans votre classe. Un homme encore jeune.

— Maître Gerardo, un ancien élève », dis-je, me rendant compte trop tard combien cette précision pouvait lui sembler amère.

Apparemment, cela ne lui fit rien : « Enfin quelqu'un qui ne va pas chercher fortune en Hollande. Hier, j'ai conduit une énième famille à Hato. Une mère et ses trois enfants adultes. Sept valises calées dans le coffre. Tous leurs biens. Ils déménagent pour de bon. Ils avaient gardé juste de quoi payer les billets et le taxi. »

Il dégageait un supplément d'énergie, comme s'il avait été prêt à affronter le monde entier, un tout autre Max que celui de notre dernière rencontre.

Il releva alors que la ronéo avait disparu. Ainsi que toute l'encre qui maculait le mur.

« Moi aussi, ils auraient bien fait de me repeindre, fit-il, un sourire mélancolique sur les lèvres, et il s'avança pour examiner la photocopieuse. Vous savez que tous ces nouveaux appareils ne sont pas faits pour durer. Des gadgets techniques. Un rien les enraie. Plus rien n'est comme avant. Regardez la Dodge. Près d'un quart de siècle et un moteur qui bourdonne toujours comme une abeille. »

Sa bouche ne cessait de remuer. J'arrivais à peine à placer un mot. Finalement, je l'ai invité à s'asseoir. Il tergiversa puis se décida tout de même à occuper l'une des trois chaises placées en face de moi.

Après une hésitation, il se pencha légèrement en avant et me fit signe de me pencher moi-même vers lui.

« Je dois vous dire quelque chose, frère Daniel, commença-t-il sur un ton confidentiel. Lucia ne veut pas encore que j'en parle, mais elle est enceinte. Dix semaines. »

Il opina du chef à quelques reprises comme s'il lui fallait se convaincre lui-même de cette réalité. Puis il s'affala sur sa chaise, mains croisées sur le ventre.

Je le dévisageai, agréablement surpris. Ses yeux scintillaient. « Mes félicitations, Max. Je suis content pour toi. Vraiment.

— Merci. Moi aussi, je suis heureux. C'est… c'est… »

Comme il n'arrivait pas à formuler sa pensée, il tapa du plat de la main sur sa poitrine. Une seconde plus tard, il se penchait à nouveau vers moi.

« N'en parlez pas à mon père, d'accord ? Je préfère qu'il n'en sache rien pour l'instant. C'est mieux pour tout le monde. Imaginez si jamais… »

Il ne finit pas sa phrase. Sa joie devait déjà laisser la place à l'incertitude des sept prochains mois.

« Je suis muet comme une tombe, Max. »

Je m'enquis de son travail de coursier. Il y avait renoncé dès qu'il avait appris que Lucia était enceinte. De la sorte, il pouvait organiser son emploi du temps, mais surtout gagner plus.

« Ces sociétés ne font que vous exploiter. Mon père avait raison. Et franchement, ils voulaient que je transporte des colis sans me dire ce dont il s'agissait. Faut pas être grand clerc pour savoir ce qu'ils contiennent, hein ? Mais pas de danger, je me méfie. Je ne veux pas moisir à Koraal Specht. Je veux pouvoir jouer et faire le fou avec mon gosse. J'ai déjà un certain âge. Je ne veux pas qu'il garde de moi le souvenir d'un vieux bonhomme. »

Il avait alors trente-cinq ans, un an de moins que Roy lorsqu'il était devenu père.

Cette fois, la grossesse se passa sans aucun problème. Lucia prit des kilos assez vite. Son ventre grossissait à vue d'œil. Le bébé était un sacré garnement. Donnant des coups de pied, tournant, basculant – une grande différence avec le premier.

« Ça promet ! » disait Lucia.

Je les voyais tous les deux le dimanche à l'église de Barber. Si je ne m'abuse, ils n'ont pas manqué une seule célébration au cours des mois en question. Le fanatisme de Max me frappait. Le sérieux avec lequel il priait. L'entrain qu'il mettait à chanter. Lors de la quête, il était le seul à déposer un billet de banque et non une pièce dans le plateau. Il était fébrile et anxieux, alors que Lucia se sentait apaisée depuis le début de sa grossesse. Fini les crises de larmes, fini les accès de colère. Plus une onde de méfiance. Plus aucun reproche. Elle avait retrouvé rire et sourire. Quand je lui demandais comment elle allait, elle répétait la même blague, semaine après semaine.

« Lourde », disait-elle avant de porter les mains sous son ventre rond et de le soulever de quelques centimètres.

Un dimanche, elle se laissa aller à dire : « Je suis tellement heureuse d'avoir Max.

— Qu'est-ce que tu dis ? demanda ce dernier, qui venait de nous rejoindre.

— Je parlais à frère Daniel. »

Certaines choses n'avaient pas changé.

## 19 JUILLET 2001 – 3 H 51

J'ai été le premier à apprendre la nouvelle. Depuis la maternité, Max m'a appelé à l'école. Dès qu'il entendit ma voix, il s'écria : « Il est là, frère Daniel ! Un garçon. Sonny ! Sonny ! »

Sa joie m'éclaboussait à travers le combiné.

« Trois kilos sept. Un petit gars robuste, m'a dit la sage-femme. On en voit pas souvent des comme ça.

— Un vrai Tromp, si je comprends bien.

— C'est le cas de le dire. Lucia en a bavé. Mais tout s'est bien passé. Elle va sortir de la salle d'accouchement. Faut que j'y aille. Mais je tenais à vous le dire. Sonny ! Sonny Tromp ! »

« Une prison sur roues. » C'est la définition que Max employait à propos de la Dodge dans les premières années qui suivirent la naissance de Sonny.

Il aurait aimé passer plus de temps avec son fils, mais puisque l'économie se redressait enfin, il entendait battre le fer tant qu'il était chaud. Il était prêt dans le port quand un bateau de croisière arrivait, à Hato quand un avion atterrissait et sur la place Brión parfois jusqu'à une heure tardive.

« Je veux que Sonny ait un avenir, me disait-il, et non pas qu'il en soit réduit à faire le taxi.

— Ce n'est pas ce que ton père souhaite.

— Mon père a déjà envoyé un rêve dans le décor. C'est bien assez comme ça. »

La peur que lui inspirait l'avenir de Sonny n'était pas irraisonnée. La crise avait laissé de profondes cicatrices sur l'île. Plus de trente pour cent de la population active sans emploi, voire cinquante pour cent parmi les jeunes. Nous, les frères, nous n'avions pas besoin de chiffres pour savoir combien les choses allaient mal. Sandwichs, eau, vêtements, avant même d'avoir chargé quoi que ce soit dans la camionnette, il arrivait que nous en ayons déjà distribué plus de la moitié. Nous voyions beaucoup de nouveaux visages, la plupart de couleur foncée dans toutes les nuances jusqu'au noir. D'autres, qui sollicitaient notre aide depuis des années, ne se manifestaient plus ; on les retrouvait dans un bâtiment délabré, où ils comblaient le vide de leur existence, jour après jour, en avalant alcool et médicaments, en prenant du haschisch, de la marijuana et de plus en plus souvent de la coke. Les barons de la drogue colombiens avaient découvert Curaçao, entre autres comme port de transit. La criminalité augmentait dans toute l'île. Cambriolages, attaques à main armée, règlements de comptes, ça allait de mal en pis.

« Il y a des quartiers où je préfère ne plus aller, reconnaissait Max. Beaucoup trop dangereux. »

On équipa de nombreuses maisons de grilles, d'alarmes et de chiens de garde. Et plus personne ne se retournait sur autrui. La solidarité disparaissait, les voisins se méfiaient les uns des autres, des membres d'une famille en abandonnaient d'autres à leur sort, on se débarrassait des personnes âgées. Ceux qui en avaient la possibilité partaient s'installer aux Pays-Bas dans l'espoir d'y trouver le bonheur, ou du moins des aides sociales plus élevées.

De même, à un haut niveau, ça tournait mal. Ce qui ne manquait pas d'inquiéter Max. « Des investisseurs étrangers couvrent notre littoral de béton – bungalows, hôtels, *resorts* – où les touristes s'empiffrent à longueur de journée jusqu'à éclater. Plus personne ne fait de l'argent en ville. Ceux qui font des profits les blanchissent dans les casinos. Au su de nos politiciens. Bien évidemment ! Pendant ce temps, nous, il nous reste à danser devant le buffet ! Nous n'avons plus rien. Même histoire avec l'ISLA. On ne tire jamais la moindre leçon.

— Tu tiens de plus en plus un discours de chauffeur de taxi, relevai-je sur un ton moqueur, même si je comprenais qu'il s'emporte.

— J'essaie de mettre des sous de côté pour Sonny, mais je peux m'estimer heureux dès lors qu'il ne souffre pas de la faim. Et plus heureux encore quand je peux lui acheter un tee-shirt ou un pantalon. Il porte les habits trop petits du fils de notre voisine, des habits usagés que sa mère s'est procurés chez vous. Vous imaginez ! »

Mais tout bien considéré, il était enfin heureux. Ça se voyait, ça s'entendait. Le vide dans sa maison et dans son cœur, c'était de l'histoire ancienne. Qui plus est, Sonny était un enfant joyeux. Il riait beaucoup, avait commencé à parler très tôt, se montrait dégourdi, un peu têtu à l'occasion.

« Il tient ça de sa mère », assurait Max. Ce que Lucia ne réfutait pas : « Je suis heureuse qu'il ait un tout petit peu de moi. Regardez un peu pour le reste : son père tout craché. »

Une fois par semaine, Max essayait de rendre visite à son père avec sa famille. Ensuite, il arrivait qu'on voie la Dodge devant un McDonald's et son terrain de jeux ou dans une baie publique. Depuis qu'elle était mère, Lucia se moquait de croiser des membres de sa famille. Son bonheur, elle ne le cachait à personne. Max lui avait redemandé s'il devait ou non rembourser leur dette à sa mère.

« Cet argent, c'est pour Sonny, répétait Lucia, intraitable. Un cadeau de ma mère à son petit-fils. »

« Les femmes antillaises peuvent se montrer aussi dures que de l'acajou », m'assurait Max.

Il avait réussi à cacher, jusqu'au dénouement, la grossesse de Lucia à son père. Garder ce secret avait été bien moins difficile que de garder le silence sur les mensonges que Roy avait répandus sa vie durant. Cependant, il n'avait pas cherché à froisser la fierté de son géniteur. C'est tout ce qu'il lui reste, se raisonnait-il en voyant le corps imposant de son père réduit à l'état d'épave.

Apprenant qu'il avait un petit-fils, Roy se montra d'abord incrédule, puis il afficha une grande indignation puisque Max avait gardé sa langue pendant neuf mois.

« Je veux pas le voir. Et toi non plus, plus jamais », avait-il aboyé, froissé.

Malgré tout, la première fois que Max et Lucia lui rendirent visite avec Sonny, il se laissa vite amadouer, d'autant que les infirmières s'exclamaient que le garçon lui ressemblait.

« Il sera aussi beau que vous, j'en suis sûr, monsieur Tromp. »

Roy fit immédiatement part de son inquiétude à Max : « T'as pensé à enterrer le cordon ombilical sous le seuil de la porte, j'espère ? »

Oui, Max y avait pensé.

« Et le placenta, tu l'as enterré là où personne ne peut

le trouver ? Sinon, y en a qui pourraient l'utiliser pour *brua*. Ils lâcheraient des mauvais esprits sur ton fils. »

Ça aussi, Max y avait pensé. Croyance, superstition, il embrassait tout, dans la mesure où ça pouvait servir à l'avenir de Sonny.

Sonny exerçait sur Roy un bien meilleur effet que l'un quelconque de ses médicaments. De fait, il supportait mieux la douleur. Son humeur s'améliorait. En tant que grand-père, aucune responsabilité ne lui incombait ; divertir et amuser, voilà la seule tâche qui lui revenait. Il faisait des grimaces, imitait des sons, laissait Sonny grimper le long de ses jambes et même plus haut, réprimant la douleur dans un rictus. C'était une joie de les voir jouer tous les deux ensemble. Même si, pour Max, ça n'était pas toujours facile à avaler.

« S'il avait pu être comme ça avec moi… »

Dès que Sonny fut un peu plus grand, Roy lui apprit à faire des clins d'œil, à siffler et à prononcer ses premiers mots en anglais. Plus tard encore, ils jouaient des parties de dominos contre Max et moi. Sonny posait les dominos de son grand-père sur la table et, ensemble, ils comptaient le nombre de points sur chacun d'eux. À pas même cinq ans, le gamin savait compter. Et tricher assez bien aussi.

« Il a ma cervelle, conclut Roy.

— Ta langue, riposta Lucia. Il s'arrête jamais de parler. Il fera un bon avocat. Ou une carrière en politique. »

Mais quand on demandait à Sonny ce qu'il voudrait être plus tard, il répondait invariablement : « Chauffeur de taxi. Pour promener les gens.

— Et gagner beaucoup d'argent, lui soufflait Roy.

— Gagner beaucoup d'argent, disait-il à son tour.

— Arrête de lui raconter des bêtises, *pai* », répondait Max.

Max, à quoi rêvait-il pour son fils ? Que Sonny puisse aller un jour étudier en Hollande. Ça aurait déjà suffi à son bonheur.

« Faire de vraies études. Pas comme tous ces gars qui vont là-bas pour traîner dans la rue. On n'a déjà pas bonne réputation là-bas. Et il a quelques talents, non ? »

À Curaçao, le talent seul ne suffit pas. Mais les qualités de Sonny ne s'arrêtaient pas là. Pour commencer, à la différence de bien des gosses de Barber, il ne souffrait pas du handicap de la langue. À l'instar de sa mère, Max s'était fait un devoir de toujours parler néerlandais à la maison. Autres points positifs : Sonny était enfant unique, il avait deux parents aimants et un père qui avait un emploi. Il n'avait pas souffert de la faim. Et dès que ça avait été possible, soit dès sa quatrième année, Lucia l'avait envoyé à l'école, ce que bien d'autres mères se seraient refusées de faire. Au départ, d'ailleurs, Lucia ne l'envisageait pas, mais dès que Max m'eut informé de ses réticences – « moucharder » convient peut-être mieux –, j'étais allé la voir. Elle ne chercha pas à faire l'hypocrite. Elle redoutait de se retrouver à nouveau seule toute la journée. Max avait essayé de lui trouver un travail, tout comme il avait pu le faire à une époque pour lui-même. Il s'était renseigné dans des magasins et des entreprises, et même auprès de ses clients, mais personne ne proposa le moindre emploi ou du moins personne ne voulait l'embaucher.

« Ils préfèrent prendre des Dominicains ou des Colombiens plutôt que leur propre peuple », commentait Lucia.

L'après-midi en question, elle se montra pour la première fois très franche avec moi.

« J'aurais aimé avoir un autre enfant. Mais je n'y suis pas arrivée. »

Je. Pas nous. Elle se sentait encore coupable. Elle examina ses doigts, passa un ongle sous d'autres qui étaient en deuil, à cause du travail dans le potager.

« Max dit que nous devons remercier Dieu pour ce qu'Il nous a donné. Nous ne devons pas Le tenter plus. C'est le mot qu'il emploie : tenter. Il le tient de vous, non ? »

Ça aurait pu venir de moi, mais je ne me souvenais pas l'avoir prononcé en présence de Max.

« Mais je comprends pourquoi il dit ça, continua Lucia. On peut s'estimer heureux que tout se soit bien passé avec Sonny après… » Elle s'interrompit, posa sur moi des yeux empreints d'effroi. Elle n'était toujours pas en mesure d'en parler, pas même à moi, puisqu'elle s'empressa de changer de sujet. « Oui, frère Daniel, vous avez raison, il faut que Sonny aille à l'école… Bien sûr qu'il doit aller à l'école. Mieux vaut qu'il y aille dès le début. Tenez, moi. J'ai même pas fini le lycée. Trop paresseuse. Les garçons m'intéressaient plus que les livres. Résultat : je me retrouve dans le *kunuku*. Sans rien savoir faire.

— Tu fais de magnifiques bijoux, la contredis-je à juste titre. Et tu cuisines bien. »

Elle me considéra, surprise. Depuis combien de temps ne lui avait-on pas adressé des compliments ? Suffisamment longtemps en tout cas pour que ça la désoriente.

« Vous essayez de me flatter. J'vous vois venir.

— Je suis sérieux.

— Oh ! fit-elle, laissant le temps à mes mots de décanter. Il y a tellement longtemps qu'on ne vous a pas invité à venir manger. Par le passé, vous veniez, vous vous en souvenez sûrement. Mais ici, ici je ne peux recevoir personne. Je peux pas non plus vous donner ce…

— Lucia, l'ai-je interrompue, je ne doute pas de ce dont tu es capable. Tu le prouves jour après jour pour ta famille. Tu es une bonne mère, cela me réjouit plus que le repas le plus délicieux que tu pourrais me servir. »

De la fougue, de la brutalité avec lesquelles il lui arrivait de rétorquer, ne subsistait rien. Un mur édifié au fil des années s'effritait. À deux reprises, elle écarta les lèvres pour dire quelque chose, mais ce n'est qu'à la troisième qu'elle y parvint.

« Merci, frère Daniel. »

Elle était visiblement soulagée, tout comme Max quand il venait vider son cœur auprès de moi. Cependant, ils auraient été mieux inspirés de s'entretenir de tout cela l'un avec l'autre.

Leur période d'extrême pauvreté était révolue. Il leur fallait toutefois encore soupeser chaque *cent* avant de le dépenser. Lors de son premier jour d'école, Sonny n'était pas moins habillé de neuf des pieds à la tête. Une chemisette bleu clair, un pantalon marron au pli parfaitement repassé, des chaussettes blanches, des souliers en cuir marron. Par la suite, on m'a rapporté que Max avait repoussé une révision de la Dodge et qu'il conduisait depuis un bail avec des pneus lisses.

Sonny ne tarda pas à se démarquer en classe et par ses compétences en langue, et par son bon comportement. J'ai remis la main sur un des bulletins datant de ses premières années. Un reproche : il se montrait parfois un peu têtu. Ça n'a pas changé. Pour le reste, rien que des éloges.

Comportement : bien.

Zèle : très bien.

Politesse : très bien.

Ordre : bon.

Parfois, je le voyais passer la récréation un livre à la main. Un gentil gars. Pas du tout bagarreur. En revanche, il aimait attirer l'attention. Et relever des défis. Celui qui court le plus vite d'un mur à l'autre, d'un arbre à l'autre… celui qui siffle le plus fort avec les doigts… celui qui reste le plus longtemps debout sur une seule jambe… celui qui retient le plus longtemps son souffle…

« Bonjour, frère directeur. »

Sa salutation quotidienne. Que Max lui avait insufflée.

Son enthousiasme était contagieux. Ses yeux doux et chaleureux désarmants. Il pouvait mettre de la fougue dans sa voix. Il ferait un bon vendeur ambulant, ai-je dit à Max.

Un matin, je remarquai dans la cour un groupe d'une trentaine de garçons et de filles réunis autour de lui. C'était le lendemain de sa première communion.

« Regardez ! Regardez ! Faites bien attention ! » criait-il.

Un court silence se fit, puis des cris d'étonnement et de joie s'élevèrent.

Je m'approchai. Dès qu'il m'aperçut, il s'exclama : « Frère Daniel, frère Daniel, vous voulez voir ce que j'arrive à faire ? »

Les garçons et filles m'encouragèrent d'un signe de la tête dans l'espoir de me voir accepter.

« Bien sûr.

— Regardez », dit-il en tendant les bras.

Dans chaque paume, il tenait une pièce d'un dollar, dont l'effigie était presque effacée. Je n'eus pas besoin de réfléchir pour savoir d'où elles provenaient et qui lui avait appris le truc.

« Combien de pièces vous voyez, frère directeur ? »

Je lus sur son visage qu'il était déjà en train de jubiler.

« Deux, c'est clair, dis-je avec conviction, pour ne pas gâcher son plaisir.

— On est d'accord. Faites bien attention. Regardez bien. »

Avec un peu de mal, il réussit à coincer les pièces l'une contre l'autre entre la partie charnue de ses pouces. « Regardez bien, hein, frère Daniel. »

Il se mit à les frotter l'une contre l'autre en exécutant de petits mouvements rapides, pas assez toutefois pour que son tour de passe-passe soit vraiment réussi. Mais avec un peu d'imagination, je parvenais à voir ce que les autres enfants voyaient.

« Combien vous en voyez maintenant ? Combien ? cria-t-il, haletant un peu sous l'effort et sans cesser de remuer ses mains de bas en haut.

— Trois. Il y en a trois, maintenant, dis-je en écarquillant les yeux.

— *Brua !* » s'écria-t-il, son rire claironnant dans la cour de récréation.

Une autre fois, toujours dans la cour, je le surpris en train d'effectuer d'étranges mouvements de patineurs avec un garçon de sa classe. Tous deux portaient un gant blanc beaucoup trop grand, fixé à leur poignet avec un élastique. Comme les pièces, ces gants-là, je les reconnus.

« Le *moonwalk*, frère directeur, dit-il. Michael Jackson !

— Miraculeux, fis-je, on dirait que vous avancez tout en reculant. »

Il se grandit de quelques centimètres et répéta le mouvement, cette fois en portant la main à son entrecuisse. Je fronçai les sourcils.

« Comme Michael, expliqua Sonny.

— Oh…

— Vous regardez pas MTV, frère directeur ? »

Max, quelques jours plus tard : « On a acheté une télé. Il faut bien qu'il vive avec son temps. »

Je voyais parfois Max quand il déposait Sonny devant l'école le matin avant de gagner Willemstad ou Hato à la recherche de clients. La Dodge n'attirait plus beaucoup l'attention. Les élèves posaient les yeux dessus comme ils les posaient sur une illustration de leurs manuels jaunis. Dans les rues de Barber, les premières voitures flambant neuves étaient apparues, une Toyota, une Mercedes, qui transportaient des jeunes que je n'avais jamais vus dans le quartier. De la musique pétaradait des enceintes, attirant les écoliers à la sortie des classes. Le chasseur de rats de Hamelin sur quatre roues.

« Essayez de tenir vos élèves loin de ces gars, m'avertit Max, qui savait exactement de quoi il retournait bien avant que les journaux n'en parlent. Cocaïne. Une ligne directe avec la Colombie. La nuit, ils larguent des sacs dans la mer, attachés à une bouée ; des jeunes les récupèrent et revendent cette merde sur l'île. En faisant un gros bénéf. C'est pas les *chollers* qui manquent ici. Voilà comment ils peuvent se payer de telles bagnoles. »

À l'école, on saisissait le danger. Mais on ne pouvait contrôler ce qui se passait hors des bâtiments et de la cour. Je tentais certes de mettre en garde les parents. Au cours de soirées d'information, en invitant chaque fois des orateurs et des personnels administratifs compétents, plus tard aussi des représentants de la police. Ainsi que m'avait prévenu frère Tinus, susciter l'enthousiasme des parents se révélait bien plus difficile que je l'avais imaginé. Parfois, seules quatre personnes se présentaient alors que souvent, une heure avant le début d'une telle soirée, j'effectuais des virées pour rappeler à tout le monde de venir et pour en prendre certains que je ramenais ensuite chez eux.

« Vous faites peur aux gens, me dit Max qui était venu assister avec Lucia à une conférence sur la dépendance. Ils préfèrent rester dans l'ignorance. »

Il était heureux que Sonny grandisse dans le *kunuku*, loin des tentations des quartiers résidentiels. À la demande de Lucia, il s'était renseigné pour obtenir un logement social, mais étant donné qu'ils n'avaient qu'un enfant et que Max avait un emploi, ils figuraient tout en bas de la longue liste d'attente.

« De la discrimination, commentait Lucia. Tout ça parce qu'on a pas huit gosses ! »

Max se satisfaisait très bien de la situation. Il entreprit de construire pour Sonny une chambre attenante à la bicoque. Sonny, alors âgé de huit ans, lui donnait des coups de main. Max eut besoin d'un an et demi pour réunir le ciment et le nombre de pierres nécessaires. Le toit en tôle ondulée ne fit son apparition qu'un an plus tard, mais au moins, les travaux étaient enfin achevés. On déménagea le lit de Sonny dans la nouvelle pièce, Max lui aménagea un bureau fait de planches, Lucia lui cousit des rideaux et, sur un bout de bois, peignit le prénom de son fils pour l'accrocher à la porte. Pour son neuvième anniversaire, il reçut de ses parents un perroquet et pour son dixième un walkman.

Pour tout financer, Max travaillait parfois la nuit en plus de la journée, Lucia s'était remise à fabriquer des bijoux. Il m'est par ailleurs arrivé de la voir vendre des billets de loterie au bord de la route.

# 19 JUILLET 2001 – 4 H 19

« Sonny travaille bien à l'école ? »

Max me posait la question chaque fois qu'on se croisait.

Dans ses yeux, je reconnaissais sans manquer le regard de sa mère lorsqu'elle s'enquérait de ses notes tout en faisant le ménage dans ma salle.

Sonny travaillait bien. Excellemment même. Pour le savoir, il me suffisait de consulter, d'un mois à l'autre, les bulletins lorsque je les distribuais dans chaque classe. En opérant ainsi, je pouvais plus ou moins me faire une idée des résultats de tous les élèves de mon école. Plus de deux cents répartis sur huit ou neuf classes. Sur une feuille de papier que l'instituteur me glissait dans la main au dernier moment figuraient par ailleurs, pour chacun d'entre eux, quelques mots de commentaire.

Sonny comptait toujours parmi les trois meilleurs de sa classe. À la différence de son père, il ne cachait pas sa joie lorsqu'on lui remettait un très bon bulletin. Alors que je me présentais devant les écoliers le dernier vendredi du mois, je le voyais assis à sa place me reluquer avec impatience, attendant que je prononce son nom.

« Sonny. Sonny Tromp.

— Présent, frère directeur, présent ! »

Son bras se levait en une fraction de seconde et, dans le même mouvement, son corps entier, qui ne cessait, mois après mois, de grandir ; il se figeait alors, droit comme un I, à côté de son banc.

« Un bon bulletin, Sonny. »

Un jour, l'instituteur avait écrit en guise de commentaire : « Tu es une source d'inspiration pour les autres. » J'ai lu ces mots avant d'ajouter : « Tu peux être fier. »

Cette dernière phrase était superflue. Il avait la tête qui tournait comme une girouette sur son cou. D'une voix forte, il s'exclama : « Merci, frère directeur ! »

À grandes enjambées, il s'avança pour recevoir son bulletin. Puis, tête haute, il regagna sa place, rayonnant comme s'il venait de remporter une médaille olympique.

Comme récompense, Sonny recevait habituellement de l'argent de son grand-père, que ce dernier empruntait à Max.

« Si je tire le numéro gagnant, je te rembourse tout.

— T'as pas d'argent pour jouer, *pai*. C'est mieux ainsi d'ailleurs. »

Une fois, j'étais présent quand Sonny est venu montrer son bulletin à Roy. À l'époque, mon travail de directeur absorbait tout mon temps et je rendais trop peu visite au malade.

« Je suis passé pas plus tard qu'hier, me suis-je défendu alors qu'il me le reprochait. Tu ne t'en souviens pas ? »

Durant une seconde, un doute apparut dans son regard. Puis il éclata de rire. « Oh ! oh ! vous allez pas m'avoir comme ça. Ma carcasse est tout usée, j'veux bien, mais ma caboche a pas besoin d'être rechapée. »

Dans un rare moment de franchise, il me confia :

« Des fois, j'aim'rais que ce soit l'inverse. » Or, un seul coup d'œil dans la salle principale suffisait à établir que, si tel avait été le cas, il n'y aurait pas gagné grand-chose.

Sur le bulletin que Sonny lui montra le dimanche après-midi en question, figurait pour chaque matière un 8, un 9 ou un 10 sur 10, à l'exception d'un 6 en géographie, une note bien meilleure quoi qu'il en soit que la moyenne de la classe. Il avait alors onze ans.

Il avait mélangé le nom des différentes provinces des Pays-Bas.

« Qu'est-ce que t'en as à faire de ça ? fit Roy. Connerie. Tant que t'arrives à t'repérer ici. (Puis donnant un florin à son petit-fils :) Si je tire le numéro gagnant, je t'offre un taxi. Je t'achète une Buick. Une Buick, tu sais à quoi ça r'ssemble ? »

Max intervint sur l'instant. « *Pai*, il ne fera pas taxi, et, se tournant vers moi : Il lui fait complètement tourner la tête. Vous pourriez pas le raisonner un peu ? »

Nous formions un demi-cercle autour de Roy, Sonny et Lucia à chacune des extrémités. Lucia portait une robe dont je croyais me souvenir qu'elle avait appartenu à Myrna. Lors de son arrivée à la maison de retraite, Roy l'avait regardée comme si un spectre venait d'apparaître.

Je me raclai la gorge et dis, non pas tant pour aider Max que pour énoncer une vérité : « Sonny me semble tout désigné pour aller à Radulphus. À l'exemple de son père.

— Radulphus ? Notre Sonny ? Wow ! s'exclama Lucia.

— Je l'ai toujours dit, non ? triompha Max. Le collège, pas l'école technique. »

Avant que je puisse répondre, Roy s'interposa : « La technique, ça lui permettrait au moins de réparer c'que tu sais pas réparer.

— Pour réparer les voitures, mieux vaut de nos jours

étudier l'informatique, répliqua Sonny sur le ton doctoral d'un adulte.

— Et pourquoi il ferait pas des études pour réparer les gens ? suggéra Lucia. Comme ça, il t'apprendrait à remarcher, Roy.

— Oui, les ordinateurs, c'est l'avenir, renchérit Max. À Radulphus, on les initie à l'informatique et ils ont beaucoup d'heures de mathématiques. »

Les yeux de Roy allaient et venaient de droite à gauche. On aurait dit qu'il entendait un essaim d'abeilles bourdonner autour de sa tête.

« Le gamin a pas besoin de tout ça.

— Une formation sur des ordinateurs, insista Max. Ou alors il pourrait devenir ingénieur. Il y a une forte demande pour ça en Hollande. Ingénieur, Sonny, t'en dis quoi ? »

Sonny haussa les épaules.

« Comment veux-tu qu'il te réponde, fit Lucia. Il a à peine onze ans.

— Eh bien, moi, à son âge, je savais déjà ce que j'voulais faire. »

La réplique avait échappé à Max. Son visage montrait qu'il regrettait déjà d'avoir prononcé ces mots.

« Ah bon ? Et quoi donc alors ? » demanda sa femme en le considérant avec étonnement.

Sonny attendait, tout aussi curieux. Les yeux de Roy passèrent cette fois sur la grande salle comme pour se raccrocher à quelqu'un. Max hésita. Son regard me chercha brièvement. Puis il dit :

« Instituteur.

— Instituteur ? Toi ? Non mais, sans rire ! » fit Lucia avec condescendance.

Un nuage passa sur le visage de Max. En vain, il

essaya de retrouver une certaine contenance devant son fils qui l'observait à moitié amusé, à moitié gêné.

« Ton père en était tout à fait capable, et même de mieux, dis-je en m'adressant à Sonny et en entendant un soupir de soulagement échapper à la poitrine de Max. Il avait d'aussi bonnes notes que toi.

— Alors pourquoi t'es pas devenu instituteur ? demanda Sonny.

— Oui, pourquoi ? » renchérit Lucia.

Max inclina la tête pour réfléchir à la meilleure réponse à donner. Dès qu'il la releva, ses yeux rencontrèrent ceux de son père. Ils se fixèrent sans cligner les paupières comme deux enfants qui jouent à rester le plus longtemps possible sans bouger.

À ce jeu, c'est Max qui a perdu.

« Les circonstances », fit-il en détournant le regard.

Lucia comprit sans plus d'explications. Pas Sonny :

« Quelles circonstances ?

— Ça n'a aucune importance, dit Max pour se débarrasser de lui.

— Je veux savoir, insista Sonny.

— Une autre fois », dit Lucia.

Du coin de l'œil, je vis sa main chercher celle de Max, mais celui-ci, dans un mouvement qui me surprit, la retira.

Pendant un petit moment, on ne perçut plus que les voix des autres visiteurs dans la salle principale. Roy dit alors à Sonny : « Une Buick. C'est une grande américaine. J'suis sûr que t'en as déjà vu. De quelle couleur tu la voudrais ? »

Au cours de la dernière année scolaire de Sonny à Barber, 1996-1997, ses notes ont tout à coup chuté. Comme il était le seul à n'avoir jamais redoublé, il était à onze ans le plus jeune de sa classe. Une classe de dix-neuf, composée de six filles et treize garçons.

J'ai ressorti la photo prise au début de l'année. On y voit un Sonny plutôt mal à l'aise. De toute évidence, il ne sait pas quoi faire de ses grands bras. Ils pendent le long de son corps qui le devance dans l'âge adulte. Il sourit, mais pas de bon cœur. Timidité et vivacité transparaissent à la fois dans son regard. Comme tous les élèves, il porte le polo bleu clair et le pantalon à carreaux obligatoires – uniforme que les parents pouvaient acheter à bas prix par l'intermédiaire de l'école et que nous avions introduit quelques années plus tôt, en accord avec eux, pour dissimuler en partie la pauvreté. À sa gauche, Beto Rosario, à sa droite, Ricardo Gomez, déjà âgé de quatorze ans. Il met une telle intensité à fixer l'objectif que c'est lui qui semble réclamer l'attention du photographe et non ce dernier la sienne.

De l'attention, Sonny n'en recevait plus autant que par le passé. Les adolescentes de sa classe se riaient de son apparence de grand flandrin. Les garçons, ses aînés eux aussi, se moquaient de ses bonnes notes. Ce que je remarquai à la fin du mois d'octobre lorsque, pour la première fois en cette nouvelle année scolaire, j'allai distribuer les bulletins ; Sonny reçut le sien comme si je venais de lui remettre une sommation d'huissier, alors qu'il avait au moins 8 sur 10 dans toutes les matières.

Quand il regagna sa place, Beto lui siffla : « Fayot. » Maître Gerardo réprimanda l'impertinent, mais le mal était déjà fait.

Le bulletin suivant de Sonny montrait des notes en nette baisse. Dans deux matières, il n'avait pas la moyenne.

Peu après, l'instituteur le mit même à la porte en exigeant qu'il se présente dans mon bureau. Certains élèves passaient devant moi presque chaque semaine : soit ils avaient fait une connerie, soit ils avaient proféré des jurons. Sonny, je n'avais jamais eu besoin de le rappeler à l'ordre.

Avec chaque élève renvoyé de leur classe, je m'efforçais d'établir un lien, même avec ceux qui n'étaient pas disposés à parler. Le matin en question, Sonny prit place devant moi en adoptant une attitude qui laissait à penser que je ne pourrais guère compter sur sa coopération. Il se tenait les bras croisés devant la poitrine, la tête obstinément baissée. Il ne m'avait accordé qu'un bref regard, en entrant.

Il portait une casquette de base-ball rehaussée du logo d'un quelconque club. Je ne l'avais jamais vu coiffé de la sorte.

« Belle casquette, dis-je, brisant ainsi d'entrée le mur qu'il avait élevé autour de lui.

— Le maître m'a demandé de l'ôter, fit-il, contrarié.

— Et tu as refusé ? »

Il hocha brièvement la tête.

« Pourquoi ? »

Il haussa les épaules.

« Tu n'avais pas envie d'obéir ? »

Il eut un nouveau mouvement des épaules. Je patientai.

Il finit par me dire, en levant une seconde les yeux :

« J'voulais être cool.

— Cool ?

— Ouais.

— Avec une casquette sur la tête, t'es cool ?

— Sûr.

— Et sans, tu l'es pas ?

— Non.

— Tu pourrais être cool grâce à ce que tu es, essayai-je. À ton caractère. À ton intelligence. »

De la tête, il fit un mouvement d'indignation comme si je venais de sortir une ânerie.

« Mais ça, ça s'voit pas.

— Alors qu'une casquette, ça se voit, bien sûr.

— Et des Nike. Faut porter des chaussures de sport Nike.

— Tu en portes, toi ?

— Non, *pai* veut pas m'en acheter. Il dit que mes chaussures font encore l'affaire. Mais regardez-moi ça, frère directeur. »

À ma surprise, il leva une jambe et, après un mouvement de balancier, posa un pied sur mon bureau.

« Je peux quand même pas me montrer dehors avec des godasses pareilles aux pieds ! »

Je me penchai avec bienveillance pour examiner sa chaussure. Une simple chaussure masculine, cuir bon marché ou faux cuir, un peu ratatinée, mais en bon état pour le reste.

« De bonnes chaussures, non ?

— Vous pigez pas, frère directeur », dit-il en ôtant son pied du bureau.

Si, je pigeais, et je savais très bien comment pareils désirs étaient nés en lui. Les mois précédents, j'avais vu plusieurs anciens élèves déambuler en portant des chaussures de sport hors de prix, y compris des garçons des familles les plus pauvres. La plupart les tenaient d'un frère aîné ou d'un cousin qui lui-même les avait héritées d'un autre cousin ou d'un copain ayant acquis un lot bon marché. Du moins, c'est l'explication que me donna un groupe de jeunes auxquels je m'adressai dans la rue. Tous arboraient un sourire qui sous-entendait qu'ils étaient intouchables. Mais à l'abri de ma camionnette ou de mon bureau, il arrivait que l'un de ces anciens élèves me parle de larcins et de troc d'objets volés. Pour tout, il existait un marché noir. Un véritable circuit. Habituellement, ils recevaient des ordres. Ainsi, ils pouvaient par exemple se faire de l'argent facile en glissant un paquet dans une boîte aux lettres.

« Comme s'il s'agissait de rapporter un livre qu'on a emprunté, vous voyez. »

Et disposer d'un hors-bord, ça rapportait bien plus encore.

« Pour aller à la pêche. Ça mord à tout coup. Plus de cent kilos par nuit.

— Mais les garde-côtes ?

— Rien que des *pussies*, frère Daniel. »

Ils parlaient du crime avec un incroyable naturel, à croire qu'il s'agissait d'un droit nouvellement acquis. Nous sommes pauvres, nous avons donc le droit de voler et de dealer. Sans éprouver une once de culpabilité ni la moindre honte. Une sorte de jeu. Une partie de dominos dont la récompense était des paires de chaussures.

Je cherchai les yeux de Sonny, à moitié dissimulés dans l'ombre que projetait sur son visage la visière de sa casquette.

« Si tu veux des Nike, il va falloir que tu mettes des sous de côté. Que tu gagnes un peu d'argent en faisant des petits boulots. Laver la voiture de ton père, faire les courses pour ta mère.

— Le travail, ça fatigue », me rétorqua-t-il.

Quand je rapportai la scène à Max, il s'énerva : « Vous vous souvenez de ce que vous m'avez dit ? Mieux cultiver l'estime de soi. Ces mots, je ne les ai jamais oubliés. Or, cette estime de soi est montée à la tête de tout le monde. Ils s'estiment en droit de posséder les biens d'autrui, mais sans verser pour cela la moindre goutte de sueur. Argent, vêtements, chaussures de luxe. Et s'ils n'obtiennent pas ces choses, ils deviennent hargneux ou se mettent à voler. Surtout, pas de traitement de faveur pour Sonny, frère Daniel. Je ne tiens pas à ce qu'il tourne mal. »

Dans mon bureau, j'avais fait mon possible pour raisonner le garçon dans l'espoir d'exercer une certaine influence sur lui, mais dès que j'interrompis mon propos, il me demanda d'une voix molle : « J'peux y aller ? »

Je croisai les mains et me penchai en avant : « Oui, Sonny, si tu enlèves ta casquette. C'est à cause de ça que tu es ici. »

Il réfléchit quelques secondes.

« Et si je refuse ? »

À l'instar de son père, il soupesait apparemment le pour et le contre avant de prendre une décision.

« Je suppose que tu ne vas pas pousser le bouchon aussi loin. Ce ne serait pas malin. Et puis, maintenant que tous tes camarades ont pu constater que tu étais cool… »

Il se remit à peser et soupeser. Ce qui m'a rassuré. Il faisait encore malgré tout primer la raison sur les émotions. Il ôta alors sa casquette et se passa la main sur les cheveux.

« Je peux y aller maintenant ?

— Tu peux y aller. »

Il se leva sans attendre, mais avant qu'il ne se soit retourné, je lui montrai du doigt ses chaussures.

« J'aurais été content d'avoir les mêmes à ton âge. Et ton père aussi. »

Il haussa les épaules pour la énième fois.

Max me raconta qu'à la maison aussi Sonny se montrait plus rebelle, au point d'être parfois ingérable. Il claquait les portes, s'enfermait dans sa chambre, envoyait balader ses affaires. En outre, il faisait toujours plus de chichis. Il ne voulait plus que son père le dépose devant l'école. Tout le monde se moquait de lui, se justifiait-il.

« Tes camarades n'ont pas forcément un père qui a une voiture, tentait de le raisonner Max.

— Toi, c'est pas une voiture que tu as, *pai*. C'est une épave. Pourquoi t'en achètes pas une neuve ? Une Mitsubishi ? Ou une Toyota ?

— Parce que je mets de l'argent de côté pour toi. Pour que tu puisses aller bientôt au Radulphus College.

— Je vais pas au Radulphus. Je vais à Sint Jozef. Tout le monde va à Sint Jozef. »

Ça écorcha les oreilles de Max. L'école technique. Hors de question qu'il fréquente cet établissement.

« Tu iras au Radulphus, martela-t-il.

— Si c'est comme ça, j'veux des Nike. Si tu m'envoies au Radulphus, j'veux une paire de Nike.

— Tout ce que tu vas récolter, Sonny, si tu continues, c'est une bonne paire de claques », menaça Lucia.

Ses Nike, il les obtint. Un matin, je le vis évoluer dans la cour avec d'autres à la manière d'un astronaute sur la lune, flottant et marchant en même temps.

« Un cadeau de *mai* et de *pai*, m'expliqua-t-il quand je lui adressai la parole.

— Pourquoi ? Ce n'est pas encore ton anniversaire.

— Contre la promesse de faire de mon mieux à l'école.

— Et bien sûr, tu l'as promis.

— Ben ouais. »

Et il piqua un sprint pour s'éloigner de moi.

Je mis Max en garde : « Tu nourris sa cupidité.

— Faudrait donc qu'il souffre parce qu'il n'a pas de frères qui volent ? Ou vous préférez qu'il se mette lui-même à voler ? Ou à faire pire ?

— D'accord, mais s'il se met à avoir d'autres exigences ?

— On verra l'moment v'nu », répondit Max sèchement tout en me faisant comprendre d'un geste qu'il ne voulait plus entendre parler de cette histoire.

Cependant, comme une question restait en suspens dans ma tête, je la lui posai sans détour : d'où tenait-il ses sous ?

« Ce ne sont pas vos affaires. »

La rudesse avec laquelle il m'avait répondu sembla le stupéfier lui-même, puisqu'il baissa tout de suite la tête et dit à mi-voix : « *Sam*. »

Les notes de Sonny se sont améliorées sans toutefois atteindre le même niveau qu'auparavant. Il donnait l'impression d'en faire juste assez pour satisfaire ses parents et pour éviter d'être à nouveau qualifié de « fayot ». Une paresse raisonnée qu'il s'autorisait en se reposant sur son intelligence.

Ses Nike semblaient une clé lui ayant permis d'ouvrir une porte : je le vis de plus en plus souvent dans la cour de récréation avec le groupe de Beto Rosario et de Ricardo Gomez. Pourtant, les garçons ne paraissaient tout au plus que le tolérer et continuaient à le faire enrager, lui le plus jeune, certes de façon plus ludique que blessante. Sonny avait l'air de trouver ça à son goût, tant que ça lui procurait le sentiment d'appartenir à la clique. Pour ne pas retomber en disgrâce, il lui arrivait de distribuer toutes ses tartines à la cantine ; maître Gerardo m'apprit qu'il prêtait des choses en classe, un stylo, une règle, sans en général les réclamer.

« Garde-le », faisait-il, généreux.

Intelligent mais naïf. L'avis de l'instituteur qui, pour le reste, n'avait pas grand-chose à redire sur le comportement du gamin. Un suiveur. Comme on en trouve toujours un ou deux dans chaque classe.

À la maison aussi, ça se passait mieux. Certes, disait Lucia, Sonny est paresseux. Parce que, selon Max, sa mère le gâte.

Elle l'autorisait à passer des heures devant la télé ou à écouter de la musique. Elle ne le forçait jamais à finir son assiette quand la nourriture ne lui plaisait pas. Et quand il laissait traîner ses affaires, c'est elle qui se chargeait de les ranger.

Max aurait préféré que les choses se déroulent autrement. « Du coup, j'suis obligé de jouer le rôle du méchant. Mais quand je dis non, Lucia lui dit oui dans mon dos. On n'aboutit à rien comme ça, hein ? »

Quant aux études secondaires de leur fils, Max et Lucia étaient en revanche sur la même longueur d'onde. Il n'irait pas à Sint Jozef, bien qu'il l'eût soutenu à quelques autres reprises.

« Un diplôme. Après ça, un bon travail, dans un beau costume. » Les mots de Lucia. J'avais l'impression d'entendre Myrna.

Sonny se rendit à la journée portes ouvertes du Radulphus College, certes contre son gré.

Pour Max, une petite victoire. Le proviseur, ancien professeur de mathématiques de Max, les avait salués en exprimant l'admiration que lui inspirait le père de famille. D'autres professeurs, qui se souvenaient également très bien de lui, demandèrent si Sonny était tout aussi brillant que son papa.

« Plus », répondait Max chaque fois.

Ils l'interrogèrent par ailleurs sur ses activités. Il fournit la même réponse que Roy par le passé : dans les voitures.

Pendant leur visite des lieux, Sonny avait écarquillé

les yeux. De vastes salles de classe dotées d'appareils qui projetaient les cours sur le mur, des microscopes modernes qui lui révélaient tout un monde de bestioles se tortillant dans tous les sens, les ordinateurs sur lesquels on lui permit de jouer, les enceintes dans la cantine d'où pétaradait de la musique sur laquelle des élèves dansaient. Encouragé par des applaudissements, il s'était lui aussi livré à une petite démonstration.

Pouvait-il préinscrire Sonny ? demanda le proviseur à Max avant qu'ils ne s'en aillent. Et s'adressant à Sonny : « Tu vas sûrement te plaire ici. »

Sonny hocha la tête avec grande conviction.

« Ses yeux se sont ouverts, me rapporta Max avec fierté. Il est inscrit. Reste à attendre son examen de passage. »

Son examen de passage se révéla décevant. Au dernier moment, Sonny s'était probablement mis à douter de son choix. Il avait laissé plusieurs questions sans réponse.

Malgré tout, il serait admis au Radulphus à condition que je donne, en tant que chef d'établissement, un avis positif. Ce que je n'hésitai pas à faire. J'espérais qu'il retrouve, dans l'environnement stimulant du collège, son entrain à étudier.

Max montra le même soulagement que s'il avait été admis en personne.

Lucia feignit l'indignation : « Je vais plus pouvoir corriger ses devoirs ! » Et elle s'amusa à filer une bourrade à son fils.

Sonny gardait le silence, assis entre ses parents, dans mon bureau. On aurait dit un accusé entre ses deux avocats.

« Un nouveau départ au Radulphus College, résumai-je à son intention.

— Je suis le seul ? »

Je mentionnai le nom d'une fille de sa classe. La joie qu'elle avait éprouvée en apprenant son admission contrastait du tout au tout avec la résignation de Sonny.

« Ben, puisqu'il le faut… »

J'avais assez d'expérience avec les gamins de son âge pour voir qu'il dissimulait de la fierté sous son attitude, histoire de se faire passer pour plus blasé qu'il ne l'était en réalité.

## 19 JUILLET 2001 – 4 H 44

Avant-hier. Max venait de faire le plein, moi d'acheter l'*Amigoe*. Dans lequel je lus la nouvelle.

Ricardo G. Son âge entre parenthèses, dix-neuf ans. Tué dans la rue en plein cœur d'Otrobanda. Trois balles dans la poitrine. Déjà le treizième meurtre sur l'île cette année.

Ricardo Gomez avait passé un an en classe avec Sonny. Après le primaire, il avait fréquenté Sint Jozef. Où il avait souvent fait l'école buissonnière. À l'âge de dix-sept ans, parti aux Pays-Bas avant de revenir à Curaçao à la fin de l'année dernière.

Max jeta un regard en diagonale sur le journal et prit une grande respiration : « Je ne veux pas que Sonny finisse comme ça.

— Pas Sonny », fis-je pour lui remonter le moral, même si je n'étais plus sûr de rien.

Je me tournai vers lui. Le soleil déjà bas illuminait ses cheveux crépus grisonnants, gris pigeon, pas encore le gris argent de son père.

Il resta silencieux de longues secondes. Il conduisait sans dépasser les trente kilomètres à l'heure. Parfois, une autre voiture nous dépassait. Je cherchais quelque chose à ajouter, mais au bout de deux heures de discussion, l'imagination venait à me manquer.

Tout à coup, Max me regarda et me demanda : « Pourquoi ça a mal tourné, frère Daniel ? Ai-je été trop strict ?

— Tu n'as rien à te reprocher, répondis-je en secouant la tête. Lucia non plus. Vous êtes de bons parents. Vous l'avez toujours été.

— Mon père alors ?

— Non, pas cette fois-ci.

— Alors quoi ? »

Je fixai un long moment, sans rien dire, ce qui défilait de l'autre côté de la vitre, voitures, maisons, gens marchant au bord de la route, et bien que le soir fût déjà tombé, je voyais partout où mes yeux se posaient la réponse à la question de Max. Cependant, cela me prit un certain temps encore avant de rompre le silence : j'avais l'impression de devoir condamner une personne dont j'étais proche depuis toujours.

« C'est ça, Max… c'est ça qui a mal tourné. L'île. *Nos dushi Kòrsou.* » Notre magnifique Curaçao.

Au tournant du millénaire, on a tiré tellement de feux d'artifice à minuit que toute l'île vibrait, à croire qu'elle allait se séparer de la mer. La veille, on avait vu passer des pick-up chargés de toutes sortes de pétards et de fusées. En guise d'avertissement, un simple drapeau rouge triangulaire flottait, accroché aux antennes.

Max avait des feux d'artifice dans son coffre. Il les vendait à des touristes néerlandais qu'il allait chercher à Hato pour les conduire à leur hôtel. Des semaines lucratives pour lui. Beaucoup d'étrangers, beaucoup de pourboires. Tout le monde se montrait généreux, dans l'attente d'un XXI$^{e}$ siècle qu'on voulait croire synonyme de bonheur et de prospérité.

En apparence, cela s'annonçait d'ailleurs bien. Quand je traversais Barber, je voyais des filles et des femmes bien habillées, des garçons maniant des téléphones portables dernier cri, des hommes pilotant des scooters neufs ou des voitures rutilantes ; tous ces gens portaient au cou ou aux poignets de lourds bijoux en or. Et tout le monde de rire jusqu'aux oreilles, en découvrant une dentition pour une part également en or :

« On a gagné à la loterie hollandaise. »

Je savais en réalité de quoi il retournait. *Bolitas*, tel était le mot magique.

J'avais demandé à des jeunes de m'expliquer ce dont il s'agissait, puis à des travailleurs sociaux qui venaient à l'école nous mettre en garde contre les dangers que présentait le phénomène.

« *Bolitas*. On coupe les doigts d'un gant en latex et on remplit chacun de cocaïne. On fait un nœud et on avale.

— On avale ?

— Un par un. Avec du yaourt.

— Combien ?

— Soixante. Soixante-dix. Cent, voire plus, pour les mecs les plus doués. Plus de cinq cents grammes. On va alors livrer ça en Hollande. Faut pas trop manger pendant le voyage. Les boulettes doivent rester à leur place, hein…

— Et comment on les retire ?

— La voie naturelle, comme pour ce qu'on mange. Si tout se passe bien, le mec perçoit environ dix mille florins. Des florins hollandais ! En fait, c'est lui le dindon d'la farce, parce qu'il prend de grands risques. Les dealers, eux, gagnent beaucoup plus, dix fois plus, à mon avis.

— Et si ça tourne mal ?

— Dans le pire des cas, quelques mois de prison. Le dealer entretient pendant ce temps la famille. Mais il leur faudra tout lui rembourser ensuite. Ce qui fait qu'on se retrouve dans un cercle vicieux.

— Je voulais dire, si ça tourne vraiment mal ?

— Si une boulette éclate dans l'estomac ? Douleurs lancinantes, attaques d'épilepsie, courtes mais fortes. Et c'est fini pour de bon. Mais pour ces sommes, ils sont prêts à prendre ce risque. Sur certains vols, il y en a dix, voire plus. L'avantage, c'est qu'on commet moins de vols sur l'île. Toute chose à sa face sombre et sa face ensoleillée. »

Au début, j'étais un peu partagé. Du dégoût mais aussi une certaine compréhension. On ne volait personne et des gens au chômage depuis des années touchaient subitement un revenu, un revenu royal.

« Pourquoi faudrait qu'on cherche du travail, frère Daniel ? Ou qu'on aille à l'école quand on connaît une façon simple et rapide de s'remplir les poches ? »

Aujourd'hui ne subsiste en moi que du dégoût. Trop de morts. Et l'argent ainsi gagné passe presque exclusivement dans du superflu.

« Placez-en un peu sur un compte d'épargne. Pour plus tard », je ne cessais de le répéter. Ou qu'ils le consacrent à de la nourriture, à retaper leur maison. Mais il n'y avait qu'un ou deux idiots pour suivre mes conseils. Et pendant ce temps, la pluie s'infiltrait par le toit, le vent par les fissures et ouvertures des murs, des matelas défoncés trônaient sur des lits déglingués, les enfants dormaient par terre, les assiettes n'accueillaient tout au plus que quelques haricots réchauffés.

La richesse qu'ils affichent dans la rue a en réalité la minceur d'une feuille d'or. On gratte un peu et la pauvreté réapparaît.

Pour moi, le nouveau siècle a signifié la fin de ma carrière dans l'enseignement. J'ai pris ma retraite l'an passé, en août. Je suis resté directeur pendant seize ans. Dans cet intervalle, nous sommes devenus une école moderne. Nous disposons d'une salle informatique, d'une petite bibliothèque, de nouveaux manuels qui, à la différence des anciens, ne parlent ni des plaisirs du patinage en plein air ni des voies navigables hollandaises. Des acquis dont je suis fier, même si j'aurais aimé accomplir bien plus de choses encore. Cependant, il y a sur mon île des forces face auxquelles je ne suis pas de taille. J'ai dû me résigner à cette situation. Et me contenter d'apporter mon aide là où je le peux.

À mon successeur, un laïc, j'avais dit que je souhaitais partir sans faire de bruit, mais le dernier jour, tout le village est arrivé, des anciens élèves, de partout, avec leurs enfants, dont certains avaient eux aussi déjà des enfants. Dans mon dos, on avait organisé une grande fête. Les gens ont chanté et dansé pour moi, les élèves avaient décoré toute l'école et fait des dessins.

Ils savaient que j'avais un rêve. Je voulais une autre cuisine pour mon école, non une cuisine professionnelle, juste un petit endroit où des mamans pourraient préparer chaque jour un repas chaud et nourrissant pour les écoliers, le tout pour un coût mensuel modeste.

On m'a conduit les yeux bandés dans le bâtiment où de délicieuses odeurs trahirent tout ce que je ne pouvais encore voir. Tout ce dont je rêvais était là : cuisinière à gaz, poêles, casseroles, assiettes, couverts, des mamans et même des grands-mères qui avaient cuisiné et qui s'engageaient à le faire à l'avenir.

Cela m'a profondément ému, même si je ne l'ai peut-être pas assez montré. Ils m'auront sans doute trouvé ingrat, mais je dois dire que je ne m'attendais pas du tout à cet adieu.

Ce jour-là, Max est arrivé beaucoup trop tard. La poisse, encore et toujours. Sa voiture le lâchait de plus en plus souvent. Il avait été sur le point d'en acheter une autre, mais la banque refusait de lui accorder un prêt. Et tout bien considéré, la Dodge, en accumulant des années, exerçait un certain attrait sur bien des touristes. Un vestige de l'époque coloniale, pensaient-ils. Max ne les contredisait jamais. Comme à Cuba, racontait-il, et contre un pourboire supplémentaire, il acceptait de poser avec eux.

Depuis que j'ai pris ma retraite, il passe de temps en temps – toutes les deux semaines ou tous les deux mois, selon – me chercher et nous nous rendons à Huize Welgelegen. La Dodge est le seul endroit où il s'exprime librement. Il parle souvent de Sonny.

Parfois, il sollicite quelques conseils portant sur l'éducation du gosse.

« À quelle heure vous pensez qu'il doit rentrer d'une fête d'anniversaire ? »

« Il veut plus d'argent de poche. Selon vous, qu'est-ce qui est raisonnable ? Je peux pas lui donner grand-chose. »

« Vous aussi, quand vous étiez jeune, vous donniez un coup de main à la maison, non ? Lucia l'en dispense. Il doit juste ranger sa chambre. »

Parfois, il soupire.

« Avant, on allait de temps en temps à la plage ensemble le dimanche. Maintenant, il veut plus. »

« Il passe des heures à se regarder dans un miroir. Et avec un mètre ruban, il mesure tous les jours son tour de bras et de poitrine. »

Une fois aussi : « Il parle plus avec son perroquet qu'avec moi. »

Je lui demandai : « Es-tu vraiment fier de lui ? »

Indignation. « Bien sûr ! Quelle question !

— Tu le lui dis ?

— Il est pas aveugle. »

Il avait toutes les raisons d'être fier. Sonny obtenait des résultats plus que satisfaisants au Radulphus. Il s'était retrouvé dans un groupe relevé, et comme je l'espérais, le goût de bûcher lui était revenu. S'il n'appartenait plus aux meilleurs de la classe, il décrochait néanmoins la moyenne dans toutes les matières. Il effectua trois années de la sorte, sans problème. Quand je lui posais des questions sur son avenir, il exprimait le souhait de travailler dans l'informatique. C'est pourquoi il avait opté, en quatrième année, pour « Nature et Technologie », pas la filière la plus aisée.

À quinze ans, il était presque aussi grand que Max. Déjà plus musclé. Depuis un an, il faisait de la musculation trois à quatre fois par semaine dans le centre socio-éducatif du quartier et, à la maison, il avait fabriqué des haltères grâce à des bouteilles remplies de sable et de cailloux.

Auparavant, sur l'insistance de son père, il s'était essayé à d'autres sports. Le base-ball et le basket-ball. Max avait chaque fois adapté ses horaires pour le conduire aux entraînements et aux matchs, auxquels il assistait de temps en temps pour l'encourager, avec, à la longue, plus de feu dans la voix que Sonny dans les jambes. La coordination dans le maniement de la balle n'était pas son point fort. En bougeant, il gardait quelque chose d'un grand flandrin.

Comme on avait installé dans le centre deux vieux bancs d'entraînement pour soulever des haltères, il avait, lors d'une journée portes ouvertes, relevé le défi : soulever des poids. Depuis lors, il s'était senti attiré comme un aimant par le fer rouillé des appareils.

Max ne s'en réjouissait guère. « Avant de se mettre à la muscu, il allait jouer chez des garçons et des filles de sa classe, dans les beaux quartiers. Ou bien, il restait au collège pour suivre des cours supplémentaires d'informatique. Et de théâtre, vous vous en souvenez. Alors que maintenant… tous ces gamins qui font les gros durs ensemble, qui jouent aux machos… »

Pour sa part, Lucia n'émettait aucune réserve sur le hobby de Sonny, bien au contraire. « Il veut être beau. C'est normal. Avoir du succès auprès des filles. Elles ne s'intéressent qu'aux apparences. En plus, sa muscu, ça lui coûte pas un sou. Je dois tout juste laver ses habits un peu plus souvent. »

Parfois, je la voyais le serrer fort contre elle, les bras ceignant son torse musclé. Sonny faisait la grimace, mais ne cherchait pas pour autant à se défaire de l'étreinte.

« Max lui met trop la pression, vous voyez. Il veut savoir où il est. À quelle heure il va rentrer à la maison. Mais un jeune comme ça, ça a besoin d'un minimum de liberté. Et puis, il a des notes correctes, non ? Moi, j'me souviens comment j'étais. Moins on me laissait de liberté, plus je n'en faisais qu'à ma tête. Avec ma mère, ça a souvent chauffé. Et ça ne s'est pas arrangé, vous le savez… J'me dispute parfois avec Max. Pour qu'il accorde sa confiance à Sonny. Qu'il lui parle davantage. Vois un peu comment ton père se débrouille avec lui, que je lui dis. Mais il veut rien entendre, bien sûr. Il se ferme comme une huître. Vous le connaissez. »

Entre Roy et Sonny, ça collait toujours.

« Veux-tu bien me montrer tes muscles, mon garçon. Regardez-moi ça. Sont encore plus gros qu'la semaine dernière. » Roy sortait les mêmes phrases à chaque visite de son petit-fils, puis ils se lançaient dans une conversation animée sur les voitures ou sur un programme qu'ils avaient vu à la télévision. Roy ressuscitait aussi assez souvent une histoire à dormir debout que Sonny avait déjà entendue des dizaines de fois, mais dont il ne se lassait jamais. En les voyant tous les deux, Max avait l'impression de les contempler à travers une vitre sans tain. Il les voyait, mais eux ne le voyaient pas.

Le mercredi, en sortant de l'école, Sonny allait de lui-même rendre visite à son grand-père à Huize Welgelegen. Il prenait le bus d'Otrobanda puis effectuait le reste du trajet à pied. Quand il ne faisait pas trop chaud, il poussait Roy sur son fauteuil roulant pour aller observer les voitures qui passaient sur le périphérique.

Sonny lui indiquait les modèles les plus récents. De temps à autre, un chauffeur klaxonnait à leur intention.

« Y m'ont pas oublié », commentait Roy.

Lors de sa quatrième année au Radulphus, Sonny prit un bon départ, mais, de façon inattendue, il récolta de mauvaises notes à l'occasion de la deuxième semaine d'examens, en décembre. C'était peu de temps après l'enterrement de Beto Rosario, son ancien camarade de classe, qui avait fréquenté par la suite Sint Jozef.

Il avait dix-sept ans. Frère Jan l'avait trouvé mort dans l'une des maisons délabrées, pas très loin de Seru Grandi, où il se rendait pendant sa tournée pour distribuer des colis de nourriture aux drogués.

Des circonstances louches, pouvait-on lire dans le journal. Le lendemain, les détails suivirent. Lors de l'autopsie, on avait découvert douze boulettes dans l'estomac de Beto, dont plusieurs éclatées.

J'espérais que le jeune homme ne serait pas mort pour rien, que beaucoup en tireraient des leçons, mais dès le lendemain, des garçons faisaient les beaux sur leurs mobylettes, roulant sur la roue arrière dans les rues de Barber tandis que d'autres se prélassaient contre leurs grosses cylindrées, dans lesquelles ils disparaissaient parfois en un éclair pour y prendre ou y cacher quelque chose. Un ancien élève vint avec fierté me montrer son nouveau collier en or.

Il y avait beaucoup de monde à l'enterrement. Beaucoup de colère, aussi. Après le service, la mère de Beto se jeta sur Ricardo Gomez, lequel était rentré depuis quelques mois des Pays-Bas. Ses autres fils, plus âgés que le défunt, eurent toutes les peines du monde à la maîtriser. Ricardo n'était en fait lui aussi qu'un pion. Ce que ces garçons ne savaient que trop bien.

Lucia et Sonny étaient présents. Max avait refusé d'assister aux obsèques.

« Il faut bien que quelqu'un gagne honnêtement son pain sur cette île », s'irritait-il.

Sonny s'attarda après la cérémonie. Je vis Ricardo Gomez admirer ses bras musclés. Il les pinça et s'amusa à leur porter quelques légers coups de poing. Sonny riait et jouait le jeu. D'autres gars les entouraient. Tous étaient heureux de revoir Ricardo. En Hollande, il avait sacrément grossi. Cent vingt kilos, estimai-je au jugé.

« Ricardo, comment ça va ?

— Frère Daniel, fit-il avec enthousiasme. Bien. Et vous ? »

Sa bouche était un coffre-fort regorgeant d'or.

« Triste journée.

— Beto, opina Ricardo. Dieu ait son âme.

— C'est pour ça que t'es revenu à Curaçao ? Pour pousser les autres dans le malheur ? »

Reprendre quelqu'un vertement en public, ce n'était pas dans mes habitudes, mais la mort de Beto m'avait profondément touché. Je n'avais aucune envie de mettre un tant soit peu d'énergie dans une conversation creuse.

« Qu'est-ce que vous voulez dire, frère Daniel ? »

Sous son froncement de sourcils, ses yeux firent le tour des personnes présentes.

Je le fixai sans rien dire. Élève de l'école primaire, il avait dû plus d'une fois répondre de son comportement dans mon bureau. Il s'était toujours montré respectueux et poli.

Cette fois, il réagit avec arrogance. Il me provoqua du regard durant quelques secondes, puis leva les mains en l'air, révélant une chevalière à chaque doigt : « Beto n'a pas eu de bol, frère Daniel, une putain de malchance. On peut rien y faire. » Autour de nous, les autres acquiescèrent. Y compris Sonny qui ne tenait pas à se distinguer d'eux.

Je n'ai guère gaspillé plus de salive, si ce n'est le lendemain en m'adressant à Sonny, au centre socio-éducatif. Que pouvais-je faire de plus que de le mettre en garde ?

Il rétorqua avec la férocité d'une personne qui se sent offensée. « Je suis pas con. Je ne veux pas finir comme Beto. Ne m'prenez pas pour un con ! »

Quand je revis Max, environ un mois après les funérailles, il s'est tout de suite emporté à propos de Sonny. Nous venions tout juste de quitter le couvent. Il pleuvait fort ; l'essuie-glace de mon côté ne fonctionnait pas. En essayant de le réparer, Max s'était fait un torticolis ; il avait du mal à tourner la tête vers la droite.

« Dans trois matières, Sonny n'a pas eu la moyenne, se lança-t-il en regardant droit devant lui. J'ai parlé avec son professeur principal. Il m'a dit qu'il rend ses devoirs toujours en retard, qu'il est distrait en classe, qu'il l'ouvre sans arrêt. J'me fais du souci, frère Daniel. Depuis qu'il traîne dans ce socio-machin-truc… »

Le centre n'était pas du tout à l'origine du problème.

Des travailleurs sociaux compétents y œuvrent, ils sont proches des jeunes, les conseillent et les surveillent. Voilà ce que je lui ai dit.

« Je voulais justement lui interdire d'y aller.

— Surtout pas.

— Qu'est-ce que je peux faire alors ?

— Tu lui as parlé ?

— Lui parler, c'est pas possible. Il est l'entêtement incarné. Il se met un casque sur les oreilles. Ou se met à fixer le mur.

— Et Lucia ?

— Elle dit que je ne devrais pas m'en faire autant. Que c'est un ado. Que ça va passer. »

Lucia refusait de voir ce que lui voyait : « Je n'en dormirais plus. Je préfère fermer les yeux pendant la journée aussi. »

Alors que Max, lui, s'il l'avait pu, aurait suivi chaque mouvement de Sonny aux jumelles.

« Ah oui ! au fait… poursuivit-il, il veut de nouvelles Nike. Vous vous souvenez ? Depuis qu'il est au Radulphus, il ne nous a plus embêtés avec ça, et voilà que du jour au lendemain… Il dit qu'il en a besoin pour son entraînement. Mais il fait pas de jogging, il soulève des poids. Pour ça, on n'a pas besoin de godasses hors de prix. »

Chaque phrase qu'assénait Max faisait grandir mon inquiétude. Je songeai aux rapports que Sonny entretenait avec Ricardo Gomez. Gardai cependant le silence. Je craignais qu'à la suite de mes paroles la relation entre Max et son fils ne s'envenime encore un peu plus. Peut-être mon anxiété était-elle prématurée. Peut-être Sonny avait-il choisi une filière trop exigeante par rapport à son niveau.

« Et qu'est-ce que tu vas faire ?

— Que voulez-vous dire ?

— Les Nike. »

Je me souvenais très bien de la discussion que nous avions eue quelques années plus tôt sur le même sujet.

Pendant un instant, il fixa le vide à travers le pare-brise. Puis il me dit : « Il aura seize ans en mars. Lucia les lui a promises. » Il tourna la tête de mon côté. La douleur qu'il éprouva lui tira une grimace. « J'ai l'argent, frère Daniel. J'ai pu faire des économies ces derniers mois. »

En fin de compte, les Nike tombèrent à l'eau. Sonny préférait un téléphone portable. Max estima que c'était mieux. Il pourrait joindre son fils à tout moment et inversement.

« Il paie les communications de sa poche. Il le sait. »

Un portable, Max, cela faisait un moment qu'il en avait un. Depuis lors, il laissait partout sa carte de visite sur laquelle figurait son numéro. Une carte que Sonny avait dessinée sur un ordinateur. « Taxi Tromp » pouvait-on lire dessus, mention surmontant une photo de la Dodge retouchée de façon à faire paraître la voiture flambant neuve.

« Ah ! si ça pouvait être aussi facile en vrai », avait relevé Max.

De la troisième semaine d'examens, Sonny se tira bien, à croire qu'il avait tout planifié.

« Lucia et moi, on est tombés en plein dans le panneau, me dit Max. Bah ! tant qu'il n'en fait pas une habitude. Incroyable ce qu'il était content. Vous auriez dû le voir. Il a sauté au cou de sa mère. Par moments, il n'est encore qu'un gamin. »

Pour être fixé sur ses activités, j'étais allé me renseigner au centre socio-éducatif. Rien ne donnait à penser que Sonny était en train d'emprunter un mauvais chemin. Quant à Ricardo Gomez, on ne l'avait plus signalé à Barber. Il avait établi ses quartiers quelque part à Otrobanda. Ou pas moins de quatre ou cinq gangs s'affrontaient. Ils avaient chacun leurs rues, leurs places, leurs recoins, lieux pour lesquels ils se battaient sans relâche, en rivalisant de violence.

« Autrefois, on se filait une petite tape, on en arrivait tout au plus aux poings, alors que maintenant ils se tirent dessus dans tous les sens. Des bandes de lâches. »

Les mots de Roy après que Max lui avait raconté que les détonations qu'il avait entendues une nuit n'avaient rien à voir avec un feu d'artifice.

La dernière semaine d'examens de Sonny se traduisit à nouveau par de mauvais résultats. Quatre matières pour lesquelles il n'avait pas la moyenne. Néanmoins, sur la base de ses notes de l'ensemble de l'année, il échappa au redoublement. Son professeur principal avait été clair : il lui faudrait à tout prix changer de mentalité. Faire preuve de plus de concentration. De plus de ponctualité. À défaut, il n'aurait pas la moindre chance de réussir sa cinquième année.

« Il en était tout secoué, me raconta Max, tout excité. Il croyait s'en être bien mieux tiré. Mais il n'a pas assez bûché. Tout ça à cause de sa muscu. Mais ses neurones, ça, y songe pas à les muscler. Quand je le lui dis, il hausse les épaules.

— Au moins, il a les épaules larges », fis-je pour détendre un peu l'atmosphère.

Ma remarque lui échappa. Imperturbable, il poursuivait son monologue. « Et Lucia qui arrête pas de le défendre. Elle dit qu'après tout il a réussi son année. Pourquoi tu t'inquiètes, Max ? Et peut-être qu'elle a raison. Sonny ne redouble pas. J'dois arrêter de ne voir que le mauvais côté des choses. Tu portes trop souvent des lunettes noires, qu'elle me dit. Lucia est une femme pleine de sagesse, frère Daniel. »

Cet après-midi-là, il était soulagé. Soulagé et fier. C'est alors que la lueur disparue depuis longtemps de ses yeux resurgit un bref moment : « Vous vous rappelez quand j'ai battu Richie Molina ? Il s'est retrouvé deuxième de la classe, moi premier.

— Je m'en souviens comme si c'était hier », répondis-je.

Nous restâmes alors un bon moment silencieux à simplement regarder la route, qui disparaissait mètre après mètre sous la Dodge.

Max retrouva son enthousiasme lorsque nous arrivâmes à Huize Welgelegen. L'idée qu'il allait annoncer à son père que Sonny passait dans la classe supérieure lui procurait un sentiment de triomphe.

« *Pai* va bien devoir finir par se mettre dans le crâne que Sonny ne fera pas le taxi. Mais bien sûr, il ne le reconnaîtra jamais. »

Dans un premier temps, la nouvelle laissa Roy sans réaction. Nous le trouvâmes dans sa chambre où, calé dans un fauteuil, il regardait dehors par la fenêtre, les yeux vides. Il donnait l'impression d'être tout mollasson, encore sous l'effet d'un somnifère.

« Eh bien, *pai*, t'es pas fier de ton petit-fils ? » insista Max.

Roy leva les yeux.

« Pourquoi y vient plus ?

— Qui ? Sonny ?

— Sonny, oui.

— Il est passé pas plus tard que mercredi, *pai*. Après l'école. »

Max m'adressa une grimace pour me faire comprendre qu'il s'interrogeait sur la santé mentale de son père.

« Je l'ai pas vu. Ça fait des semaines qu'il est pas v'nu.

— Chaque mercredi, *pai*. Il est venu ici tous les mercredis. »

Cependant, la voix de Max n'était déjà plus aussi assurée que quelques secondes plus tôt.

## 19 JUILLET 2001 – 5 H 05

Depuis deux mois, j'ai moi aussi un téléphone portable. Je sais à peine m'en servir. Je l'utilise pour passer un appel et décroche quand j'en reçois un, c'est tout. Mais chaque fois qu'il sonne dans la poche de ma poitrine, je sursaute. Il n'empêche, c'est bien pratique quand on est souvent sur la route pour distribuer des vêtements et de la nourriture. Mes frères beaucoup plus âgés que moi en ont un, eux, depuis pas mal de temps.

Max a dû atterrir. Je lui ai demandé de m'appeler sur mon portable. Ces dernières minutes, j'ai contrôlé des dizaines de fois s'il était bien allumé. Je ne veux en aucun cas louper son appel. À six heures et demie, quand j'irai à la prière avec frère Bertus et frère Jan, je pourrai couper le son et activer la fonction « vibreur ». Cet après-midi, des jeunes de Barber m'ont montré comment faire. Au moins cinq fois, avec beaucoup de patience, mais voilà, j'ai peur d'appuyer sur la mauvaise touche et d'éteindre l'appareil.

Les garçons m'ont demandé en passant combien je l'avais payé. Ayant mentionné le prix, je les ai vus dresser les bras en l'air dans un geste théâtral d'incrédulité. Tous connaissent quelqu'un qui aurait pu me fournir le même modèle pour moitié moins.

« Mais probablement sans garantie, non ? »

Ma remarque les a bien fait rire.

Quand je suis rentré, avant-hier, de notre maison mère aux Pays-Bas, Max m'attendait sur le parking de l'aéroport. Dès qu'il m'a vu, il m'a fait signe.

Trois semaines plus tôt, il m'avait conduit à Hato. En chemin, nous avions parlé de Sonny.

« Je ne suis pas encore rassuré, avait-il dit. Je sais que je dois lui laisser un peu de liberté, mais c'est pas facile. Je vois trop de choses. J'entends trop de choses. Vous comprenez que je sois inquiet, non ? Vous seriez dans quel état si vous aviez un garçon de seize ans ? »

Cette question, je me l'étais posée quelques jours plus tôt, à la suite d'une longue conversation avec Sonny.

« Vous ne direz rien à mon père ? m'avait-il demandé avant qu'on ne se quitte.

— Je ne peux quand même pas rester sans rien lui dire.

— Dites-lui qu'il n'y a rien de spécial. C'est le cas, non ? Il ne s'est rien passé. Mais si c'est moi qui le lui dis, il ne me croira pas.

— Peut-être avec raison. Tu lui as déjà menti, au téléphone. »

Max avait appelé Sonny depuis Huize Welgelegen. Sous un quelconque prétexte, il était sorti de la chambre de Roy et quand il y était retourné, il avait expliqué à son père : « Sonny devait réviser ses examens, *pai*. Rien de spécial donc. Il reviendra bientôt te voir. »

Max avait lui aussi menti.

En me ramenant au couvent, il me raconta ce que Sonny lui avait en réalité dit. Qu'il était allé nager avec des copains. Rien de plus. Max voulait savoir : quels copains ? Sonny avait énuméré le nom de garçons de sa classe.

« J'le crois pas ! »

Max était tellement bouleversé qu'il donna, sans le faire exprès, un coup sec sur le volant qui nous fit quitter la chaussée. Je le priai de se garer le temps de se calmer.

« Tu veux que je lui parle ? »

Il accepta tout de suite : « À moi, il ne raconte rien, de toute façon. »

Sonny était sincère. Du moins, c'est l'impression qu'il me donnait. Je l'avais abordé au centre socio-éducatif ; sans me questionner, il m'avait suivi dans le bureau du travailleur social. Là, il n'avait pas tardé à mentionner le nom de Ricardo Gomez. C'est avec lui qu'il était allé traîner.

« Pourquoi ?

— Juste comme ça. Il voulait me montrer sa nouvelle voiture.

— Et après ?

— On a fait un tour. C'est pas interdit, si ? »

Il posa nonchalamment le bras droit sur le dos de la chaise. Il portait un tee-shirt beige sans manches qui mettait en valeur ses biceps. Et sur sa tête, une casquette bleu foncé rehaussée des lettres blanches N et Y.

« Ce n'est pas interdit, confirmai-je. Alors pourquoi mentir à ton père ? Ça veut dire qu'il y avait quelque chose de spécial.

— Non, je le jure ! » se révolta-t-il.

J'observai un silence. Il en profita pour porter son regard sur la fenêtre.

« T'as même impliqué ton grand-père dans ton mensonge.

— *Padushi ?* »

J'avais soudain capté son attention. Je hochai la tête.

« Il est fâché ?

— Entre autres. Mais il est surtout malheureux. Il se demande s'il a fait quelque chose de mal. »

La respiration de Sonny s'accéléra. Sous son tee-shirt, sa cage thoracique se gonflait et se dégonflait à un rythme élevé.

« Où es-tu allé avec Ricardo ? » lui demandai-je sans l'acculer le moins du monde.

Je me sentais dans la peau d'un inspecteur de police.

« À la plage Jan Thiel, répondit-il sans me regarder.

— Et la deuxième fois ? »

Il garda le silence.

« Tu as raté plusieurs rendez-vous avec ton grand-père. »

Cette fois, il leva les yeux.

« À Otrobanda, le cours de fitness.

— Ça coûte la peau des fesses, non ?

— La première fois, c'est gratuit », s'empressa-t-il de dire.

Il comprenait très bien où je cherchais à l'emmener.

« Et la deuxième fois ?

— On n'y est allés qu'une fois, fit-il en tirant sur la visière de sa casquette pour qu'elle lui masque un peu plus les yeux.

— Et ensuite ?

— Rien. Juste passé chez quelques-uns de ses copains. »

J'observai une autre pause. Sa respiration s'accéléra à nouveau. Je décidai de changer de tactique.

« Tu sais dans quel état ils ont laissé Beto ? Beto Rosario. »

Je faisais le choix de parler lentement. Il se tenait en face de moi, tête inclinée. D'une main, il frotta les jointures de son autre main crispée en un poing. J'attendis quelques secondes de plus.

« Comme un chien, Sonny, comme un chien crevé. J'imagine qu'ils lui ont en plus refilé des coups de grole. »

J'étais conscient de m'adresser à lui pour la première fois sans mettre de gants.

« Mais Beto n'a pas eu de bol. Hein, c'est comme ça que tu dis, n'est-ce pas Sonny ? Il a pas eu de bol. Qu'est-ce que ton… qu'est-ce que ton *padushi* en penserait si toi non plus, tu n'avais pas de bol ? Si toi aussi, comme un chien… »

Il bondit de sa chaise.

« J'ai déjà dit que je me livrais pas à ça ! Je l'ai déjà dit ! »

Furieux, il donna un coup de pied dans la chaise et se mit à se frapper les tempes des deux poings.

« C'est c'que j'ai dit ! C'est ce que j'ai… »

Max s'empara de mon bagage et le mit dans le coffre.

« Bon voyage, frère Daniel ?

— Pas mal de turbulences.

— Oui, beaucoup de vent aujourd'hui. »

En réalité, je faisais allusion aux jeunes Antillais bruyants et ivres qui avaient foutu le bordel dans l'avion parce que les hôtesses de l'air refusaient de leur servir d'autres spiritueux. Il ne m'avait pas fallu plus de quelques secondes pour comprendre pourquoi ils voulaient faire la fête. Peu après leur arrivée, ils allaient pouvoir flamber avec argent et bijoux. Immédiatement après l'atterrissage, la police les emmena. Ils les suivirent docilement en égrenant des blagues. Dans moins d'une heure, ils seraient libres. Les gars le savaient. Les autorités ne pouvaient plus rien leur imputer.

Max prit place au volant. Il avait dû laisser tourner le moteur un moment, car une température agréable régnait dans la voiture alors que, dehors, la chaleur vous écrasait. Sans ouvrir la bouche, il quitta le parking. Sa raideur me mettait mal à l'aise.

« Max, y a quelque chose qui ne va pas ?

— Sonny… Sonny s'est barré.

— Quand ça ? fis-je, sous le choc.

— Hier soir. Je l'ai cherché toute la nuit. Et aujourd'hui. »

Je jetai un coup d'œil sur la pendule du tableau de bord. Elle indiquait neuf heures et demie. Or, il faisait encore jour. Il ne pouvait donc être tout au plus que sept heures du soir.

« Que s'est-il passé ?

— Il s'apprêtait à se rendre en Hollande », me répondit-il après un instant d'hésitation.

Un véhicule venant en sens inverse nous croisa à toute allure en klaxonnant. Sans que lui ni moi ne l'ayons remarqué, la Dodge s'était légèrement écartée de sa voie. Max redressa sa trajectoire.

Cela faisait quelques jours que Sonny se comportait bizarrement. Lucia le taquinait en lui disant qu'il avait sans doute une petite copine. Max, cependant, plein de méfiance, avait fouillé la chambre du gosse.

Je lui demandai s'il s'agissait d'une habitude de sa part. Il ignora ma question.

Il y avait trouvé un bout de papier sur lequel figurait, dans ce qui ressemblait à première vue à un langage codé, toutes sortes de données. Max n'avait pas tardé à saisir de quoi il s'agissait. Il connaissait mieux que personne le numéro des vols de la KLM, y compris les horaires. Déchiffrer le reste avait été un jeu d'enfant : le prix du billet, une adresse aux Pays-Bas, le motif du voyage, la date du retour. Réponses aux questions que posent les douaniers aux passagers suspects et que Sonny devait apprendre par cœur avant de décoller.

Max interrompit alors brièvement son récit et s'écria, moitié en colère, moitié en panique : « Il n'a que seize ans ! Seize ans ! »

Je me gardai de lui dire ce que je savais. Que ces gamins servaient d'appât. La douane les cueille habituellement sans attendre, à Hato, au plus tard à Schiphol. Ils n'ont dans l'estomac qu'un nombre assez faible de boulettes, si bien que la perte reste limitée pour les dealers. Pendant ce temps, les mules expérimentées peuvent passer sans être inquiétées. Un gars qui passe la douane du premier coup se voit confier un plus gros chargement la fois suivante.

Sonny s'entraînait au centre socio-éducatif. Max s'y était rendu sans traîner. Il lui avait proposé de le ramener à la maison. En chemin, il avait, pour ainsi dire comme si de rien n'était, sorti le bout de papier. Sonny avait sauté de la voiture en marche et s'était enfui dans le *kunuku*.

Ce n'est qu'en l'entendant prononcer ce mot que je remarquai les égratignures qu'il portait aux bras. Il l'avait poursuivi à pied avant de rouler toute la nuit à sa recherche.

« Pourquoi, frère Daniel, pourquoi ? »

Sa voix se hissa au-dessus du bruit lancinant d'une courroie usée sous le capot.

« Ricardo Gomez. »

Le nom m'avait échappé. Mais je me sentais soulagé de l'avoir mentionné.

Max posa sur moi des yeux éteints. Il ne paraissait pas même surpris. Il prit une profonde inspiration et me dit : « Ricardo Gomez est mort, frère Daniel. Tué par balles en pleine rue, hier, à Otrobanda. »

J'eus l'impression que l'air refusait d'entrer dans mon organisme. Aussi baissai-je la vitre. Un vent sec et chaud entra dans la voiture.

« Ça ne vous dérange pas si nous roulons un peu ensemble ? Quatre yeux voient plus et mieux que deux.

— D'accord, Max. Pas de problème. »

Je m'entendis prononcer ces mots alors que j'aspirais à me glisser dans mon lit et à y rester jusqu'à ce que quelqu'un vienne me réveiller pour me dire que tout cela n'était qu'un cauchemar. Sonny, Max, Roy, Barber, l'île entière, rien ni personne n'avait en réalité existé.

Nous avons roulé pendant une bonne heure et demie. Il faisait déjà nuit depuis un moment quand Max me déposa au couvent. Il me dit qu'il avait repéré le nom de Ricardo Gomez dans les contacts du portable de Sonny. Les deux garçons s'étaient appelés à de nombreuses reprises.

Oui, il regardait régulièrement en cachette le téléphone de Sonny.

Dans une autre situation, je l'aurais traité de parano, mais à ce moment-là, dans la voiture, je ne pouvais rien lui reprocher. Qui aurait pu le blâmer d'être un père rongé par l'angoisse ?

Juste avant de descendre, je lui demandai des nouvelles de Lucia.

« Elle ne sait encore rien. Je lui ai dit que Sonny restait dormir chez un camarade de classe. Je veux pas qu'elle s'inquiète. »

Il s'enfonça dans la nuit. Nous avions convenu de nous appeler le lendemain matin.

Frère Bertus avait essayé de me joindre à plusieurs reprises sur mon téléphone portable, mais je ne l'avais pas rallumé. Un jeune homme m'attendait depuis plus de trois heures.

« Je lui ai demandé de repasser demain, mais il a refusé. Il n'est pas dans un état normal, Daniel. Il tremble comme un roseau. »

Sonny était dans la cuisine. Frère Bertus lui avait beurré une tartine, mais il ne l'avait pas touchée. Quand il me vit, il se remit à trembler. Il était ébouriffé et hagard, comme son père le jour où je l'avais trouvé devant la porte de l'école après que sa mère lui avait demandé d'arrêter sa scolarité puisqu'elle allait s'occuper de Roy. Mais Max, je m'en rappelais, m'était apparu réfléchi et pondéré, tandis que Sonny me fit l'impression, de par ses yeux, son visage, sa posture, de n'être en rien encore un adulte si ce n'est par sa carrure.

Je le conduisis dans ma chambre, où je le fis asseoir sur mon lit pendant que je prenais place à mon bureau. Son regard glissa lentement sur les murs nus. L'austérité du lieu parut l'étonner. Sa chambre à lui, j'y étais entré une seule fois ; je me souvenais de cloisons tapissées de posters d'hommes noirs en survêtement et harnachés d'or.

« Des rappeurs. Mes héros. »

Voilà ce qu'il m'avait alors dit.

Son regard resta accroché au crucifix cloué au-dessus de la porte.

« Mon héros », lui dis-je.

Il me regarda sans me comprendre. Il portait le même tee-shirt beige que la dernière fois. Mais plus de casquette. Mes yeux glissèrent sur ses bras griffés.

« J'ai causé avec ton père. Je préfère te le dire tout de suite. » Ma voix était terne. J'accusais la fatigue du voyage. Sonny demeurait silencieux.

« Tu n'as pas à avoir peur. Je t'aiderai. C'est pour cela que tu es venu ici, non ? Peut-être… »

Ses yeux noirs s'élargirent. Mais il ne me regardait toujours pas. Il regardait par-dessus mon épaule comme s'il voyait bouger quelque chose de l'autre côté de la fenêtre. Dans un mouvement rapide et convulsif, il croisa les bras devant sa poitrine, pour se protéger d'une attaque aurait-on dit, puis s'écria :

« Moi aussi, ils vont m'abattre ! Moi aussi ! »

Je tendis la main. Le contact de ma paume le fit sursauter.

« Calme-toi, Sonny, calme-toi. Personne ne peut te faire de mal ici. »

Mais la panique ne le quittait pas.

« Ricardo est mort ! J'lui ai téléphoné. C'est quelqu'un d'autre qui a décroché. Ils l'ont abattu… »

Il fondit alors en larmes. Il me fallut de longues minutes pour le calmer et obtenir qu'il soit en état de s'exprimer.

Il n'avait pas tout dit la dernière fois, m'avoua-t-il. Ricardo et lui étaient allés à la salle de fitness bien plus d'une fois. Ricardo lui avait même offert un abonnement annuel et laissé choisir, dans la boutique de sport, une nouvelle paire de Nike.

Je lui ai demandé où il les cachait.

« À l'école, dans mon casier. »

Ils avaient par ailleurs passé deux après-midi dans une salle de jeux où ils étaient restés des heures à se défier par le moyen de jeux vidéo.

« *Grand Theft Auto*. »

J'ai noté ce nom pour ne pas l'oublier.

Une fois encore, Ricardo avait tout payé, y compris les boissons. Après chaque rencontre, ils étaient allés manger au McDonald's. Le menu Maxi. À s'en faire éclater la panse.

« Et c'est bien sûr Ricardo qui a payé tout ça ?

— J'lui ai demandé dix fois s'il ne voulait pas que je paie ! Au moins dix fois ! Mais il était plein aux as, qu'il m'a dit, et il aimait partager avec ses amis.

— Tu étais son ami ?

— Son meilleur ami.

— Tu l'as cru ? »

Sonny a baissé les yeux. La honte, elle aussi, faisait son apparition.

« Tu sais très bien d'où il tirait tout ce fric ? »

— On n'en parlait jamais.

— Mais tu le savais ? »

Il garda le silence.

« Ensuite ?

— Ricardo m'a dit qu'on l'avait volé. Tout son argent envolé. Et que je devais en conséquence tout lui rembourser.

— Combien ?

— Mille florins ! Mais c'était n'importe quoi, des mensonges ! Il a jamais dépensé cette somme pour moi. J'ai fait le calcul ! »

Il se remit à trembler de tout son corps. Je lui ai donné à boire.

« Les intérêts, qu'il m'a dit. Intelligent comme t'es, tu n'ignores pas qu'on doit payer des intérêts quand on emprunte de l'argent ? On t'apprend pas ça, au Radulphus ? »

Ricardo lui avait fait une proposition : un voyage en Hollande. Comme ça, Sonny pourrait rembourser la somme, et il en garderait même pour lui une coquette.

« Réfléchis-y bien. »

C'était la veille du jour où Max avait découvert que

Sonny avait menti au sujet des visites à son grand-père, du jour où je lui avais parlé au centre socio-éducatif.

« Dès que vous êtes parti, j'ai appelé Ricardo. Pour lui dire que j'irais pas en Hollande.

— Mais tu le lui avais déjà dit, non ? »

Embarrassé, il détourna le regard.

« C'est pas grave, Sonny. Continue… »

Ricardo ne s'était plus manifesté. Jusqu'au moment où une voiture s'était arrêtée à sa hauteur. Il rentrait à pied à la maison. Deux hommes qu'il n'avait jamais vus auparavant accompagnaient Ricardo.

« Pas des gars de l'île. Ils parlaient anglais avec Ricardo. »

Les types l'avaient menacé en sortant un couteau.

« Je n'avais pas le choix, frère Daniel. Ils ne m'ont pas laissé le choix. »

J'avais l'impression d'entendre Max bien des années en arrière.

Tel un agneau, il s'était laissé mener par le bout du nez. Ils lui avaient acheté des habits qu'il mettrait le jour du vol, et remis un peu d'argent de poche. Qu'il pourrait dépenser à sa guise en Hollande. Ils lui avaient appris à avaler, d'abord de gros raisins, puis des bouts de carottes, taillés sur mesure. Avec du yaourt, pour faciliter les choses.

« *You've got talent*, Sonny. »

On lui avait donné des directives au sujet de ce qu'il devait éviter de manger ou de boire, de la technique à adopter s'il avait besoin d'aller aux toilettes dans l'avion.

« Les rincer puis tout ravaler. »

Enfin, ils lui avaient remis le papier sur lequel figuraient les données qu'il devait apprendre par cœur.

« Quand dois-tu les retrouver ? Ou bien l'avion a-t-il déjà décollé ? »

Quelques heures avant le vol, il devait commencer à avaler les boulettes.

Il secoua la tête de gauche à droite.

« Demain matin. L'avion décolle le soir. »

Le vol de 19 h 25. Max l'avait mentionné.

Quand son père lui avait mis sous le nez le papier, Sonny avait paniqué. Il avait essayé de téléphoner à Ricardo.

« Et maintenant, ils sont à ma recherche, frère Daniel ! Ils sont à ma recherche. Moi aussi, ils vont me descendre !

— Du calme, Sonny. Ici, t'es en sécurité. Tu peux passer la nuit ici. Et demain, on verra ce qu'on pourra faire.

— Mais si demain je m'présente pas…

— Je m'occupe de ça. Ne t'inquiète pas. Je vais trouver une solution. À quelle heure demain matin ?

— Dix heures.

— Où ça ? »

Ses yeux empreints de peur me sondèrent.

« Sonny, fais-moi confiance, bon sang. »

Il m'indiqua une adresse dans le quartier Otrobanda.

« Je m'en occupe. Tu n'as pas à t'en faire. Reste ici et essaie de dormir un peu. Je reste là. Ça te va comme ça ? »

La nuit dernière, j'ai appelé Max à plusieurs reprises. Ou était-ce celle d'avant ? Je mélange les jours et les nuits. Chaque fois, je suis tombé sur son répondeur. J'ai laissé un message : Sonny est sain et sauf, en sûreté chez moi. En lui demandant de me rappeler. Ce qu'il n'a pas fait.

Sonny dormait. À un moment, il s'est réveillé en panique. Mais il n'a pas tardé à retrouver son calme en me voyant à mon bureau, à côté du lit. Frère Bertus m'a remplacé pendant quelques heures pour que je puisse moi aussi me reposer. Mais je n'ai pas réussi à fermer l'œil. J'avais prévu de me rendre le matin à l'adresse que Sonny avait mentionnée et de payer les mille florins, somme qu'il me restait certes à réunir. Cependant, m'imaginer en train de mettre ainsi un pied dans ce monde pourri me tourmenta toute la nuit, de même que l'idée que je ne pouvais sauver qu'un homme de la noyade alors que toute l'île se retrouvait en plein milieu d'un malström.

Sonny dormait encore quand mon téléphone sonna à huit heures et demie. Il se réveilla en sursaut. Je le rassurai d'un geste et sortis de la chambre. C'était Max.

« J'ai écouté votre message ce matin seulement, s'excusa-t-il. J'avais plus de batterie. Comment va-t-il ?

— Il a bien dormi. Il vient tout juste de se réveiller. Tu veux lui parler ?

— Non, peut-être plus tard. C'est à vous que je veux parler. On peut se retrouver quelque part dans une demi-heure ? Là, je suis encore à Barber.

— Tu n'as qu'à passer ici.

— Une autre fois. On se voit à Santa Maria, à la station d'essence sur le Rooseveltweg ? Ça vous va ?

— D'accord. On dit neuf heures ? Je serai là. »

L'aspect énigmatique de son coup de fil me troublait, mais comme il avait parlé d'une voix posée, je ne pouvais me douter de ce qui m'attendait.

J'ai annoncé à Sonny que j'allais voir son père. Et que je lui dirais tout.

« C'est nécessaire ?

— On arrête les secrets et les mensonges, Sonny. Vis-à-vis de tout le monde.

— Et mon rendez-vous de ce matin ?

— Ne t'en fais pas. Je m'en occupe. En attendant,

frère Bertus reste avec toi. Il est en train de te préparer un petit déjeuner. Profites-en pour prendre une douche. Tu pourras bientôt rentrer à la maison. »

Max m'attendait dans la Dodge. Quand je le saluai, il me sourit, mais d'une façon étrange.

« On fait un tour ? »

Je montai à bord. Il portait des vêtements froissés. Une barbe de quelques jours, grise.

En démarrant, la voiture émit un fort bourdonnement.

« Un trou dans le pot d'échappement. Va falloir le faire ressouder », s'excusa Max.

Sur son visage se dessinait une expression que je connaissais sans toutefois pouvoir la rattacher à une circonstance précise.

« Donc, Sonny va bien ?

— Oui. On a eu une longue discussion.

— J'suis content qu'il puisse se livrer comme ça avec vous.

— Tous les deux, vous vous ressemblez plus que tu ne le crois.

— Peut-être, oui. »

Nous empruntâmes le Churchillweg en direction de Rio Canario ; là, nous nous engageâmes sur le périphérique. Les mouvements de Max revêtaient quelque chose de mécanique, comme si la voiture se débrouillait toute seule et que lui faisait semblant de la conduire.

« On va où ? »

Je n'avais pas beaucoup de temps.

« Je pensais passer voir mon père.

— C'est dans la direction opposée.

— Je fais un petit détour. Autrement, on arrivera trop tôt. Il sera pas encore levé. »

Par moments, ses yeux se portaient sur le rétroviseur,

bien plus longtemps que nécessaire. Je me sentais de plus en plus mal à l'aise.

« Qu'est-ce qu'y a, Max ?

— Ils me suivent. »

Je me retournai à moitié pour regarder par la lunette arrière. À une centaine de mètres de nous, une berline noire.

« Ils m'ont dans le viseur et ne veulent pas lâcher leur proie. »

Je me recalai brusquement dans mon siège. Sur son visage, le sourire revêtait à présent quelque chose de compatissant.

« Je les ai trouvés, frère Daniel, fit-il calmement.

— Hein ?

— Un bon taxi arrive toujours à trouver l'adresse qu'il cherche. »

Sous le coup de la surprise, je le dévisageai.

« À Otrobanda ?

— Pas assez chic. À Cas Grandi. C'est là que vivent les boss. Je leur ai demandé de laisser Sonny tranquille, mais ils ont refusé. Ils ont commencé à parler de l'argent qu'il doit leur rembourser. Mais moi, une somme comme ça, j'peux pas la sortir d'un coup d'baguette magique, autrement j'la leur aurait donnée…

— Moi, je peux… » commençai-je, mais Max ne m'écoutait pas.

On aurait dit qu'il parlait à son reflet dans le pare-brise.

« Y se sont montrés sympas. Comme s'ils comprenaient ma situation. Bien sûr, que d'la poudre aux yeux. J'me leurre pas… Mais à la fin, ils m'ont fait une contre-proposition.

— Ne me dis pas que tu as accepté ? »

Cette fois, il posa les yeux sur moi. Avec cette expression

que je ne parvenais toujours pas à relier à l'une de nos rencontres.

« Avec ces gars, il est possible de négocier, frère Daniel. À un moment donné, j'ai même eu l'impression que c'était moi qui étais à la baguette. Du coup, j'ai pu négocier un bon prix. Un type d'un certain âge, vous voyez, ça fait moins suspect. Ils sont assez intelligents pour piger ça.

— Max, t'as conscience de ce que tu dis ? »

Il jeta un coup d'œil dans le rétroviseur. Puis sur moi.

« Je l'fais pour Sonny, frère Daniel. Pour son avenir. Je veux qu'il soit fier de lui plus tard. Il n'a pas à se reprocher quoi que ce soit. Je n'lui reproche rien. Cette décision, c'est moi qui la prends. Vous lui direz ? »

Soudain, c'en fut trop pour moi.

« Tu le lui diras toi-même ! Moi, je veux pas entrer dans ce jeu. Tu… tu… »

Les mots ne sortaient plus. Lui dire qu'il m'avait trahi. Comme si mon dernier allié, dans le combat d'une vie, venait de passer à l'ennemi.

Imperturbable, Max fixait la route. En routinier, il engagea la Dodge sur une bretelle.

« Max, écoute… je vais leur payer ces mille florins. Aucun problème. Et on n'en parle plus.

— Quatre mille.

— Quatre mille ? C'est n'importe quoi ! Mille ! C'est Sonny qui me l'a dit. Ils t'ont menti, Max. Ils t'ont roulé.

— Mille. Quatre mille. Cela n'a plus d'importance. De toute façon, je n'ai plus le choix. »

Cette dernière phrase me permit de comprendre. L'expression sur son visage que je connaissais… Il avait pris une décision après avoir tout pesé et soupesé. Tous les avantages et tous les inconvénients avant d'en tirer une conclusion. Rien ni personne ne pouvait le faire changer d'avis, pas même si le ciel venait à prendre la place de la terre et vice-versa. Pas de larmes, pas de nostalgie, pas de regrets. Quelles qu'en soient les conséquences…

« Je veux vous montrer quelque chose, frère Daniel. Il y a une chose que vous devez savoir. Peut-être qu'ainsi vous me comprendrez. »

Sans attendre de réponse de ma part, il réduisit sa vitesse et se gara sur une étroite bande de sable le long de la route. Il me demanda de descendre de la Dodge.

J'ouvris la portière, descendis et regardai la route où, à une certaine distance, la grosse voiture noire s'était elle aussi immobilisée.

Max fit le tour de la Dodge pour me rejoindre. Son regard se porta également au loin. De la main droite, il fouilla sa poche.

« Quand pars-tu ? »

Ma voix semblait éteinte.

« Ce soir. Le vol que Sonny aurait dû prendre.

— Tu es sûr de ce que tu fais, Max ? On pourrait…

— J'ai pas le choix, répéta-t-il, sur un ton plus ferme que jamais. Tenez, frère Daniel… »

Il sortit sa main de sa poche et la tendit. Ses doigts semblaient se cramponner à quelque chose. Doigt après doigt, il ouvrit la main. Lentement. À croire que ses articulations étaient de petites poulies rouillées.

Je reconnus tout de suite les pièces de monnaie. Du fait des innombrables frottements auxquels on les avait soumises, elles brillaient, comme neuves. Les effigies étaient effacées.

Je déglutis et contemplai Max. Il gardait les yeux rivés sur les pièces puis rapprocha ses deux mains. J'espérais qu'il allait réussir.

Je l'espérais encore vraiment.

Plus tard, en allant voir son père :

« Dieu m'a quitté.

— Parfois, lui dis-je, on a juste l'impression que Dieu est très loin. Qu'il passe ses vacances.

— On a alors de fortes chances de Le trouver à Aruba.

— Probablement, oui. Probablement. »

## 19 JUILLET 2001 – 5 H 55

À cinq heures et demie, je me suis rendu à la chapelle avec frère Jan et frère Bertus. Max n'avait pas encore téléphoné. Cependant, j'ai laissé mon téléphone dans ma chambre. Je voulais prier en paix et en silence. Pour Max. Bien qu'il ne soit pas dans mes habitudes de réclamer l'intercession de Dieu.

Pendant la prière, j'ai entendu mon portable sonner. Une sonnerie mélodieuse à laquelle je ne suis pas encore habitué. Ça ne pouvait être que Max. J'ai remercié Dieu en silence.

Je viens tout juste d'écouter son message. Frère Bertus m'a aidé à utiliser l'appareil.

« Je suis arrivé. Ils m'attendent. »

## 26 JUILLET 2001 – 19 H 45

Nous recevons *De Volkskrant* avec systématiquement un jour de retard. Frère Bertus lit habituellement les titres durant le dîner, parfois un article entier, une coutume qui remonte à l'époque où nous étions encore nombreux.

« Écoutez-moi ça, a-t-il dit ce soir, la voix pleine d'incrédulité. "*Dans le quartier Zeeburg, à Amsterdam, non loin de Schiphol, on a retrouvé avant-hier dans un fossé le cadavre d'un Antillais d'une cinquantaine d'années. Selon le procureur de la Reine, la mort remonterait à quelques jours. Il avait le ventre ouvert. On pense qu'il s'agit d'une mule, autrement dit d'un passeur de drogue. Les coupables n'ont semble-t-il pas agi avec une grande dextérité. L'autopsie a révélé que des boulettes de cocaïne avaient été oubliées dans le corps. L'homme n'a pas encore été identifié.*" »

MIXTE
Papier issu de sources responsables
FSC® C003309
www.fsc.org

10/18, une marque d'Univers Poche,
est un éditeur qui s'engage pour
la préservation de l'environnement
et qui utilise du papier fabriqué à partir
de bois provenant de forêts gérées
de manière responsable.

*Imprimé en France par* CPI

N° d'impression : 3037529
X07557/01